트윈스타 사이클론 런어웨이

Twinstar Cyclone Runaway

오가와 잇스이

서력 3000년대	성계 단락 기관·광관환(光貫環)을 통한 태양계 탈출이 진행된다.
서력 4001년	범은하 왕래권이 성립. 10억 명 별이 12개가 됨. 전성(全星) 대표 회의의 대사공(大司空)〔인더스트리얼 세크레터리〕 신 주롱星燭龍이 서력 대신 *성십이지장력(星十二指腸曆)〔아스트로 듀오데넘〕이라는 새로운 역법을 선언. (단상에서 성십이진력(星十二進曆)〔아스트로 듀오데시멀〕이라고 발언하려다가 발음이 꼬였다고 전해진다. 전성 대표 회의는 부정 중.)
성십이지장력 4001 ~8000년	범은하 왕래권 확대. 10억 명 별이 15개가 됨. 인류의 총인구수 400억.
성십이지장력 8526년	성십이지장력〔아스트로 듀오데넘〕 8526년 겐도 이민 선단, 새로운 성계에 도착. 자신들을 주회자(周回者)〔서크스〕라 자칭. 주회자력〔서크 캘린더〕을 제정.

*십이지장을 뜻하는 듀오데넘(Duodenum)과 십이진법을 뜻하는 듀오데시멀(Duodecimal)의 발음이 비슷함.

프롤로그

———서크 캘린더 18년

(아스트로 듀오데님 8544년)

 8000미터짜리 낚싯줄을 감시하는 장력계의 그래프가 갑자기 확 솟아올랐다.
 "히트."
 인시디어스 호를 개조하면서 추가된 각종 기기들로 뒤죽박죽인 어둑어둑한 함교(브릿지)에, 아직 젊은 장포장(掌砲長)(거너)의 긴장된 목소리가 울렸다. 선장이 침착한 목소리로 되묻는다.
 "체류형 회오리?"
 "노 맴."
 "체공 중인 초분(焦粉)(베이크) 입자? 아니면 우리가 투하한 산업 쓰레기가 걸렸어?"
 "노노 맴. 그런 종류의 미스 히트와는 장력 패턴이 전혀 달라."

아이탈 장포장이 장력계의 그래프를 과거 기록과 비교해 보면서 대답했다.

"회오리라면 장력이 주기적으로 요동칠 테고, 베이크 구름이라면 묵직한 인력이 길게 이어져. 이 녀석은 솟아오를 때 확 솟아오른 다음, 작게 진동하고 있어. 굳이 말하자면 쓰레기거나 분출물(이젝터)에 가깝겠지만 이 녀석은 묘한 파동을 그리는군……."

아이탈이 고개를 돌려 씨익 웃었다.

"노 데이터. 이건 제대로 걸렸나 본데."

브릿지를 채우고 있는 열댓 명의 사람들이 와, 하고 흥분하며 들끓자, 큰 목소리가 "조용히."하고 진정시켰다.

"목표물이 걸린 건 낚시의 시작에 불과해. 진짜는 이제부터지. 중요한 건 낚아 올릴 수 있는가야."

내년에 마흔 살이 되는 여선장, 겐도 마기리가 관자놀이를 따라 흘러내린 검은 곱슬머리를 만지작거리면서 붉은 입술을 움직였다.

모든 상황을 즐기는 것처럼 반짝이는 눈동자로 믿음직스러운 부하들을 눈에 담았다.

"전선(全船)! 어획 태세!"

드넓은 적갈색 하늘을 비행하는 4개의 핵융합 로켓과 날개가 달린 비행선. 배의 구석구석까지 최초의 막을 여는 명령이 울려 퍼졌다.

"좋았어, 해보자고!" "반드시 낚아 올려 주지!" "어리바리하게 굴지 말라고."

마기리의 명령이 떨어지자, 멤버들은 각자 자기가 맡은 기기 앞에서 자세를 바로잡았다. 부관을 맡은 여성 장교 시비 엔데바는 선장석 대각선 뒤쪽에서 복잡한 심경으로 그 모습을 지켜보았다.

──마기리 선장은 오히려 환호성을 지르는 편이 어울려. 이럴 때 "조용히."라며 고삐를 당기는 역할에는 훨씬 잘 어울리는 사람이 있었는데.

그 사람이 사라진 지 벌써 10년이 넘게 지났는데도 여전히 한 사람의 빈자리는 메워지지 않았다…….

그런 생각을 하던 시비는 브릿지의 창문을 본뜬 선외 디스플레이를 향해 시선을 돌렸지만, 당연하게도 그곳엔 추억을 떠올릴 만한 흔적은 아무것도 남아있지 않았다.

이 운해에는 높게 치솟은 탑도, 장엄한 산도 존재하지 않는다. 구름 아래에는 숲도, 강도, 섬도 없고, 하물며 바다조차 없다.

존재하는 건 새하얀 암모니아 빙정운이 솟아있는, 광활한 수소의 하늘이다. 아래로 시선을 내리면 숯가루를 휙 뿌려 놓은 듯한 베이크 층과 그 밑에는 아세틸렌, 하이드라진, 황화물, 인화수소 등등이 마구잡이로 뒤섞인 깊이 2만 킬로에 달하는 심연이 도사리고 있다.

거대한 가스 행성, 팻 비치 볼. 먼 과거의 목성과 매우 흡사한 대기 줄무늬와 거대 소용돌이를 가진 천체. 배는 행성의 북적도 벨트를 따라 비행 중이었다. 고도는 1기압선 기준 상공 30킬로미터. 30킬로미터라곤 해도 고도 0미터 지점은 그저 편의상 정해둔 기준일 뿐, 배의 출발점을 의미하는 것은 아니다.

배는 아래에서 위로 올라온 게 아니라, 우주 공간에서 내려왔다.

인시디어스 호는 이번 임무를 위해 특수한 개조를 받은 배다. 과거 15년간 궤도 위에서 우주와 대기권 양쪽 다 항행할 수 있도록 건조된 배들 대부분은 자원으로 쓰이는 베이크를 채취하기 위한 흡입구(스쿠프)를 장비하고 있다. 하지만 공기 중에 떠다니는 베이크는 밀도가 낮은 탓에 채취 비용이 더 드는 등, 적자를 보는 경우가 잦았다.

그러던 중 새로운 가능성이 제시된 게 2년 전이다. 대기 중을 헤엄치는 '물고기(피쉬)'가 목격되기 시작한 것이다. 가스 행성의 대기를 헤엄치는 물고기라니 지금까지 아무도 본 적이 없었지만, 그게 착시 현상이나 독특한 구름 같은 게 아니라 확실한 고체로 이루어져 있다는 사실이 명확해진 순간 바로 포획하자는 분위기가 고조되었다. 물고기의 정체를 확인하기 위함이라는 목적은 그저 덤에 지나지 않았다.

궤도 위, 수백 척의 우주선에 나눠 타고 있는 운명 공동체, 50만 명의 '서크스'는 살아남기 위한 자원을 찾아 헤매던 중이었으니까.

18년 전 이 별을 도는 궤도에 올라탔을 때, 선단의 예상은 크게 엇나가고 말았다. 일반적인 성계에선 가스 행성에 수많은 위성이 모여있기 마련이지만, 이곳 FBB에는 돌, 또는 금속으로 된 고체 위성이 하나도 존재하지 않았다.

이는 즉 선단 유지에 필요한 자원이 부족하다는 뜻이었다.

자원을 재활용하기 위한 노력을 거듭하고, 그런 와중 베이크의 발견이라는 희소식도 있어서 지금까진 그럭저럭 삶을 이어올 수 있었다. 하지만 설비 및 우주선 자체의 노후화를 막기는 어려웠다. 이대로 있다간 현재 인구를 지탱할 수 있는 기간은 앞으로 고작 약 1, 2년이라는 견적이 나왔고, 그전에 어떻게 해서든 고체 자원을 확보해야 했다.

그런 절박한 시기에 물고기를 발견한 것이다.

만약 고체인 물고기를 잘만 어획할 수 있다면 수십 시간씩 들여 밀도가 희박한 베이크를 긁어모으는 것보다 훨씬 더 효율적으로 자원을 저축할 수 있다. 그렇다면 물고기를 어획할 방법이란……?

바로 낚시다. 바늘과 실로 낚아 올리는 것이다.

지구에서 뛰쳐나와 6500년이라는 아득한 세월이 지난 뒤에도 낚시의 전통은 인류의 문화 속에 남아있었다.

인시디어스 호는 기존 베이크 채취선을 개조해서 만든 게 아니라 선단이 애지중지 아끼던 전투순양함을 개조한 배다. 그 결과 4개의 대출력 엔진과 웅대한 접이식 활공형 날개를 가진 강력한 배가 완성되었다. 뒤쪽 화물 베이에는 특제 낚싯줄 윈치 드럼과 어획물을 붙잡을 캐처가 장착되었다. 낚싯줄은 카본 케이블, 낚싯바늘은 단조 티타늄을 사용했다. 미끼를 선정할 때는 의견이 분분했지만, 베이크를 굳힌 '떡밥'으로 정해졌다. 낚시할 땐 그 낚시터에 있는 벌레를 미끼로 쓰는 것이야말로 낚시의 정석이다 ──. 이건 둘째가라면 서러운 낚시광이라고 자부하는 전 자산가 신친 씨의 의견이었다. 어차피 FBB에는 미끼용 벌레도, 갯지렁이도 없으니까 그 정도에서 타협할 수밖에 없었겠지만.

그리고 마지막 문제점── 낚시꾼은 누가 맡지?

"장력 상승, 65킬로뉴턴!"

구 전투함 인시디어스 호의 장포장 아이탈이 명예로운 낚시꾼의 자리에 앉았다. 이 배는 주포 대신 어획 장비를 탑재했으니 그 장비로 적을 잡는 건 자기가 해야 할 일이라 주장했고, 다른 사람들도 그 주장을 받아들였다.

아이탈은 브릿지에 있는 모든 사람 앞에서 릴을 조작하는 솜씨를 시험받고 있었다.

"67, 68, 73, 69……!"

"목표물의 무게는 약 7톤 정도인가. 큼직한걸. 눈치채고 날뛰기 시작했나?"

"그런 모양이군요."

"반응이 영 굼뜬걸."

"그야 그렇겠죠, 이 별의 물고기는 한 번도 낚인 적이 없었으니까요."

"그렇군, 우리는 이 별에서 최초의 낚시꾼이 되는 건가."

"역사에 남을 법한?"

"살아서 돌아간다면 말이야! 각부 확인!" 마기리의 목소리가 브릿지에, 그리고 스피커를 통해 배 전체에 울려 퍼졌다. "후부 베이, 서스펜션 강도! 릴 온도! 캐처 준비!"

"로드서스, 스트레스 40퍼센트입니다." "릴 모터 349켈빈, 정상 범위 내. 드래그라인 현재 798미터, 여유 2000미터." "넵, 캐처 대기 중입니다."

"릴과 캐처, 만에 하나 상황에 따라선 비상투기^(제티슨)를 할 수도 있으니까 대비해. 주기관! 날개!"

"1번, 2번, 4번, 연소 정상, 3번 베이크 필터 와이프 중…… 와이프 완료, 정상!" "날개, 이상 없습니다."

"벌지 돔! 보여?"

"안 보입니다. 베이크가 너무 짙어요."

선체 하부와 좌우 양쪽 부서에서 빠릿빠릿한 보고가 이어지고, 후부 좌현에 돌출된 투명한 관측 돔의 담당 선원으로부터는 살짝 주눅 든 대답이 돌아왔다.

"실 끝이 150을 향하고 있습니다만, 5000 너머는 파묻혀서 보이지 않습니다. 보이면 즉시 보고하겠습니다."

"알겠어——."

"아니 잠깐, 보였다."

마기리의 대답이 채 끝나기도 전에 방금 막 안 보인다고 답변했던 벌지 돔으로부터 새로운 보고가 들어왔다.

"보였습니다, 베이크가 걸렸다! 거리 7800, 3채널을 봐 주십시오——." 다급하게 보고하던 목소리 뒤에 혼잣말이 더해졌다. "뭐야 저거, 징그러."

구름의 바다 위를 나아가는 인시디어스 호 뒤쪽 하부. 돔의 150밀리 굴절 망원경으로 잡아낸 영상이 실시간으로 브릿지에 전송되어 똑같은 감상을 불러왔다.

"우와, 징그러워.""못생겼어.""재미있는 형태네.""뭐야 이거…….'

영상에 비친 모습은 삐뚤빼뚤 구부러진 가늘고 긴 몸통 이곳저곳에 가느다란 돌기가 수없이 돋은 거무튀튀한 생선처럼 생긴 무언가였다. 몸길이는 4미터쯤 될까.

"에다, 이건 진짜 우주 생물이라고 생각——."

말을 꺼냈던 마기리는 흠칫해서 입을 다물었다. 다른 사람들은 아무 일 없었다는 듯이 시선을 피했다.

"——아니, 파파 앙리. 이건 우주 생물일까? 진짜로?"

하려던 말을 고치고서 마기리가 다시 입을 열자, 초로의 흑인 과학자가 헛기침한 다음 시침 뚝 뗀 표정으로 디스플레이를 들여다보았다.

"생물이었으면 좋겠는걸. 불균형한 형태—— 다시 말해, 위아래나 좌우 대칭이 어그러져 있지만, 한쪽 집게발만 커다란 게라든가 어패류, 소말 성계 이북의 에지류 등 대칭이 아닌 생물은 다른 별에도 존재해. 몸통과 꼬리로 체절화된 구조도 확인할 수 있군. 아, 머리도 있구나. 좌우의 저 살짝 움푹 팬 부분이 감각 기관일지도 몰라. 미끼를 물었으니 당연히 입도 존재한다는 뜻이겠지. 이제 배설만 한다면 두말할 것 없이 생물이야. 오히려 놀라울 정도로 지구의 생물과 닮았다고도 볼 수 있어. ——물론 실제로 포획해 보기 전까지는 이렇게 생긴 기계에 불과할 가능성도 남아 있지만."

"흠흠, 고마워. 명명! 다들, 이름은 뭐라고 지을래?"

마기리가 브릿지를 둘러보며 말하자, 멤버들은 허공을 한번 쳐다본 다음 차례차례 외쳤다.

"트위스티 라스칼! 난폭한 데다 구부러져 있으니까!" "날개라고 해야 하나, 가시가 있으니까…… 뿔 가시고기?" "치우콩奇舞空은 어떤가요." "혼어(昏魚)." "탄 생선 가시면 되잖아. 굽다 실패한 생선구이랑 똑같이 생기지 않았어?"

"잠깐, 방금 뭐라고 했어? 라덴 비자야."

마기리가 지목한 사람은 디스플레이를 응시하고 있는 조선공 소년이었다. 남들보다 목소리가 크기는커녕 오히려 가장 작은 목소리였지만, 중요한 건 그가 과묵하고(게다가 그가 맡은 일은 말없이 수행할 수 있는 작업이 대부분이어서) 좀처럼 발언권을 행사하는 일이 없다는 점이었다. 그 사실을 깨달은 다른 사람들도 입을 다물었다.

"베쉬." 다시 한번 반복해서 말하며, 소년은 뒤로 돌아 맑은 눈으로 어른들을 바라보았다. "베이그(vague)한 피쉬니까. 베이그란 건 형태나 정체가 불분명하다는 뜻. 정처 없이 배회하고, 초점이 맞지 않고, 멍하니 있다는 뜻."

"베쉬란 말이지. 부르기 쉬워. 베이크 속 물고기란 어감도 있네. 괜찮은 거 같은데 다들 어때?"

마기리가 주변으로 시선을 던지자, 나쁘지 않다며 서로 고개를 끄덕였다. 개중에는 "아레프 브륄레(arête brûlée)······." 라며 미련을 갖는 사람도 있었지만 아무도 그녀에게 관심을 주지 않던 상황에서 쿠웅, 하고 브릿지가 흔들렸다.

한 단 높은 선장석에 앉아 있던 마기리는 하마터면 넘어질 뻔했지만, 중력을 버티기 위한 파워드 슈트 액추에이터와 옆에 있던 시비의 재빠른 대처 덕에 몸을 바로잡았다.

"뭐야?"

"장력, 350킬로뉴턴!"

브릿지에 침묵이 내려앉았다. 파파 앙리가 되받아 소리쳤다.

"35톤? 무슨 일이 있었지?"

"이름이나 붙이고 있을 여유가 있으면 밑을 좀 봐달라고요!"

이름 짓기에 참가하지 않았던 아이탈의 외침에 황급히 디스플레이로 눈을 돌린 멤버들은 경악했다. 바늘을 삼킨 베쉬가 실을 당기며 몸을 뒤트는 중이었고——.

그 몸의 뒤쪽 절반은 크기가 5배는 될 법한 다른 베쉬에게 잡아먹히는 중이었다.

한 마리가 아니었다. 옅게 흐르는 베이크의 아래쪽 짙은 흐름 속에서는 무수히 많은 그림자가 꿈틀대고 있었다.

"저 녀석들 서로 잡아먹는 건가!" "큰일이야, 20미터는 되겠어." "뒤쪽 베이에 안 들어가는 거 아냐?" "아냐, 캐처로 낚아 올린 상태로 해체하면——."

대형 베쉬가 빙글 몸을 젖히자, 낚싯줄이 팽팽하게 당겨지며 배가 한층 더 심하게 휘청였다. 아이탈이 진땀을 흘리며 외쳤다.

"400킬로뉴턴! 릴이 버티기 힘들어, 500킬로가 되면 부러져 날아가 버릴 거야. 어쩌지, 선장?"

"비상투기를 해야 할까?"

파파 앙리가 두 개 있는 비상투기 버튼 중 하나에 손을 가져가려고 하자 마기리가 고개를 저었다.

"아이탈, 베이 자체의 구조 강도는 몇 킬로뉴턴까지 버틸 수 있어?"

"본체 프레임을 말하는 거라면 아마…… 최대 하중으로 1200

이야. 적하량이 60톤이고, 안전계수는 그 2배지."

"그래. 낚싯줄은 대형선 인양용 줄이니까 당연히 200톤까진 버틸 수 있겠지. ──좋아, 파일럿, 축선을 최대한 목표물에 맞춰! 그리고 후방 베이! 지금 즉시 본체 프레임에 보조 와이어와 낚싯줄을 묶도록 해. 두 줄, 아니 여섯 줄!"

"줄을 고정하면 감아올릴 수 없는데?"

아이탈이 깜짝 놀라 되묻자, 마기리는 씩씩하게 씨익 웃어 주었다.

"맞아. 하지만 우리를 떨쳐낼 수도 없게 되잖아? 저 녀석을 끌고 다녀 주겠어."

"저 녀석의 체력이 떨어질 때까지 기다리자는 건가?! 언제까지?"

겐도 마기리는 훗날 서크스 초창기의 지도자로서 전설로 남는 인물이지만, 이때 그녀는 무슨 소리를 하냐는 듯이 명언 중 하나를 입에 올렸다.

"뭐? 당연히 최후의 한 척이 남을 때까지지. ──그 정도도 안 해보고서, 이 별에서 손 놓고 멸망할 이유는 없잖아?

튜닉에 승마용 바지, 그리고 움직이기 편한 부츠를 신고서 머리를 느슨하게 땋은 사복 차림의 여성이 도시락 바구니를 한 손에 들고 잡초와 부엽토를 밟으며 나무 사이를 걸어갔다.

시비 엔데바는 햇빛이 비치는 조그마한 양지에서 발을 멈췄다. 돌을 쌓아 만들었지만, 오랜 세월을 거치면서 무너진 뒤 그 위를 덩굴이 덮은 것처럼 보이는 높은 성벽이 왼쪽과 정면에 우뚝 솟아있었다. 막다른 길 앞에는 바퀴가 망가진 채 짐칸이 기울어진 버려진 마차가 한 대. 이 마차 역시 풍파를 맞으며 반쯤 썩어 문드러진 채 들꽃에 감싸여 있었다. 말 한 마리가 마차 주변에서 들꽃을 뜯어먹는 중이다.

숲 외곽의 은신처처럼 보이는 그 장소에서 시비가 말을 걸었다.
"마기리, 1차 보고는 읽어 보셨나요."

아무도 없는데요, 라고 말하는 것처럼 침묵이 대답을 대신했다. 시비는 발걸음을 옮겨 짐마차 뒤로 돌아 들어갔다. 지나가면서 등을 쓰다듬으려고 했던 말은 종이 한 장 차이로 도망가 버렸다. 짐칸을 들여다보자 너덜너덜한 모포로 몸을 돌돌 말고서 구멍이 뚫린 천을 올려다보는 여자를 찾을 수 있었다.

이곳에 와서 저 모포를 몸에 말고 있는 마기리를 보는 건 언제나 가슴 아픈 일이었지만, 시비는 억지로 이 일을 떠맡은 게 아니라 그런 모습을 보는 게 허용되는 사람이었다. 그래서 "괜찮다면 드세요."라고 말하며 바구니를 짐칸에 둔 다음 등을 돌려 가만히 기다렸다.

느릅나무 가지 위에 앉은 작은 새가 지저귀고 있다. 영상이나 로봇이 아닌 진짜 새들이고 느릅나무도 진짜 나무다. 유채꽃을 흔드는 등에벌레도 날갯소리를 내고 있었다. 하지만 저쪽 샘으로 도망쳐 버린 말은 만들어진 인공물이었다. 그리고 내리쬐는 햇빛도. G형 모성인 마더 비치 볼은 6억 8000만 킬로미터나 떨어진 곳에 있어서 따뜻할 정도의 빛까진 전해주지 않는다. 하지만 이곳이 선단에서 가장 훌륭한 지상 재현 시설임은 분명하다.

가스 행성 궤도 위를 돌고 있는 서크스 선단은 모두가 가난해서, 누구나 인정하는 리더에게도 커다란 공관을 세워줄 수 없었다. 그 대신 받은 것이 원심 화물선 『아이다호』의 한 구역에 조성된 이 작은 정원이었다. 이 정원에 발을 들일 수 있는 사람은 1부터 24까지의 코드네임을 부여받은 분선단(分船團)의 장과, 그녀와 매우 가까운 사이인 브릿지 멤버, 다시 말해 시비를 포함한 몇 명뿐이다.

마기리는 그냥 선장이 아니다. 무엇보다 그녀는 선단장(그레이트 치프)이다. 이번에는 묘하게 의욕이 넘쳐서 낚싯배 선장을 자청해서 떠맡았지만, 원래라면 그런 일을 시켜선 안 됐다. 능력이 부족해서가 아니라, 누구보다도 귀중한 능력을 갖추고 있기 때문이다.

CC 원년부터 시작된 통치 실패는 선단을 지옥으로 끌어내렸다. 젊고, 유능하고, 매력적인 두 여성이 반란을 일으키지 않았다면 분명 그대로 멸망해 버렸을 거라는 생각이 지배적이었다. CC 3년, 일성 항해사였던 겐도 마기리와 폭재(爆才) 에다 루시드 박사, 두 콤비는 베이크 채취와 자원화의 가능성을 제시했고,

사람들의 신망을 모았다. 그런 다음 무법이 판치고 무계획적이었던 구 지도부를 몰아낸 후 서크스 선단에 질서와 발전을 가져왔다.

그 이후로 15년. 마기리는 지도자로서 때로는 미소와 함께 자상함을 발휘하고, 때로는 출중한 능력으로 고난을 극복하며 어찌저찌 50만 명을 이끌어 왔다. CC 8년에 박사가 세상을 떠난 뒤로도 잠시 상을 치렀던 기간을 제외하면 혁신적이고 발전적인 통치를 이어왔다. 그 카리스마는 유일무이했다. 그러니 살아남은 몇 안 되는 장로들이 말하는 것처럼 사실 그녀를 안전한 곳에 대기시켜 놓는 쪽이 훨씬 현명한 방식이었다.

딱 이 낡은 마차 귀퉁이 같은 안식처에.

하지만 그녀가 이곳을 찾는 한, 그녀가 저 끝없이 펼쳐진 적갈색 하늘을 잊는 일도 없겠지. 그 두 가지를 하나로 잇는 사람이 있었으니까. 마기리는 앞으로도 억지를 쓰며 행성의 대기로 내려가려 할 게 분명했다.

시비 엔데바는 자원해서 마기리를 보필하고 있다. 그리고 그녀를 연모하고 있었다. 그래서 공적으로도 사적으로도 그녀의 모험을 말려야 하는 입장이지만, 마기리에겐 그게 반드시 필요하다는 사실도 누구보다 잘 알고 있었다. 그래서 자신이 아무리 고통스럽다고 해도, 마기리가 위험을 무릅쓰는 걸 막을 수 없었다.

편한 자세로 잠시 기다리고 있자 등 뒤에서 수통을 열고 쪼르륵 액체를 따르는 소리가 나더니, 뭐야 이게, 하는 목소리가 들렸다.

시비는 돌아보지 않고서 대답했다.

"커피 모조품입니다." ^(라이크)

"라이크?"

"분자 프린터로 인쇄한 커피랍니다. 성분은 진짜와 다를 바 없을 거예요. 모시 씨족의 재배공이 시작품을 내놨거든요."

"진짜 커피는 이렇게 쓰지 않는다고! ——어라, 진짜니까 쓴 건가? 으음, 그러면 우유랑 설탕도 인쇄해줬음 좋겠어."

"마기리가 매우 칭찬했다고 전해줄게요."

마기리는 푸석푸석한 머리에 팬티와 브래지어만 입은 반라의 차림으로 어슬렁어슬렁 기어 나와 짐칸 가장자리에 풀썩 앉아 잠이 덜 깬 얼굴로 컵에 담긴 커피를 홀짝였다. 바구니에 담긴 샌드위치를 한입 가득 베어 물고서 우물거린다. "매번 미안하네."라는 말에 시비는 15센티 옆에 대기한 채 "신경 쓰지 마시길." 하고 대답했다.

"비, 너도 말이야. 이 말을 하는 것도 몇 번째인지 모르겠는데, 이런 궁상맞은 아줌마한테만 매달리지 말고 더 좋은 상대랑 만나는 게 나아. 좋다는 사람은 넘치잖아."

"좋아서 하는 겁니다."

"하아."

"절대 박사의 빈자리를 노리는 것도 아니고요."

"그건 거짓말이지."

"죄송합니다."

"응, 뭐." 커피향이 섞인 한숨을 내쉬었다. "솔직히 엄청 많이 도움받고 있어. 언젠가는 넘어갈지도 몰라."

"기쁘네요. 기대하고 있습니다."

그렇게 10년.

15센티의 거리감을 유지한 채 계속 이어져 온 두 사람이었다.

"미안하네, 여지를 주는 것 같은 소리만 해대서. 이젠 마음을 꺾고 싶어, 누군가에게 기대고 싶다고 항상 생각하지만 잘 안돼. 계속해서 그 녀석이 치밀어 오르거든."

"잘 알고 있습니다."

"그걸 이해해 주는 사람도 너뿐이지만."

손등으로 오른쪽 눈가를 훔친 마기리는 갑자기 등을 쭉 펴고서 뒤로 고개를 돌렸다.

"속마음을 너무 털어놓았네. 그래서, 뭐였지?"

"첫 보고는 보셨는지 여쭤봤습니다. 파파 앙리와 라덴 비자야가 회수한 베쉬의 해부와 원소 분석을 마쳤으니까요. 자세한 건 이제부터입니다만——."

시비도 방금까지의 애틋한 분위기는 처음부터 없었던 것처럼 또박또박 대답했다. 이런 분위기 전환도 두 사람 사이에선 익숙한 일이었다.

 FBB 대기권 내에서 4시간 반에 걸친 힘싸움 끝에 처음으로 베쉬를 낚았다. 지금은 낚은 베쉬를 위성 궤도로 운반한 지 이틀이 지난 오후. 아아 그래그래 드래프트구나 이제부터 볼게, 라면서 마차 안으로 들어간 마기리가 셔츠를 걸치고 바지를 허리로 당겨 올리면서 한 손에 스케일을 들고 다시 나왔다. 시비도 마찬가지로 소매에서 꺼낸 개인용 정보판을 들고 표시된 내용을 읽었다.

 "베쉬의 몸을 구성하는 주요 물질은 탄소, 규소, 게르마늄 등 탄소족 원소와 미지의 리튬 동위체이다. 이 4가지 종류가 전체 부피의 80퍼센트를 차지하고 있다——."

 "미지의 리튬 동위체가 뭔데?!"

 "그가 미지라고 말했으니까 진짜로 모르는 거예요. 그 물질이 지극히 가벼운 덕에 운동을 통한 비행이 가능하다는 모양이네요. 그리고 그 밖에도 질소, 산소, 염소, 황, 인, 철, 아연, 그리고 당연히 대기 성분인 수소와 헬륨도 포함되어 있습니다. 식용으로는 적합하지 않지만 광석 같은 자원 물질로 본다면 매우 유용성이 높다는 뜻입니다."

 "눈물 나겠어. 우리가 처음으로 발견한 지구 외 생물에 대해 연구한다는 게 식성이나 구애의 댄스 같은 게 아니라 일단은 어떻게 자원으로 가공할 수 있을지부터 생각해야 한다는 사실이 말이야. 살림 꾸리는 기분인걸……."

베쉬라고 이름을 붙인 새로운 생물에 대해 시비가 솜씨 좋게 설명을 이어갔다. 베쉬의 성분은 굉장히 기이해서, 지구 계열과도 FBB 계열과도 다르다는 사실. 방금 언급한 미지의 동위체는 매우 독특하여 핵 내부 구조가 알칼리 금속의 상식에서 벗어나 있을지도 모른다는 사실. 브리핑을 빼먹고 잠에 빠져 있던 마기리는 때때로 적절한 질문을 던지기도 하고, 간혹 적절하지 못한 농담을 하기도 하면서 베쉬라는 생물에 대한 지식을 습득했다.

　이번에 잡은 베쉬와 종래의 채집물이었던 베이크. 그리고 저층에서 분출되어 올라오는 상승 암석으로, 대기권 내에서 매우 드물게 관측되어 이젝터라고 불리는 물질에는 성분적으로 공통점이 보였다. 즉, 행성 FBB의 대기 깊숙한 곳에 무언가 고체 구조물이 있는 게 아닐지 짐작해 볼 수 있다. 하지만 통상 가스 행성의 심부에 고체 구조가 있을 리 없으니, 어쩌면 외부에서 온 다른 천체가 이 행성 깊은 곳에 가라앉아 있을지도 모른다——.

　"외래 천체? 그런 게 확인되었던 전례는 없었지? 로망 있는걸."

　"조그만 얼음 혜성 같은 게 부딪힌 기록은 산더미처럼 있습니다만."

　"그렇긴 하지만 어쩌면 그 천체가 생명을 옮겨와 줬을지도 모르는 일이잖아? 역시 로망이 있어."

　"로망은 나중에 생각해 주세요. 그것 말고도 생각해야 할 것들이 산더미처럼 있으니까요…….."

 이번처럼 낚싯대 한 자루로는 채산성이 맞지 않기 때문에 라덴비자야는 커다란 그물망을 사용한 쌍끌이 저인망 방식을 제안했다. 밀집된 베쉬를 문자 그대로 일망타진한다면 수입과 지출을 크게 개선할 수 있지 않겠냐는 계획이지만, 그러기 위해선 거대한 그물과 강력한 엔진을 가진 배가 필요했다. 그래서 그런 설비를 어떻게 갖출지가 논란이 되었다.

 그런데 시비가 그런 쪽 이야기를 꺼내 봐도 마기리는 그다지 내키지 않는 기색이었다. "강력한 엔진? 베쉬의 분말을 연료로 삼아보면 어때?" 같은 엉뚱한 소리만 할 뿐. 새로운 산업이 형성될 것인가, 아니면 모처럼의 기회를 허사로 만들 것인가, 스태프들이 열심히 검토해 제출한 기획서에도 집중하지 못하는 모습이었다.

 그러던 기색이 달라진 건 시비가 어쩔 수 없이 하던 얘기로 돌아왔을 때였다.

 "그러고 보니 파파 앙리가 한 말입니다만, 베쉬는 기이한 성질을 갖고 있다고 하더군요."

 "지금까지 한 얘기 중에서 기이하지 않은 부분이 있었어?"

 "자, 그런 말씀 마시고. 이건 정말로 신기한 얘기니까요. 파파는 베쉬를 해부한 뒤, 몸이 왜 저런 형태로 이루어졌는지 고찰해 보기 위해 지구의 생물과 비교 검토를 실시했다고 합니다. 디스플레이 데스크에 베쉬 지느러미 실물을 놓고, 옆이나 바로 아래에 다양한 기존 생물종의 영상을 띄워서 윤곽과 골격을 비교해 본 거죠."

"흐음흐음."

"그랬을 때 잠시 화장실에 다녀와 보니, 데스크 위에 금붕어가 있었다고 합니다."

"……어?"

적당히 대충 흘려듣고 있던 마기리가 입을 헤, 벌렸다.

"금붕어? 아노 도미니 시대 생물?"

"아노 도미니에 탄생해서 지금도 폴룩스4의 호소(湖沼)행성에서 사육되고 있는 관상어인 그 금붕어입니다."

"어떻게?"

"모릅니다. 하지만 그때 파파의 데스크에 놓여 있던 건 금붕어였다는 모양이에요."

"……베쉬의 시체가 금붕어로 바뀌었다는 소리야?!"

"그렇다고 합니다. 아니, 정확히는 죽지 않았던 것 같다고 해요." 시비가 어깨를 으쓱했다. "베쉬는 겉모습 그대로의 생물이 아닌 거예요. 부정형 생물일 수도 있다고 하더군요. 머리와 몸통과 꼬리가 있고, 낱낱의 마디가 있고, 감각 기관도 있다며 파파 앙리는 배 위에선 지극히 타당한 분석을 내놓았지만, 아무래도 그건 잘못 짚었던 걸지도 모른다고 말했습니다."

"부정형 생물……?"

"문자 그대로 정해진 형태가 없이 다양하게 모습을 바꾸는 생물이죠. 부정형 생물이라고 해도 다양한 종류가 있어서, 지구의 아메바나 오징어, 전설로 남아 있는 고양이처럼 그 자리에서 휙휙 모습을 바꾸는 생물도 있다면, 뱀장어나 점균, 딱정벌레처럼 성장 단계에 따라 형태가 바뀌는 생물도 있다고 합니다. 베쉬도 필요에 따라 모습을 바꾸는 생물일 수도 있다고 하네요……."

"흐응……."

고개를 끄덕이며 얘기를 듣던 마기리가 문득 우주의 한 점을 바라보았던 건 바로 그때였다.

"필요에 따라 모습을 바꾼다……?"

"네에."

"그럼 연구실에서 형태를 바꾼 베쉬는 왜 모습을 바꾼 걸까. 거기서 금붕어가 되어야 한다고 판단했으니까?"

"네? 그건……." 시비는 당황했다. "모르겠습니다. 애초에 판단을 내리고 모습을 바꾼 것도 아니라고 생각합니다. 하지만, 듣고 보니 금붕어가 될 필요는……."

"없지."

돌아보는 마기리의 눈동자에는 옛날 한때, 시비가 두 번 다시는 보고 싶지 않다고 생각했던 눈빛이 머물러 있었다.

"마찬가지로 가스 행성의 대기권에서 물고기가 될 필요도 없어. 그렇지 않아? 이왕 할 거라면 좀 더 비행과 활공에 적합한 모습…… 콘도르나 글라이더나 프테라노돈이 되는 게 필요성 측면에서 더 알맞지 않겠어?"

"그 말도 맞을지도 모르겠습니다만."

시비가 끄덕이며 동의하자 마기리는 갑자기 짐칸에서 뛰어내렸다.

"확실히 신기한 얘기였어. 알려줘서 고마워, 시비."

"마기리? 어디 가시는 건가요?"

"잠깐 저쪽에."

그렇게 말하며 낡은 마차를 떠난 마기리가 10년 만에 행성으로 무단 강하했다는 사실을 알게 된 건 그로부터 얼마 지나지 않아서였다.

시비 엔데바는 10년 전 처음 단독 강하를 했을 때를 똑똑히 기억한다. 주회 궤도를 도는 선단에선 수소를 채취하기 위해 일상적으로 셔틀을 FBB 대기권에 내려보내고 있지만, 셔틀 파일럿 육성 과정을 밟던 당시 19살이었던 시비가 졸업까지 남은 700일의 과정을 전부 뛰어넘고 긴급 투입되었던 게 그 단독 강하였다.

임무는 극비였고, 임무 목적은 사망한 겐도 마기리 선단장의 회수였다. 함께 투입된 입이 무거운 30명의 파일럿 중에서 그녀가 제일 먼저 마기리를 찾아냈다.

지금 시비는 그때와 완전히 똑같이 팻 비치 볼, 북열대 벨트 북쪽 끝에 있는 초고대 고기압 태풍, 『왼쪽 눈알』 가장자리에 내려왔다.

"제 목소리가 들립니까, 마기리!"

시비는 레스큐 기체의 무선기에 대고 노성을 질렀다.

"엔데바입니다. 뒤쪽에 300기가 더 와 있어요. 이쪽에선 레이더를 통해 확실하게 보고 있고, 기체의 10%는 강제 포획기를 장착하고 있다고요. 50기압까지 따라붙어서 반드시 붙잡겠어요! 어서 돌아오세요!"

300기라는 말은 사실이었다. 뿐만 아니라 서크스 전체가 비상 대응 체제에 들어갔다. 마기리는 아직 리더로서 선단에 꼭 필요한 사람이다. 베쉬 포획이라는 새로운 국면을 맞이한 지금은 더욱 중요한 시기다.

하지만 시비는 설득하면서도 무력감을 느꼈다. 반드시 붙잡겠다는 말을 실천할 수 있었다면 이 기체들만으로 베쉬도 쉽게 잡을 수 있었을 테니까. 그러지 못하는 이유는 성공률이 고작 몇 퍼센트에 불과하기 때문이다. 아무것도 모르는 일반인이라면 모를까, 선단장인 마기리는 그 사실을 누구보다 잘 알고 있을 게 분명했다.

아니, 그런 사실보다도 마기리가 갑자기 무단 강하한 이유가 그때와 마찬가지라면, 이렇게 불러봤자——.

그런데 초조해하던 시비의 귀에, 기대조차 하지 않았던 대답이 들렸다.

"베쉬는 왜 물고기 형태라고 생각해?"

"……어?"

베쉬가 모습을 바꾼다는 사실을 가르쳐 줬을 때 마기리가 했던 대답을 그대로 반사하는 것처럼, 시비가 얼빠진 목소리로 대답했다.

"지금 그게 상관이 있나요?"

"누군가가 물고기의 모습을 베쉬에게 가르쳐 줬다고 생각하지 않아?"

"누군가라니."

"지구의 물고기를 좋아하고, 누구보다도 물고기에 대해 잘 알고, 지식과 도감과 러버 스트랩을 항상 지니고 있다가 사고를 당해 그 상태로 하층에 떨어진 사람이——."

"마기리!"

시비 엔데바는 절규했다.

"소용없는 행동입니다! 그만두세요! 그런 생각을 할 필요는 1피코그램도 없습니다!"

"에다가."

시비는 머릿속으로 지금 마기리가 하는 생각을 선명하게 그릴 수 있었다.

혹은 마기리의 망상을.

성간 생물학 일등 박사, 드라이에다 데 라 루시드 교수. 마치 저절로 반짝이는 것처럼 산뜻하게 쳐올린 늠름한 숏컷 헤어스타일에 안경을 쓰고, 작은 체구에 백의를 걸치고는 우주에서 제일 씩씩하게 살아가던 연구 중독자. 멋진 외모와 괴팍한 성격의 화신이었던 그녀는 중층 관측 도중에 발생한 내압선 트러블로 인해 트롤리 딜레마와 유사한 선택에 맞닥뜨린 순간, 처자와 연인이 있는 두 남성 선원을 무사히 돌려보내기 위해 내압 설비를 비상 투기하고 혼자서 심층으로 사라지는 완벽한 행동을 해냈다. 떠날 때 마지막 대사는 "아, 됐어— 됐어—. 나는 밑을 보는 게 기대되니까!". 향년 27세였다.

마기리 입장에선 완벽한 파트너를 잃고 만 사건이었다.

아무도(시비든, 다른 여성이든), 무엇도(10년이라는 시간이든, 우주의 섭리든), 그 자리를 대신 채워줄 수 없다는 사실을 50만 명 모두가 알고 있었다. 알면서도 그저 뭔가 알 수 없는 기적이 일어나 선단장이, 그 점 하나 말고는 결점을 찾을 수 없는 그녀가 제정신을 유지해 줄 거라고 도박을 걸었던 것이다.

지금 모두가 그 한없이 멍청하고 낙관적이었던 도박의 결과에 직면하는 중이었다.

"만약 그렇다면 무슨 뜻이라고 생각해?"

적린과 메탄이 소용돌이치는 검붉은 구름 속으로 마기리의 기체가 앞장서서 돌진했다.

"10년 전, 에다가 베쉬에게 물고기를 가르쳐 줬다면?"

마기리의 기체에서 들려오는 통신만이 진저리날 정도로 선명해서, 그게 시비의 자책감을 자극했다.

"그걸 가르쳐 줄 만큼의 시간이 있었다는 뜻이나 다름없잖아?"

시비는 부스터 스로틀에 건 손을 열병 환자처럼 덜덜 떨었다. 부스터를 전개해 버리면, 아무튼 동반 자살만큼은 할 수 있다. 귀환 분량을 전부 다 쓴다면.

"이해하겠어? 상상할 수 있어? 상상해 봐. 에다는 이 밑바닥에 살아있었을지도 몰라. 수십 분, 몇 시간, 며칠── 아니, 어쩌면?"

"말도 안 돼요! 마기리, 그건 아니야!"

"그저 돌아오지 못하고 있을 뿐이라면?"

FBB의 기압 심도 100바(bar) 이상, 거리로 치면 1000킬로미터 이상 깊은 지점. 인류는 아직 유인, 무인을 막론하고 거기서부터 어떤 기체도 회수에 성공한 적이 없다.

서크스는 삼도천을 발아래에 두고 있다.

죽은 자가 건너는 곳, 돌아올 수 없는 피안이 이 거대한 폭풍의 구형 세계 속에 있다──.

그런데 만약, 그게, 착각이었다면?

"그렇다면 나는 그 녀석을 10년 동안."

질투와 선망이 담긴 울부짖음과 함께 시비 엔데바가 부스터 스로틀을 밀어 넣으려는 순간.

레이더 화면이 깜빡이고, 무선에 잡음이 끼었다.

하늘과 구름의 경계선 끝까지 이어지는 광대한 심층운을 밀어내며 요동치는 진남빛의 그림자 무리가 뛰어올랐다.

1

 가스 행성의 경치는 1분마다 바뀐다. 높게 솟은 새하얀 암모니아 빙운과 붉게 슨 녹 같은 색을 띠고서 진흙탕처럼 소용돌이치는 하층운 사이에 천변만화의 모습이 나타났다가도 금방 사라진다.
 그래도 자연의 변덕 덕분에 한 종류의 구름이 장시간 형태를 유지하는 경우도 간혹 있다.
 동물의 모습, 사람의 얼굴, 먹을 것과 드레스. ──테라 테르테는 언제나 무언가를 상상하고 있다. 오늘의 상상은 오리 가족이었다. 부리처럼 생긴 고층운을 쭉 내밀고 높이 4만 미터의 거대한 탑처럼 생긴 탑구름이 다소곳이 서 있었다. 한층 커다란 엄마 오리와 하나, 둘 셋, 넷…… 총 열두 마리 새끼 오리들이다.
 네 번째 새끼 오리의 등 쪽에서 베쉬가 반짝 빛났다.
 테라는 외쳤다.
 "찾았다! 방금 보였어요, 베쉬! 거리 약 300킬로! 다이오드 씨!"

"어디요."

"넷째 아이 등! 저쪽에! 오리 쪽에!"

"오리가 뭔데요."

"앗, 오리라는 건 아노 도미니 시절에 있었던 순수 지구 생물인 조류인데요, 아니 종류가 중요한 게 아니지만요, 타신냐오大巡鳥의 수입 조각상에 나오는, 아, 맞다. 딱 그 타신냐오처럼 생겼는데!"

"몰라요, 마커를 보내주세요."

파트너의 쌀쌀맞은 말투에 테라는 힘없이 어깨를 늘어뜨렸다. 또 저지르고 말았다. 남들이 이해 못 할 비유를 떠들다가 상대를 짜증 내게 만든다. 매번 있는 일이지만 역시 풀이 죽는다.

이야기꾼^{텔 테 일} 테라라는 불명예스러운 별명을 얻게 된 것도 그 탓이다.

이번 파트너와는 처음으로 합을 맞춰보는 자리였다. 게다가 평범함에서 조금 벗어난 팀이었다. 항구에서 마주친 지인들은 이상한 시선으로 바라보았고——시선뿐 아니라 장난으로 고기잡이를 나가지 말라는 따끔한 말까지 들었고——스스로도 엄청 잘못된 짓을 하고 있다는 느낌이 들었다.

그래서 더더욱 잘 해내고 싶었는데.

시무룩한 상태로 전방을 응시하던 중 문득 신경 쓰이는 점이 있었다. 탑구름의 형태가 이상하게 느껴졌다. 정확히는 이상하다기보다 모양이 너무 반듯했다.

 저 구름이 저렇게나 반듯한 형태였던가……?

 그런 생각을 하고 있었더니 의아해하는 목소리가 들렸다.

 "저기, 마커를. ……컨디션이 안 좋은가요, 테라 씨?"

 헉, 하고 정신을 차렸다. 전방 한 단 아래 전면부 콕핏에 있는 파트너가 고개를 돌려 이쪽을 보고 있었다.

 다이오드, 그녀는 그렇게 불러줬으면 좋겠다며 자신을 소개했다. 상당히 앳된 외모라, 여성이라기보다는 소녀라고 불러야 할 나이처럼 보였다. 어부들이 전통적으로 입는 정장인 선박 의장은 은색과 검은색. 바디라인이 그대로 드러나는 스킨 슈트형으로 만들어졌다. 아담한 가슴과 조그만 엉덩이의 굴곡이 선명하게 보였고, 가느다란 팔뚝과 하얀 허벅지는 그대로 노출되어 있었다. 레이스 헤드 커버를 쓰고 있는 은색 머리카락은 어깨 밑까지 흘러내렸고, 찌푸린 가는 눈썹은 시원스러운 인상을 준다. 속눈썹은 밑에 그늘이 드리울 정도로 길고 짙었다.

 몹시도 대담하고 아름다운 모습이었다. 오늘 아침에 만나서 배에 타던 순간엔, 테라는 자기가 입은 평범한 빅토리안 스타일 롱드레스가 촌스럽게 느껴져서 기가 죽고 말았다.

 지금도 후방 콕핏에서 눈앞의 소녀에게 눈길을 떼지 못하던 테라는 묻는 말에 당황하며 대답했다.

 "앗, 네, 지금 바로! 바로 보낼게요!"

긴 검지로 구름 저편을 가리켰다. 가이드 레이저가 쭉 뻗어나가 목표물을 표시해 주었다.

남색으로 반짝거리는 생물의 무리가 언뜻언뜻 보였다. 한 마리 한 마리까진 아직 선명하게 볼 수 없었지만 힘차게 움직이는 무언가가 떼로 뭉쳐있다는 건 멀리 떨어져 있어도 알 수 있었다. 테라는 잡아먹을 듯한 기세로 그 무리를 응시했다.

베쉬, 특이한 유영 생물. CC 18년에 당시 선단장이었던 C.B 엔데바에 의해 처음 발견되었고, 이후 서크스의 귀중한 자원으로 활용되게 되었다.

베쉬의 생태는 지금도 완전히 밝혀졌다고 말하기는 힘들지만, 285년이 지난 현재 베쉬를 둘러싼 환경은 두 가지 점에서 크게 달라졌다.

그 두 가지 중 하나는 오랜 세월에 걸쳐서 관측이 이어져 온 덕분에 베쉬의 분류와 분포에 대한 이해가 넓고 깊어졌다는 점이다.

멀리 보이는 베쉬를 가만히 바라보던 다이오드가 고개를 끄덕였다.

"저거구나…… 짝입정어리려나."

두 개의 콕핏은 실제론 배 안의 서로 다른 위치에 물리적으로 독립되어 있다(한쪽에 무슨 일이 생기더라도 다른 쪽이 말려들지 않게 하기 위함이다). 하지만 눈에 보이는 영상으론 앞뒤로 딱 붙어 있는 것처럼 시각 처리가 되어 있어서, 테라가 손가락으로 가리킨 건 다이오드도 볼 수 있었다.

 그렇지만 당연하게도 창문은 없다. 아무것도 없다. 낚싯배의 브릿지, 선창, 사관 식당, 망원경 등등 우주선 내부의 여러 시설은 300년의 세월 동안 전부 사라지고 이젠 콕핏만 남았다. 그곳에 모든 정보가 집약되어 있고, 그곳에서 모든 조작이 이루어진다.

 가스 행성의 경치와 소리가 실제 외부에서 느끼는 것과 다를 바 없을 정도로 테라 주변에 생생하게 펼쳐져 있으며, 궤도 정보와 기체 정보와 기상 정보와 선내 환경 정보의 패널이 시야에 방해가 되지 않도록 네 귀퉁이에 떠올라 있다. 그중 일부는 젤 안의 영상이고, 일부는 뇌에 직접 흘러드는 영상이지만 그걸 굳이 구별할 의미도, 방법도 없다.

 서크스는 문손잡이를 돌리는 것처럼 손쉽게 가상 입출력 VUI 패널을 눈앞에 호출할 수 있다. 그리고 손잡이를 돌리면 문이 열리듯이, 배는 손짓과 눈짓으로 부여하는 명령을 충실하게 수행한다. 그 말은 즉, 적당히 가볍게 누르는 것만으로 필요한 작업을 완료할 수 있다는 뜻이고, 이런 구조로 이루어진 덕분에 단둘이서도 우주선을 띄울 수 있는 것이다.

 테라는 커다란 가슴 탓에 잘 안 보이는 VUI 패널을 가슴 위까지 들어 올린 후, 열 손가락을 열심히 움직여 물고기 떼의 정보와 피아 운동 조건을 어떻게든 산출해 냈다. 산출된 결과를 잠시 가만히 노려본 다음 두 가지 어획 전술 계획을 세워서 파일을 전면부 콕핏으로 보냈다.

"전술이에요!"

훌륭한 솜씨라고 말하기는 힘들지만, 디컴퍼를 맡아 고기잡이에 나온 만큼 테라도 작업의 순서는 확실하게 숙지하고 있다.

"저 베쉬는 탑구름 상류에서 고도 방향으로 군집을 이루고 있어서 아마 짝입정어리처럼 보일 거예요. 만약 짝입정어리라면 바람이 불어오는 쪽을 향한 채 거의 움직이지 않을 테니까, 빔 트롤로 상류 방향에서부터 밑으로 덮치듯이 그물을 던지는 흐름으로 가는 게 일반적이라고 생각해요."

"뭔가요, 그 말투……." 다이오드가 허스키한 목소리를 낮게 깔았다. "'짝입정어리처럼 보일 거'라니 대체 뭐죠. 그럼 짝입정어리가 아니라는 건가요. 저도 짝입정어리라고 생각했는데요."

"짝입정어리가 아니에요." 테라가 단언했다. "애초에 저 구름도 탑구름이 아니에요. 그러니 베쉬도 짝입정어리가 아니죠."

"네?"

다크 블루의 눈동자가 처음으로 놀란 기색을 드러냈다.

"무슨 소린가요. 탑구름이 아니다?"

"마침 바로 옆에서 바라보고 있어서 탑 형태로 보일 뿐이에요. 위치의 문제입니다. 저쪽으로 가까이 다가가면 아마 이렇게 보일 거예요——." 테라는 두 번째 어획 전술 계획을 열고 측면도를 휙 회전시켜 예측 평면도를 표시했다. "낚싯바늘 형태의 낚시

구름이에요. 바람이 불어오는 쪽으로는 기둥이 아니라 널찍한 형태로 되어 있을 거예요, 분명."

"낚시구름?!"

다이오드가 목소리를 높이며 전술 계획과 전방에 보이는 광경을 번갈아 가며 비교해 보았다. 시선을 구름에서 떼지 않은 채 끄덕인다.

"그러네, 저거 낚시구름이야…… 용케도 눈치채셨군요."

"네, 뭔가 리듬이 이상했거든요!"

"리듬."

고개를 돌려 힐끗 시선을 향하는 다이오드를 향해 고개를 끄덕여 주었다.

"리듬이에요. 13개가 둥 둥 둥 둥, 이렇게 늘어서 있어요. 그런데 탑구름은 카르만 소용돌이라서 탁 둥 탁 둥, 이렇게 늘어서 있어야 한단 말이죠. 하나 뛰고. 매끄럽지 않아요."

"탁 둥 탁."

다이오드가 평탄한 어조로 따라 했다. 테라는 황급히 손을 내저으며 원래 하던 얘기로 돌아왔다.

"죄송해요, 귀담아듣지 않으셔도 돼요. 아무튼 하고 싶은 말은 저건 기상운이니까, 짝입정어리가 아니고, 바로 옆에서 봤을 땐 길게 뭉쳐있는 걸로 보이는 물고기 떼. 다시 말해 장막군을 만드는 타입인 사냥감이라는 뜻── 우와앗!"

말이 끝나기도 전에 배가 쿠우웅, 하고 가속하는 바람에 테라는 뒤로 나동그라지고 말았다. 당황하며 "저기!" 하고 외쳤다.

"괜찮은 건가요?!"

"뭐가요."

"어종!"

"장막군인 거잖아요." 고민할 필요가 있겠냐는 듯이 쌀쌀맞은 대답. "장막군이란 건 쉽게 말해 로프처럼 가늘고 긴 물고기 떼가 때마침 상하로 납작하게 펼쳐져 있다는 뜻. 로프 모양의 장막군이라고 하면 파도넘이정어리밖에 없어요."

테라는 입을 다물었다. 자기 예상과 똑같았다. 그렇게 어려운 추리는 아니지만, 그래도 유사한 후보는 세 개 정도 더 있을 터였다.

"그리고 파도넘이정어리라면——." 다이오드가 말을 이었다. "짝입정어리와 다르게 고속으로 헤엄치고 있어요. 즉, 지금 저기서 움직이지 않는 것처럼 보이는 군집은 우리 쪽으로 똑바로 다가오고 있거나, 반대편으로 똑바로 멀어지는 중인 거죠."

"후자라고 생각해요! 점점 육안으로 확인하기 힘들어지고 있으니까!"

"그거예요."

짧은 한마디에 담긴 만족스러운 울림이 느껴질락 말락 하던 중, 도전적인 날카로운 말이 이어졌다.

"'쫓는 그물은 얼프기'. 어떻게 할 건가요."

물고기 떼를 뒤쫓는 구도가 되면 어부한테 불리하다는 뜻을 가진 속담이다. 그물은 물고기가 지나다니는 길목에 던지는 법이다. 지금의 구도는 딱 잘라 말해 매우 불리했다.

"펼쳐서 쫓는 건 말이 안 돼. 그렇다고 속도로 앞질렀다간 들켜."

배가 그물을 펼치면 공기 저항 탓에 속도가 떨어지므로 물고기 떼가 도망쳐 버린다. 하지만 그렇다고 일단 빙 돌아 들어가 매복하려고 해도, 앞지르는 순간 물고기 떼가 눈치채고 뿔뿔이 흩어져 버릴 가능성이 높다.

"트롤링으로 밑에서부터 위로 찔러 올라갈 수밖에 없으려나. 한 번에 두 잔, 어떻게든 세 번까진."

"그것도 괜찮긴 한데요, 저기——." 다이오드의 말을 끊고서 테라는 입술을 핥으며 말했다. "물고기 떼의 바로 밑을 스치듯이 전속력으로 직진해 주실 수 있나요? 선망(旋網)을 하고 싶어요."

다이오드의 눈이 가늘어졌다. 3살짜리를 보는 듯한 눈이다.

"선망."

"네."

"회유어 상대로."

"네."

"물고기 떼한테 들키는데요."

"괜찮아요."

"뭐— 그러시죠."

어처구니없는 제안이 선뜻 받아들여졌다. 그 시원스러운 태도를 보고 조금 더 욕심을 내봤다.

"큐 사인 직전까지 몰래 끌어당긴 다음, 큐와 동시에 열 잔 가득 부하를 걸 건데요, 괜찮을까요……."

"바보 아니에요? 좋을 대로 하든가요."

마침내 노골적으로 바보라는 말이 튀어나왔다. 하지만 예상대로 제안을 받아들여 줬다는 사실에 테라는 기쁨으로 몸을 떨었다.

"흐헤헤, 헤, 그럼 할게요. 헤헤."

뭐 하나 멀쩡한 점이라고는 조금도 찾아볼 수 없는 대화였다. 파도넘이정어리는 걸그물을 치거나 흘림걸그물로 잡는 방식이 일반적인 데다, 헛소리가 아니고서야 열 잔 가득 부하 같은 소리를 하는 얼빠진 녀석은 없다.

지금까지 맞선을 봤던 상대들이었다면 어이없다는 반응부터 돌아왔을 게 틀림없다. 거기에 한술 더 떠서 지금까지 이렇게 던지는 사람을 한 번이라도 보긴 했나 싶은 그물 던지기 방식을 진짜로 실행하게 되었다.

공기가 옅은 성층권을 비행하던 배가 나란히 선 낚시구름을 전방으로 바라보며 기압 고도 5만 미터의 권계면을 갈라 찢고 대류권에 돌입했다.

그렇다, 이곳은 직경 14만 킬로미터의 가스 행성, 팻 비치 볼의 대기권이다. 우주 공간과는 비교도 되지 않을 정도로 농밀한 기체 분자가 가득 차 있고, 거기에 더해 바람도 태풍도 몰아치고 있다.

인체에 해가 없는 물로 이루어진 구름, 맹독인 하이드라진 구름, 아무튼 꺼끌꺼끌한 유황과 적린의 구름. 그 외에는 평범한 호흡이 불가능한 수소와 헬륨이 대부분을 차지하며, 그 바람이 시속 400킬로미터로 소용돌이치는 마경이다. 양철 깡통이나 마찬가지인 항성선(恒星船)이나 행성선(行星船)을 타고 아무 생각 없이 내려왔다간, 걸레짝처럼 너덜너덜해진 다음 흡입구에는 가루가 가득 들어차서 대기 밑바닥에 도사린 초임계 상태의 수소 바다에 풍덩 빠져 1권 끝이다. 그곳은 4000기압을 자랑하는 훌륭한 지옥이라 누구도 살아 돌아올 수 없다.

그렇게 되는 걸 두려워했던 초창기의 서크스들은 1000톤도 되지 않는 조그만 배에 미숙한 기술로 가변형 날개를 붙여서 안전하게 저속으로 비행했다고 한다. 그래서야 조마조마해서 살아도 산 기분이 아니었겠지. 불쌍하다는 말밖에 해줄 말이 없다.

현대의 서크스는 초주선(礎柱船)^(필러 보트)을 타고 하늘에 내려온다.

그게 옛날과 지금의 가장 큰 차이점이다. 필러 보트는 형태가 변화한다. 우주 공간에서 태양 발전을 하고 있을 때는 평평한 형태로, 우주 쓰레기와 맞닥뜨리는 관성 항행 도중에는 큼직한 버섯 모양 머리로. 그리고 대기권 돌입 시에는 공기 역학상 최적인 날카로운 포탄형을 취한다. 길이는 200미터 이상, 질량은 거의 20만 톤을 넘어서고, 최대 추력은 50만 톤에 이르는 대괴수다.

그런 필러 보트의 대부분은 전 질량 가변 점토로 이루어져 있다.

AMC 점토가 무엇인지는 중등과 순항생이라면 잘 안다. 아무튼 수업 중에 졸지 않았다면 어떻게든 설명을 듣게 되어 있다. 자세한 해설은 한 귀로 듣고 한 귀로 빠져나간다고 해도, 딱 한 가지 인상적인 사실만큼은 무조건 그들의 뇌에 남는다.

그건 바로, 디컴퍼는 점토를 반죽한다는 것.

물고기 떼와의 거리가 50킬로미터 이내로 좁혀졌다. 테라는 눈을 감고 심호흡했다. 도르래를 돌리는 사람처럼 가슴 앞에 양손을 가만히 뻗은 다음 힘을 빼고 체액성 젤 안에서 두둥실 떠올랐다.

정신 탈압. 상상을 크고, 또렷하게 그려낸다. 자기 몸을 둘러싸고 있는 선체를 넓게 펼치고, 확장하고, 짜고 엮어서, 마치 자기 손발처럼 자유자재로 흔들고 아로새긴다.

"도달 10초 전."

다이오드가 말했다. 후두부 1차 시야 영역으로 들어오는 자극 투사를 통해 모든 걸 볼 수 있다. 전방위 360도 광학, 그리고 그 외 많은 주파(周波)를 중복시킨 영상이다. 이제 물고기 떼가 선명히 보였다.

베쉬의 형태는 방추형, 검형, 새형, 로프형, 주머니형, 그물형

등 다양하다. 이 녀석들은 그중에서도—— 버터나이프 같은 은색 검형. 확실한 파도넘이정어리다. 이쪽으로 꼬리를 향하고서 쏜살같이 도망치고 있었다.

수는 잘 모르겠다. 횡단면에서 보면 200마리는 되어 보이지만, 앞쪽까지 전부 따지면 1000마리, 2000마리 정도일지도.

"5, 4, 3, 2, 1, 리치."

후웅, 하고 군집에 따라붙었다. 앞머리가 베일 듯한 아슬아슬한 거리에서 물고기 떼가 머리 위를 날고 있다. 물론 그건 착각이다. 100미터쯤 여유 공간을 두고 있을 테지. 그런데 정말 그럴까? 필러 보트의 윗면이 물고기 떼를 스치고 있는 게 아닐까?

그런 자극에 흔들리지 않으며 테라는 자신이 맡은 일을 시작했다.

선체의 오른쪽과 왼쪽에서 *저항판(오터 보드)을 한 장씩 분리. 초음속의 항행풍을 맞고는 순식간에 멀어졌다. 하지만 오터 보드에는 튼튼한 와이어가 연결되어 있다. 보드를 당기면서 그물을 엮었다.

그렇다, 디컴퍼는 그물을 엮는다——. 배에 격납된 그물을 꺼내는 게 아니라 선체 점토를 재료로 삼아, 실시하는 어업 방식에 맞춰 그때그때 즉석에서 그물을 형성하는 것이다. 눈으로 좇을 수 없을 만큼 빠른 방직 속도였다.

핑크색 필러 보트의 뒤쪽 절반이 새하얀 레이스 천처럼 섬세하

---

* 오터 보드(otter board) : 본래는 바닥까지 그물로 끌어담는 저인망 어업에 쓰이는 어구(漁具). 그물의 양 옆줄에 하나씩 달려 있는 철판으로 그물을 끌 때 입구가 펼쳐지게 해준다.

게 풀려나오며 펼쳐졌다.

머리 위에서 마치 날개 같은 물보라가 일었다. 장막군을 형성하고 있던 베쉬가 달려드는 필러 보트에 놀라서 좌우로 갈라진다. 은으로 된 끈을 칼로 쭉 찢는 듯한 광경이었다. 혹은 지퍼를 단숨에 휙 여는 듯한 느낌.

깊은 탈압 상태 속에서 호쾌한 광경을 보며 히죽히죽 웃고 있는 테라의 귀에 파트너의 독백이 들렸다.

"키가 가벼워……. 아직 잡히지 않은 건가."

그 말대로 아직 물고기는 잡히지 않았다. 빠져나가고 있다. 그저 그물을 넓게 전개해 놨을 뿐이다. 일반적인 저인망 어업에서 사용하는 트롤망이 아니다. 테라가 이 상황에서 즉석으로 고안해 낸, 전례가 없는 그물망이다.

그리고 그게 이제 곧 완성된다.

"그물 전개 완료합니다. 큐 사인과 함께 상승*이멜만 부탁해요, 10, 9, 8."

"과연. 그런 거였군."

이번엔 다이오드가 입술을 핥는 기척이 느껴졌다.

키잡이가 나설 시간이었다.

"3, 2, 1, 큐."

"흐읏!"

---

* 이멜만(Immelmann): 롤 오프 더 탑, 이멜만 턴이라고도 불리는 곡예비행의 기동법 중 하나. 상승하면서 반바퀴 돌아 진행방향을 뒤집는다.

쿠웅, 하고 충격이 덮쳐든다. 다이오드가 콧소리를 냈다. 디컴퍼의 어망 형성 전개가 끝나고, 견인이 시작된 것이다. 트위스터가 전체 제어를 핸들 개시.

필러 보트는 상승하다가 반 공중제비를 돌며 배를 휙 뒤집고 지금까지 왔던 방향으로 되돌아가기 시작했다. ──그리고 그 꼬리에는 억센 자루그물을 달고 있었다.

사각형 광장처럼 전개된 자루그물 위에서 뿔뿔이 흩어져 달아나던 파도넘이정어리 대부분은 더 깊은 곳을 향해서 도망치려고 했다. 그건 다시 말해 그물 전체 구석구석에 자기 스스로 머리를 들이밀었다는 뜻이다.

네 모서리에 연결된 오터 보드가 감아올리는 와이어를 따라 올라온다.

필러 보트에 묵직한 질량이 걸렸다. 선미의 열핵 엔진이 폭발적으로 불을 뿜는다. 테라는 디컴프레션에서 떠오르면서도 거대한 부하에 정신을 차릴 수 없었다.

"괘, 괜찮은가요, 무게……."

"열 잔은 버틸 생각이에요. 그만큼 잡겠다고 들었으니까요."

배 아래에서 빵빵하게 부풀어 오른 그물 속 베쉬들이 펄떡펄떡 요동쳤다. 뒤쪽에선 요란한 소리를 내며 계속해서 분사 중인 엔진의 빛을 받아, 운해가 저 멀리까지 적금색으로 빛나고 있었다. 배의 구조이자 연료로 쓰이는 AMC 점토가 엄청난 속도로 줄어

든다. 한 번도 본 적 없는 광경이라고 생각했더니, 이 트위스터는 노즐을 18개나 꺼내놓고 있었다. 한 잔, 두 잔이라는 건 어획의 단위로, 열 잔이라고 하면 100퍼센트를 의미한다. 다시 말해 배의 무게에 맞먹는 어획량을 진지하게 버틸 작정이었던 모양이다. 이 고도에서 행성 중력은 2G를 넘으므로, 멈춰있는 것만으로도 35만 톤에 달하는 출력을 분사한다는 계산이 나온다.

배 밑바닥과 선미에 생성한 18개의 노즐에 추력을 배분하기 위해서는 연립 방정식의 풀이가 필수적이다. 그물 속 베쉬는 바람에 흔들리면서 스스로 진동하는 탓에 반 유체로 소용돌이치며, 이는 자연스레 높은 사이클의 제어를 요구한다. 분명 다이오드의 콕핏과 머릿속에선 숫자와 숫자가 끊임없이 맞부딪히는 계산 대전쟁이 벌어지고 있겠지. 그건 오로지 형상적 상상만이 특기인 테라로선 비교적 서투른 분야인 작업이었다. 아니, 테라가 아니더라도 그걸 쉽다고 표현할 서크스는 적다. 남자라도 그럴 테고, 하물며 여자는 매우 드물——.

좌석을 둘러싼 부채꼴 형태의 가상 스로틀을 다이오드는 열 손가락으로 이리저리 톡톡 튕기고 있었다. 하이힐 뒤꿈치로 또각또각 리듬을 새긴다. 폴카를 추는 피아노 연주처럼 가볍고 경쾌한 소리였다.

그것이 테라도, 동료들도, 그 누구도 본 적 없는 '여성 트위스터'의 모습이었다.

그럼에도 1mm 단위의 세심한 조정으로 만 톤 무게의 추력을 가감하고 있다는 긴장감은 조그만 뺨의 굳은 입가를 통해 뚜렷하게 엿볼 수 있었다.

그 옆모습에서 귀를 의심하게 만드는 말이 흘러나왔다.

"자체 무게에 10기가 뉴턴이 걸리고 있어요. 테라 씨, 자기가 무슨 짓을 한 건지 알고 있나요."

"어?"

"몇 잔을 어획했는지 아냐는 뜻이에요."

계산해 보지 않아도 알 수 있다. 테라가 펼친 그물은 기대를 아득히 뛰어넘는 양의 물고기를 담고 있었다.

"11이나 12쯤——." "18잔이에요, 테라 테르테 씨."

뒤를 돌아보는 다이오드의 눈동자는 기름막이 낀 것처럼 번들거렸다.

"당신, 최고예요."

그렇게 말하며 동시에 엄지를 세우더니 슥, 하고 목을 긋는 시늉을 했다.

"어째서——————?!"

비상투기 커맨드가 입력된 배는 와이어를 절단, 그물을 떨어트렸다.

그 반동으로 필러 보트는 펑, 하고 튕겨 날아갔고, 테라는 빙글빙글 돌며 사방에 비명을 퍼뜨렸다.

——303년 전 범은하 왕래권에서 행성 팻 비치 볼로 이주해 온 사람들은 아직 살아있었다.

처음 24개였다고 전해지는 씨족 중에서 액시스, 베이진, 코네티컷, 플릭, 모시, 시리우스, 우랄, 즈루의 각 씨족은 쇠퇴하여 다른 씨족에게 흡수됐다. 드론&덩글, 엔데바, 겐도, 히브리, 아이탈, 자코볼 트레이즈, 키른, 릴리시아, 누엘, 오바논, 폴룩스, QOT, 라덴 비자야, 테구, 바츄, 신친까지 16씨족이 남았다. 각각의 씨족은 거점으로 삼을 거대한 씨족선을 한 척씩 건조해서 행성 FBB의 고궤도 6000킬로미터 위를 각자 돌아다니고 있다.

주회자력(C.C) 303년, 성십이지장력(A.D) 8829년. 잔존 총인구는 30만 4900명이다.

선단 초기에 결정됐다고 하는 각 씨족의 앞 글자를 쭉 나열해 보면 두 글자만 빼고 알파벳 A부터 Z까지 깔끔하게 배열된다. 왜 그렇게 됐는지 이유는 불명이고, 이름과 씨족의 정체성을 잇는 연결고리도 이제는 희미해지고 말았지만, 그래도 이 씨족제가 서크스의 다양성을 유지하는 데 톡톡한 역할을 했다는 점은 분명했다. 평균 인구 2만 명의 씨족선이 16척. 계율을 중시하는 히브리나 생물 보호를 기조로 건 폴룩스, 토론을 좋아하는 QOT처럼 독특한 개성을 가진 씨족이 있는가 하면, 아이탈, 엔데바, JT처럼 출입이 자유롭고 느슨한 곳도 있다.

사람들이 멸망을 애석하게 여기는 씨족도 있고, 남들을 매우 성가시게 하던 씨족도 있었다. 다행히도 전 선단이 둘로 쪼개질 만한 대혼란은 300년 동안 한 번도 일어난 적 없었다. 하지만 반대로 사람들에게 번영과 발전을 가져오는 대사건도 일어나지 않았다. 선단의 최대이자 최후의 발명은 AMC 점토를 사용한 필러 보트의 건조였고, 그에 따른 산업 체계가 완성된 이래 서크스는 완만한 축소 재생산의 내리막을 걷고 있다.

성계의 항성인 마더 비치 볼의 활동은 안정되어 있어서, 지금이나 옛날이나 6억 8000만 킬로미터 저편에서 줄곧 희미한 빛을 보내주고 있다. 지금과 옛날뿐 아니라, 역사의 시작부터 끝까지 빛나고 있을 게 분명하다. 선단도 그 희미한 빛 속에서 옛날에도, 그리고 지금도 변함없이 흰색과 갈색이 섞인 커다란 구체 주변을 계속해서 빙글빙글 돌고 있었다.

하지만 그곳에 있는 사람들 모두가 언제까지고 행성을 맴돌고 싶어 할 거라는 보장은 없었다.

그리고 그들이 왜 행성을 돌고 있는 것인가, 그걸 이해하고 있다고도 장담할 수 없었다.

2

테라 인터콘티넨털 엔데바는 스물네 살 여성이다. 오늘은 같은 여성과 함께 고기잡이를 나갔고, 한몫 단단히 잡을 수 있었던 31만 5000톤이라는 엄청난 어획량을 허공에 내다 버리고 말았다. 색다른 경험이긴 했지만 항상 이런 식으로 고기잡이를 나가는 건 아니었다.

적어도 사흘 전까지는 여자가 아니라, 남자와 고기잡이를 나가려고 노력 중이었다. 결국 자신은 버림받고 말았지만.

"이모~."

엔데바 씨족선 『아이다호』 선내의 씨족 전용 비어 홀, 『월드 엔드 보드』. 고풍스러운 고급 목재로 만들어진 육중한 원형 테이블에는 가족끼리 둘러앉아 저녁을 즐기고, 민병 조각 장식을 달아둔 앤티크한 바 카운터에는 일을 마치고 돌아온 육주사(陸走士)와 전환원(轉換員)들이 맥주잔을 기울이고 있었다.

그런 편안한 분위기가 감도는 가게에 큰 키를 가진 한 소녀가 비틀거리며 들어왔다. 그냥 크다고 표현했지만 어중간하게 큰 정도가 아니라 입구의 웨이터보다도, 카운터에 있는 바텐더보다도 키가 컸다. 게다가 키만 멀쑥하게 큰 게 아니고, 가슴과 골반에는 훤칠한 키에 어울리는 묵직한 중량까지 달고 있었다. 전체적인 밸런스를 유지하면서도 크고 날씬하다는 인상을 주는 굉장한 박력을 지닌 몸매였다.

그런 체격이 두드러지는 여성이지만 잘 보면 옷차림도 범상치 않았다. 씨족용 비어홀에 모인 엔데바 씨족들은 거의 다 두꺼운 솜옷이나 가죽옷 등, 대부분이 거칠고 투박한 시골풍 평상복 차림이었다. 그에 비해 저 여성은 밀짚색 금발 머리에 조그만 꽃장식을 달았고, 하얀 보디스 위에 푸룻푸룻한 레이스와 프릴이 잔뜩 달린 사교용 드레스를 입고 있었다. 하지만 양손에 든 커다란 트렁크 탓에 청초 가련하다고 표현하긴 조금 힘들었다. 게다가 어디의 미인 모델인가 싶을 정도로 훌륭했을 화장도 지금은 상당히 무너진 상태였다. 파티장에서 도망쳐 나온 패잔병이라고 보는 쪽이 더 적당하지 않을까.

"테라, 여기야 여기! 무슨 일이야, 그 꼴은. 설마."

원형 테이블 중 한 곳, 테이블에 앉아 있던 부부 중 여성 쪽이 일어나 테라를 맞아주었다. 이모인 모라 인터콘티넨털이다. 체구는 테라보다 2할 정도 작지만, 나이와 생활력과 남을 돌봐주는 자상한 마음은 두 배다. 앗, 이모, 하고서 모라에게 다가간 테라는 바로 테이블 위에 푹 엎어져서 하얀 손수건을 살랑살랑 흔들었다.

"죄송해요, 또 깨졌어요~. 마지막 무도회까지만 같이 참가한 다음 빠져나왔어요. 정말로 죄송해요."

"무도회에서? 하아— 거기까지 갔는데도 안 됐어?"

모라가 과장되게 하늘을 우러러보았다. 그 광경을 본 주변 다른 테이블에서도 살짝 아쉬워하는 한숨 소리가 흘러나왔다.

모라는 부모님을 잃고 홀로 남은 테라의 보호자다. 보호자라고는 해도 부모님이 관광선 사고로 세상을 떠났던 게 테라가 18살 때 일이기 때문에 어렸을 때부터 부모님 대신 키워주셨다고 할 정도로 가까운 사이는 아니었다. 그렇지만 인생에서 가장 중요한 일을 앞둔 지금은 이 부부의 도움을 받지 않을 수 없었다.

중요한 일이란 바로 씨족을 위해 마련된 맞선이다.

"자자, 고생 많았어. 그래서, 어쩌다 깨졌는지 물어봐도 될까?"

다시 자리에 앉은 모라가 테라에게 말을 건넸다. 남편인 루볼은 웨이터에게 테라가 먹을 요리를 주문 중이다.

"나는 그, 엘레파스 군이라는 세크레테리스 집안 셋째 도련님이 꽤 마음에 들던데. 어딘가 마음에 안 드는 점이 있었겠지. 춤추다 발이라도 밟혔어?"

"마음 써주셔서 감사합니다." 고개를 들고서, 피로가 묻어 나오는 암녹색 눈동자로 바라보았다. "하지만 찬 게 아니라 제가 차인 거예요. 아, 춤추다 발을 밟지는 않았지만요."

테라가 면목 없다는 듯이 어깨를 축 늘어뜨리며 사정을 설명했다.

"어제 시험 삼아 손발을 맞춰 봤는데, 그 사람의 눈에 차질 못했어요. 표준 진입으로 세 번 정도 해봤는데 좀처럼 잘 되질 않았거든요. 계속하다 보면 익숙해지겠지 생각했는데, 그랬더니 방금 파티에서 네 그물은 자기한테는 너무 어렵다는 소릴 들어서……."

"어머어머, 더 솜씨 좋은 트위스터였다면 좋았을 텐데."

"아뇨, 저쪽 분이 유독 서툴렀던 건 아니에요." 머리에 단 장신구와 화려한 레이스 장식 띠를 벗고 편한 차림으로 돌아오면서 테라가 한숨 섞인 목소리로 말했다. "제가 날개그물을…… 그, 8개 전개했거든요."

"날개그물을 8개나? 그거 상당히 많은걸. 어쩌다?"

루볼 미닛맨이 옆에서 물었다. 모라의 남편이자, 테라의 이모부가 되는 남자다. 기다리는 동안 벌써 맥주잔을 두 잔이나 비워서, 다부진 얼굴이 불콰하게 달아올라 있었다. 외모만 보면 거칠고 튼튼한 몸이 자랑인 수광부(水鑛夫)나 선외 인부 같은 느낌인데 실제로는 장로회의 서기라는 견실한 직업을 가졌고, 아내와 마찬가지로 몸이 선의와 정의감으로 이루어진 사람이다. 다만 상상력이 풍부하진 않았다.

남편의 질문에 모라는 얼굴을 찡그리면서 고개를 저었다. 테라는 멋쩍게 웃으며 대답했다.

"그게, 뭐라고 해야 하나요. 생각 도중에 멋대로…… 베쉬가 저쪽으로 흘러가고 있네, 이쪽에도 있고, 저기에도 있네, 하고 생각하다 보면 자연스럽게 그물이 변형되어 버려요."

"평범하게 아무것도 생각하지 말고 자루그물이랑 날개그물 두 개로 트롤하면 되는 거 아닌가?"

"그러게요. 아하하……."

　이해가 안 간다는 듯이 푸른 눈을 끔뻑이던 루볼의 물음에는 악의가 담겨있지 않았다. 대답하는 테라 역시 쓴웃음밖에 나오지 않았다. 그때 모라가 옆에서 구원의 손길을 내밀어 주었다.

"그 아무것도 생각하지 말라는 게 이 애한텐 어려운 거야. 왜냐는 말은 금지. 원래 그런 애라는 대답밖에 해 줄 말이 없어. 그물을 치는 건 여자라면 누구나 할 수 있는 일이 아니라고."

"그런 거냐? 테라."

　루볼이 테라에게 물었다. 한 번 더 고개를 끄덕였다.

"뭐라고 설명해야 할까요. 이모가 말씀하신 대로 제 경우엔 그물을 치는 게 서툰 건 맞는데, 굳이 따지자면 못 한다기보다는 너무 지나쳐서 문제인 케이스라……."

"섬세한 조절이 어렵다는 뜻인가?"

"뭐, 대충 그런 거예요."

적당히 맞장구를 치면서 고개를 끄덕였다.

하던 얘기로 돌아가자면, 하고 모라가 말을 꺼냈다.

"저쪽 생각은 이해했어. 그럼 너는 어땠는데? 만약 OK라는 말을 들었으면 상대방의 힘이 되어주고 싶다고 생각했을 거야?"

"그거 꼭 말해야 하나요. 이미 다 끝난 일인데요……."

"응, 그렇긴 한데. 내가 다음 신랑감 후보를 골라 줄 때 참고하고 싶잖아. 네 취향을 잘 모르겠는걸."

"제 취향 같은 걸 말해 봤자 소용없는 일 아닌가요? 저는 아무튼 제 배에 탈 수 있는 트위스터랑 결혼해야만 하는 거니까요."

테라는 그 말을 태연하게 미소 지으며 말했지만, 오히려 그 태도가 부부의 마음에 깊이 박혔던 모양이었다. 하긴 그야 그렇겠지만. 켕기는 마음에 눈을 피했다.

"어느 정도 걸러 줄 수는 있으니까. 최대한 희망 사항에 부응하도록 해줄게. 사실 이번에도 그렇게 해 준 건데 말이지. 그저께 만났을 때도, 만나자마자 싫은 내색을 표정에 드러내지는 않았잖아?"

"뭐, 그랬었죠."

"그렇다는 말은 외모만 놓고 보면 그런 느낌이 취향이야?"

"외모라……."

솔직히 말해서 테라는 자기 취향인 남성이 존재한다고 생각해 본 적이 없었지만, 그걸 솔직히 말했다간 애초에 시작조차 안 되므로 어쩔 수 없이 자기 취향이 아니었던 타입들부터 설명하기로 했다.

"좀 너무 덩치가 컸어요."

"어?"

"이모가 골라 주신 분들은 언제나 저보다 덩치가 커요…… 키를 보고 고르신 거죠?"

"키를 보고 골랐는데. 응. 어? 왜? 그게 어때서?"

"저, 굳이 따지자면 저보다 몸집이 작은 사람이 좋다…… 는 느낌이 들어요."

"뭐―?! 그랬어?"

모라는 자기보다 15센티는 큰 키를 가진 테라의 얼굴을 올려다보며 깜짝 놀랐다. 테라는 오른손 검지부터 왼손 검지까지 재 보면 2미터는 될 법한 양팔을 쭉 펼치면서 쓴웃음을 지었다.

"보시다시피 제가 누군가한테 보호받아야 할 것처럼은 안 보인다고 생각하지 않으세요?"

이모와 이모부는 얼굴을 마주 보더니 고개를 끄덕였다.

"듣고 보니……." "그 말이 맞네."

엔데바 씨족은 비교적 자유로운 기풍을 가졌다는 말을 듣지만, 그래도 낡고 고리타분한 면이 여럿 존재했다. 남자가 여자를 이끌어줘야 한다는 사회적 규범도 그중 하나였다. 평생 그런 사회에서 살아왔기 때문에, 모라 역시 자연스럽게 키가 큰 테라를 이

끌어 줄 수 있을 만한 덩치 큰 반려를 찾아다녔던 거겠지.

"그렇구나, 실수했네. 내가 고른 후보는 거의 다 꽝이었다는 뜻인가……!"

"너는 은근히 덜렁대는 면이 있으니까 말이야."

"당신도 세크레테리스라면 불만 없다고 말했잖아."

"그건 일반적인 시선으로 봤을 때 얘기지. 너라면 테라에 대해 속속들이 알고 있을 줄 알았다고."

"그건 당신도 잘 몰랐었다는 얘기지?"

"저기, 죄송해요, 정말로 죄송해요, 이모, 이모부, 전부 제 탓이에요, 죄송합니다."

서로 노려보기 시작하는 두 사람 사이에 테라가 조심조심 끼어들자, 두 사람은 바로 웃는 얼굴로 돌아왔다.

"아냐아냐아냐, 테라는 하나도 잘못한 게 없어. 너를 받아들이지 못하는 남자들이 나쁜 거야."

"맞아, 네가 나쁜 게 아니야. 지금까지 불평 한마디 하지 않았는걸."

"네, 네, 감사합니다……."

사과를 하는 건지, 중재를 하는 건지 모르겠는, 매번 늘 있는 상황이 되자 테라는 내심 한숨을 쉬었다.

어째서 결혼으로 이렇게나 고생해야 하는 걸까?

물론 서크스 사회를 유지하기 위함이라는 건 알고 있지만.

사정을 살펴보면 그 밖에도 몇 가지 이유가 더 있다. 첫 번째는 테라가 부모님에게 물려받은 필러 보트를 갖고 있는 오너 디컴퍼라는 점이다. 그렇게 되면 그 배를 띄우기 위해선 반드시 다른 씨족의 트위스터를 남편으로 맞이해야 한다. 하지만 처음부터 트위스터인 남자는 없으니 다른 종류의 배를 타던 독신 남성이 배를 바꿔 타거나, 그것도 아니면 이래저래 타협하고 홀아비인 남성을 찾아야 한다.

실제로도 그렇게 신랑 후보를 물색 중이지만, 집안과 나이를 따지다 보면 조건에 맞는 남자는 얼마 없다. 그래서 현존하는 서크스 열여섯 씨족 안에서 어떻게 해서든 적절한 상대를 찾아야 하는 수고가 발생하게 된다.

"신경 쓰지 않아도 괜찮아. 나는 정말로 네가 멋진 남편과 맺어지는 게 기대돼서 발 벗고 나서는 거니까."

아직 아이가 없는 모라 이모는 그렇게 말하지만, 맞선을 주선하는 것도 힘든 일임은 틀림없었다. 사전에 통신을 주고받으며 미리 어느 정도 알아볼 수는 있어도 실제로 얼굴을 맞댈 수 있는 기간은 대회의(바우 아우어)가 열리는 한 달밖에 없으니까.

하물며 남편감 모집 중인 테라는 훤칠하게 큰 키를 가진 여자. 딱히 키가 큰 사람은 결혼하면 안 된다는 법률이 있는 건 아니지만, 네트워크 검색에선 희망하는 키를 지정하는 사람이 존재하는 것도 사실이다. 그걸 한번 본 이후로 테라는 네트워크 검색으로 후보를 찾는 걸 관뒀다.

게다가 테라는 상상력이 너무 풍부한 탓에 날개그물을 8개나 만드는 등 이상한 도구를 고안해 내는 버릇이 있다. 디컴퍼에게 요구되는 소양은 트위스터가 시키는 대로 그물을 만드는 것이니까 이건 딱 잘라 말해 결점이라고 할 수 있다.

그런 여러 가지 이유로 이모 부부에겐 죄송한 마음만이 켜켜이 쌓이는 중이다.

어색하게 가라앉아 가던 테이블의 분위기를 드디어 나타난 웨이터들이 걷어내 주었다. 지글지글 기름을 튀기며 향긋한 냄새를 풍기는 비프 라이크 스테이크와 따끈따끈한 김이 올라오는 포테이토 라이크 매쉬, 겉보기엔 갓 따온 걸로만 보이는 싱싱한 녹색 콜리플라워 라이크. 전부 다 분자 프린터로 인쇄한 재료를 익혀서 내놓는 요리지만, 맛은 서기시대 못지않다고 지배인이 자부하는 엔데바 씨족 특산 호화 요리들이다.

"이모, 음식값은······."

"무슨 소리니. 돌아오자마자 지갑 걱정부터 하는 녀석이 어딨어. 됐으니까 많이 먹으렴."

"맞아, '배가 부르면 고민도 작아지는 법'이라는 말도 있지. 건배!"

"앗, 네. 건배!"

씨족의 격언을 입에 담는 이모부와 함께 금빛 거품이 톡톡 튀는 맥주 라이크가 담긴 맥주잔을 부딪치면서, 그 말만큼은 맞는 말이라고 테라는 내심 맞장구를 쳤다.

한동안 마음껏 먹고 마시던 세 사람은 접시가 하나둘씩 비워지자 다시 대화를 시작했다.

"뭐, 그거지. 이런저런 고민은 있어도 밥을 먹다 보면 대부분의 고민은 어떻게든 되는 법이야. 그리고 먹을 게 없어지는 일은 없는걸."

"그야 그렇지. 혼자 모든 자원을 채취하는 게 아니잖니. 한 척이 육지에 머물러도 다른 배가 그만큼 열심히 해 줄 테니까. 다른 트위스터와 디컴퍼가."

"모라, 그런 뜻이 아니고 말이지…… 뭐 상관없나. 아무튼 씨족의 곳간에도 다소 여유는 있으니까 한두 척 가지고 문제가 생기진 않아."

굳이 하지 않아도 될 말이었지만, 모라도 루볼도 테라의 마음을 안심시켜 주려고 하는 말이었기 때문에 괜한 참견이라는 생각은 들지 않았다. 아니 어쩌면 자신들이 안심하고 싶어서 하는 말일지도 모르지만.

맞선에 실패했다는 건 나름 심각한 사태였다.

단순히 테라가 행복해질 기회를 놓쳤다는 걸로 끝이 아니다. 서크스는 가스 행성에서 어획하는 베쉬를 기반으로 살아간다. 베쉬를 직접 잡아먹는 건 아니더라도, 베쉬를 가공해서 구축한 장치로 식재료를 재활용하고 있고, 또한 이 행성 특산물인 AMC 점토를 만들어서 범은하 왕래권에 수출하고 있다. 그 베쉬를 잡는 배가 필러 보트인데, 한 씨족당 보유하고 있는 고기잡이 배는 어느 씨족이나 대충 10척 안팎에 불과하다.

즉, 필러 보트 한 척이 고기잡이를 나가느냐 마느냐에, 엔데바 씨족으로 따지면 2만 명 중 1할, 약 2000명 남짓한 사람들의 생활과 식사가 걸려있다는 뜻이다.

그리고 테라가 파트너를 구하지 않으면 그 한 척이 고기잡이를 나가지 못하고 육지에 남게 된다. 한마디로 『아이다호』의 부두에 연결된 채로 일없이 빈둥댄다는 소리였다.

모라가 말했듯이 다른 배가 대신 할당량을 채워줄 수는 있다. 어획량의 비율에 따라 자기 몫을 가져가기 때문에 다른 어부들도 어느 정도까지는 기꺼이 부담을 나눠 짊어진다.

하지만 테라는 그런 상태로 벌써 6년이나 부모님의 필러 보트를 부두에 가만히 놀려두고 있었다. 이건 비상사태까진 아니더라도 바람직한 상태는 아니다. 안 타고 계속 내버려둘 거라면 씨족한테 팔고 소유권을 넘기라고 장로회에서 거듭 압박을 주는 중이다.

그 점은 이모도 이모부도 일부러 언급하지 않았다. 배려가 서툰 면이 있긴 해도 기본적으로는 무척이나 마음씨 착한 두 사람이다.

테라는 그래서 더더욱 죄송스러웠다. 몸을 움츠리며 고개를 푹 숙였다.

비어 홀 옆 창문으로 우주 공간과 행성이 보인다.

——아, 오늘은 『왼쪽 눈알』이 웃고 있어.

FBB에 두 개 있는 영속성 고기압 태풍 중 하나가 눈에 들어오자 테라는 금방 생각이 그쪽으로 옮겨졌다.

고도 60킬로미터의 궤도상에서 보면 가스 행성은 구체로 보이지 않는다. 빨간색과 하얀색과 오렌지색 가로줄무늬 벨트에 무수히 많은 크고 작은 소용돌이가 있는 커다란 벽화나 마찬가지다. 그건 압도적인 디테일을 갖춘 아름다움의 극치라고 표현해야 할 경치라, 테라는 초등 순항생이 되기 전까지 질리지도 않고서 언제나 망원경으로 구경하곤 했다. 하루하루 같은 모습을 보여주는 일이 없는 소용돌이는 사람의 얼굴이나, 아이콘이나, 여러 가지 동물처럼 보였다. 트위스터와 디컴퍼였던 부모님에게 구름의 세계 이야기를 들은 뒤엔 언젠가는 반드시 필러 보트를 타고 저곳으로 내려가겠다고 마음을 먹었다.

하지만 지금 테라가 필러 보트를 포기하지 못하는 건 다른 이유 때문이었다.

『아이다호』가 자전하면서 자연스레 창문에 비치는 경치도 천천히 회전했다. 줄무늬 별이 왼쪽으로 퇴장하고 오른쪽에서 커다란 X자형 날개를 펼친 새까만 새가 등장했다. X자형 날개 끝부분을 빙 둘러 이어주는 링이 있을 텐데 눈으로 봐선 보이지 않았다. 중심부가 볼록한 길게 쭉 뻗은 선체에는 아름다운 그라데이션을 그리는 무지개색 창문이 늘어서 있었다. 거리감이 없어서 창문 너머 10미터 바깥에 떠 있는 게 아닐까 착각하게 될 것 같지만, 실제로는 100킬로미터는 떨어진 곳에 정박하고 있는 배다. 끝에서 끝까지 길이가 60킬로나 되는 괴물이다.

저런 어마어마한 우주선을 만드는 건 서크스로선 아직 불가능한 일이었다.

타신냐오大巡鳥는 범은하 왕래권에서 온 성계 간 교역선이다.

그들은 귀한 손님이자, 일설에 따르면 지옥에서 온 사자이기도 하다. 먼 옛날 사막을 건너 교역을 하던 대상처럼, 4000광년 내 광역 인류권의 별과 별을 날아다니며 먼 나라의 아름다운 보물과 진귀한 기계 장치와 필러 보트의 콕핏처럼 고도의 기술이 담긴 기기를 변방 성계까지 가져와 준다. 그에 맞바꿔서 떠날 때는 그 지역의 귀한 상품과 이주자를 데리고 떠난다.

성계를 떠난 사람들에게서는 글과 모습이 담긴 편지가 가끔 도착한다. 하지만 본인은 좀처럼 고향에 돌아오지 않는 데다, 오더라도 잠시 있다가 금방 또 떠나 버린다. 그래서 일부 의심 많은 사람들에게 인신매매의 악마니, 복제 인간 사기니, 하는 소리를 듣기도 한다.

테라는 그 검은 배를 물끄러미 바라보았다. 타신냐오는 우주선이지만 필러 보트와는 전혀 다르다. 응용우주론의 정수인 광관환(光貫環)으로 별과 별 사이의 *중력 등위면(Gravitational equipotential surfaces)을 연결한 터널을 뚫고 빛보다 빠르게 우주를 나는 새다. 하지만 저기서 3000킬로미터만 더 가스 행성 쪽으로 고도를 낮췄다간 대기 분자에 깎여나가 노릇노릇한 꼬치구이 신세가 되고 말겠지.

그에 반해, 필러 보트는 열에도 숯덩이가 되지 않는다. 속도는 초속 30킬로미터조차 나오지 않지만, 표면 대류를 통한 AMC 점토의 내열 효과 덕에 섭씨 3000도 속에서 활활 타오르면서도 광활한 하늘을 비행할 수 있다.

테라는 필러 보트에 타고 싶다.

그러나 혼자서는 탈 수 없다.

필러 보트에 타기 위해선 반드시 파트너가 되어줄 한 사람이 더 필요하다──. 화려한 덱 드레스를 입고서, 서로의 모든 걸 상대방에게 맡기고 함께 심연을 들여다봐도 좋다고 굳게 맹세할 수 있는 파트너가.

그런 사람이?

가령 그 오래된 책꽂이처럼 키가 크고 옆으로 널찍하지만, 덩치에 안 맞게 소심해서 자꾸 사과만 하던 QOT씨족의 심약한 청년이 그런 사람이라고?

"……으음."

---

* 원문은 '등중력(等重力)퍼텐셜면(面)'으로, 중력 위치 에너지가 동일하게 작용하는 점을 이은 가상의 면.

테라는 이맛살을 찌푸리며 포크를 움직이던 손을 멈췄다. 그 청년과 같은 배에 탄 모습을 상상하자 식욕이 뚝 떨어졌다.

다행히 이번은 위장이 반란을 일으킬 정도로 불쾌한 기억은 아니었지만, 상대방 남성에 따라선 진짜 그렇게 된다는 사실을 테라는 더 젊을 때 경험한 적 있다.

이건 가장 큰 고민까진 아니지만, 오래 묵은 고민은 맞았다. ——인생에 견뎌내야 할 시련이 존재하는 건 당연하고 어쩔 수 없는 일이다. 인생을 살다 보면 싫어하는 야채 라이크 조각을 다 먹을 때까지 자리에서 일어나지 못했다거나, 예비 지식이 없는 상태로 속옷에 쏟고 만 피를 처리해야 했다거나, 남들은 한가할 때 상상 노트를 쓰거나 하지 않는다는 사실을 알지 못한 채 직접 만든 망상 생태계 지도를 반 애들한테 보여줬다가 완전 깬다는 시선을 받는 일도 일어난다. 그런 일이 일어나는 게 인생이다.

그러니까 모르는 남자와 한 배를 타는 일도 어쩔 수 없이 받아들여야 하는 일이겠지——. "테라, 너는 또 아까운 짓을 한 거야아, 이번에야말로 딱 이어질 거라고 생각했는데에."

"으학."

어느새 네 잔째 맥주잔을 비운 모라가 취해서 안겨들었다. 테라의 어깨를 토닥토닥 두드리고, 팔뚝을 조몰락거리고, 배를 꾹꾹 누르고, 가슴을 쭉 들어 올린다.

"하나도 나무랄 데가 없는데 말이지이. 이렇게 큰 만큼 완전 이득이잖아아."

"잠깐, 이모, 그만, 그만하시라니까요! 이모부도 좀 말려줘요!"

"하하하, 좋잖아, 귀엽잖냐."

루볼이 그저 웃기만 해서 테라는 필사적으로 이모를 밀어냈다. 이모한테 불만인 점이 있다면 딱 하나 바로 이 주사다. 취하면 바로 질척대며 엉겨댄다. 이모부 말로는 취해도 무턱대고 사람을 칭찬할 뿐이니까 결점이 아니라고 하지만, 그야 남편의 콩깍지 씐 눈으로 보면 그렇겠지, 싶다.

"장난칠 때가 아니에요. 이모, 정신 차리세요!"

방금 막 테라는 각오를 다졌다. 모라의 어깨를 흔들며 단단히 타일렀다.

"저, 딱 한 번만 더 맞선에 나가 볼게요. 아무나 소개 좀 해 주실 수 있나요? 아뇨, 이제 시간도 얼마 없으니 아무 씨족한테나 냅다 뛰어들어도——?"

자기가 말하면서도 어처구니없다는 생각이 드는 계획을 말했을 때.

테이블 옆에서 또랑또랑한 목소리가 날아들었다.

"그 맞선, 잠시 기다려 주실 수 있나요?"

테라는 이모를 테이블에 내려놓고서 뒤를 돌아보았다.

그곳에는 가냘픈 체구를 가진 인형이 서 있었다.

아니, 인형이라고 착각할 정도로 단정한 외모를 가진 소녀였다. 나이는 열다섯 살 정도일까. 헤드 커버로 누르고 있는 은발, 테두리에 레이스 장식이 달린 은보라색 포멀 미니 드레스, 촛대처럼 윤기가 흐르는 다리. 눈은 푸른색이었고, 등에는 피난용처럼 보이는 얇고 커다란 회색 등산용 가방을 메었다.

날카롭고, 차갑고, 아름답고, 가련한 외모와 옷차림. 그 속에서, 딱 한 곳 눈가의 피부에만 희미한 붉은색이 드리워져 있었다. 그리고 아담한 가슴이 위아래로 오르내리며 거친 숨을 몰아쉬고 있었다.

그 모습은 거칠고 투박한 차림으로 비어 홀에 앉아 있는 씨족, 엔데바 씨족의 남녀노소와는 뿌리부터 다른 존재감을 드러냈다.

즉, 다른 씨족임이 틀림없었다.

그렇다면 지금은 소녀의 정체나 용건이 문제가 아니다. 문제는 시간이 없다는 점이다. 지금까지 테라와 엔데바 씨족들이 느긋하게 있을 수 있었던 건 이곳이 자신들의 집이기 때문이고, 당연히 다른 씨족에겐 해당하지 않는 얘기였다.

소녀가 말을 이어가려는 것보다 먼저, 루볼이 커다란 시계를 쳐다보며 말했다.

"너는 다른 씨족이지? 이제 곧 퍼지 시간이야. 곧…… 20분 후에는 선단 해체다. 이런 데 있어도 괜찮겠어?"

탄생한 지 7000년이 지난 현재에도 여전히 사용되는 12시간 시계의 분침이 정각을 향해 다가가고 있었다.

바우 아우어는 2년에 한 번, 가스 행성 팻 비치 볼 위를 뿔뿔이 흩어져 돌아다니는 열여섯 씨족선이 궤도 요소를 딱 맞춰서 일부러 한자리에 모이는 성대한 행사다. 구태의연한 장로회가 전체 회의를 하는 동안에 젊은이들은 장사판을 벌이고, 싸움과 콘서트와 댄스, 그리고 무엇보다도 결혼을 위해 이리저리 바쁘게 뛰어다닌다. 누구 하나 빠짐없이 몹시 진지하다. 왜냐하면 30일째 밤 24시가 되면 모든 선단이 연결을 해제해 버리니까.

헤어진 선단은 다시 각각의 궤도 경사각을 취한다. 이유는 간단하다, 어장의 분산을 위해서다. 모든 선단이 하나의 링이 되어 행성을 둘러싸고 있으면 좁은 영역만이 과밀 상태가 되고 만다. 각자 다양한 기울기를 취해서, 다른 링으로 골고루 퍼져 별을 둘러싸는 게 현명한 행동이다.

지금 하나로 이어져 있는 열여섯 씨족선은 앞으로 10분 후에 축제 종료를 선언하고 별 피리를 소리 높여 울린 뒤 도킹 크랭크를 떼어낸다. 그리고 다시 2년 후에 만날 것을 기약하면서 지름 14만 킬로의 거대한 팻 비치 볼을 끊임없이 순회하는 각각의 궤도로 이동하는 것이다.

그렇게 되면 이 소녀는 이제 자기 씨족으로 돌아갈 수 없겠지.

"괜찮아요."

괜찮을 리가 없을 텐데 태연하게 말한 소녀는 앞으로 걸음을 내

디뎌 테라의 눈앞에 섰다. 그리고선 땋아 올린 머리카락 끄트머리부터 드레스 위로 대형선의 뱃머리처럼 솟아오른 훌륭한 가슴의 끝부분까지 테라를 천천히 관찰하듯 바라보았다. ──테라는 문득, 꽃이나 나무껍질을 태우는 듯한 식물의 달콤한 연기 냄새를 맡았다.

"당신이 테라 인터콘티넨털 엔데바 씨인가요?"

풀네임으로 불린 테라는 잠시 망설이다가 고개를 끄덕였다. 테라 테르테 쪽이 더 잘 통하는 이름일 텐데, 그 이름으로 부르지 않는다는 건 예의를 차리고 있다는 뜻이다. 잠깐이라면 얘기를 나눠봐도 괜찮겠지.

"네, 네에. ……당신은?"

"저는 다이오드, DIE-Over-Dose의 머리글자를 따서 다이오드입니다. 괜찮다면 그렇게 불러주세요."

"다이? 다이오드 씨?"

"네." 하고 고개를 끄덕이고 나서 빠른 어조로 말을 이었다. "열여덟 살입니다. 어머니의 이름은 록이라고 하고, 소후이와라는 측후선(測候船)의 선장을 맡고 있습니다. 측후 조합에 가입하진 않아서 명부에는 없겠지만 290년과 299년에 두 번 바우 아우어에서 레스큐 메달을 수상했으니까 소후이와로 검색해 보시면 발보 좌표가 나올 겁니다. 저는 그런 어머니 밑에서 15년간, 우공양용선(宇宙空兩用船)의 조종을 보고, 실제로 직접 조종해 왔습니다. 9500시간의 항행 경험이 있어요."

"네? 록? 소후이?"

테라는 혼란한 머릿속으로 되물었다. 다이오드의 말은 너무 많은 정보를 담고 있을 뿐만 아니라 처음 만났을 때 하는 자기소개의 기본에서 완전히 벗어나 있었다. 이런 상황에선 제일 먼저 꺼내야 하는 말이 있다.

"당신은 어디 씨족인가요? 가족은──."

"테라 인터콘티넨털 엔데바 씨!"

큰 목소리로 테라의 말을 덮어버리며 다이오드가 몸을 앞으로 내밀었다.

"첫 만남이고, 소개도 없는데 갑자기 이런 말을 꺼내서 죄송합니다. 부탁이 있어요. ──제가 당신 배를 띄워도 될까요?"

"뭐?" "네?" "오오?"

테라와 루볼의 눈이 동그래졌고, 테이블에 엎드려 있던 모라까지 취기가 느껴지는 눈을 떴다.

이어서 3초간 온갖 망상이 머릿속에서 화산처럼 뿜어져 나와서 테라는 귓불까지 새빨개졌다. 가느다란 손가락과 부드러워 보이는 입술에 시선이 머물렀다. 갑자기 나타난 소녀가 입에 담은 말은 매우 강렬한 의미를 내포한 관용구였기 때문이다.

"제 배?를 띄우겠다니 그건 밤일을 말하는 건가요? 당신이? 여자 맞죠?!"

"네. ──앗."

끄덕이던 소녀가 헙, 하고 입을 막더니 테라만큼은 아니지만 뺨을 발그레 물들이며 오해예요, 라면서 손을 내저었다.

"죄송합니다. 지금은 엉겁결에 잘못 말했을 뿐이에요. 저와 결혼해 달라는 뜻으로 한 말이 아니에요. 정말 말 그대로 당신이 가진 필러 보트의 트위스터를 제게 맡겨달라는 뜻으로 말한 거예요."

"트위스터?" 테라는 귀를 의심했다. "역시 남자였잖아요!"

"여자라니까요. 여자지만 배를 조종하고 있어요."

"대체 무슨 소리예요?"

영문을 알 수 없어서 테라가 반문하자, 다이오드가 설명을 시작했다.

"어제 60도대 근처에서 사과새우에 덤벼들며 맞선 어획을 하고 있는 누군가를 서치 뷰로 봤어요. 자루그물 없이 날개그물 8개, 오터 16장의 꽃잎 말이. 8장 그물 치기라니, 대개는 그랬다간 흩어지고 엉켜서 엉망이 되니까 아무도 시도하지 않을 텐데, 그 사람은 당당하게 그런 짓을 하더군요. 그거, 당신이 한 거죠? 엔데바 씨족의 테라 씨라고 텔롭이 떠 있었어요."

하필이면 테라가 차인 결정적인 원인이 된 그물 치기다. 도저히 견딜 수 없었다.

"그걸 보신 건가요."

"네. 그래서 오늘 무도회를 살피다가 당신이 있길래 쫓아온 거예요."

"돌아가 주세요." 테라는 슬퍼져서 눈을 내리깔았다. "그렇게까지 집요하게 비웃으러 올 필요는 없지 않나요. 그래요, 제 그물은 이상하다고요."

"무슨 소린가요? 비웃으러 와? 천만에요!" 열띤 어조와 반짝이는 눈빛으로 다이오드가 달려들었다. "배가 들이치면 한 방향으로만 도망가는 대형 베쉬와는 다르게, 새우는 사방팔방으로 도망치니까 배를 중심으로 그물을 바깥으로 퍼트리면 퍼트릴수록 놓치는 게 적어지죠. 그 8장 그물 치기는 훌륭한 아이디어라고 생각했어요. 게다가 마치 작도라도 한 것 같은 정확한 방사대칭이라니. 저는 그런 아름다운 다중 그물은 소후이와에서도 본 적이 없어요. 대단했어요."

"……대단, 했다?"

익숙하지 않은 말이었다. 처음이라고 해도 좋다. 테라는 머뭇머뭇 고개를 들었다.

고개를 들자마자 손을 덥석 붙잡혔다.

"후엣?!"

저도 모르게 목소리가 나왔다. 아이스바처럼 차갑고 가느다란 손가락. 어떻게 이렇게 차가운 걸까. 단정한 이목구비가 은색 속눈썹 아래 드리운 눈동자 깊숙한 곳까지 보일 정도로 바로 눈앞까지 다가온다. 의자에 앉아 있는 테라가 굳이 올려다볼 필요가 없을 만큼 작은 키.

"저와 페어를 짜 주세요, 디컴퍼 테라 씨. 트위스터가 필요하신 거죠?"

"하지만 당신은 여자애잖아요?!"

"맞아요, 여자 트위스터예요!"

사각형 모양 별이에요, 라는 말이나 마찬가지인 황당무계한 소리를 하며 다이오드가 매달렸다.

"솜씨는, 기량만큼은 무조건 자신 있어요. 제게 없는 건 배뿐이에요. 잡은 물고기도, 상도 필요 없어요. 그저 날고 싶어요! 부탁드립니다!"

몸무게는 테라의 절반 정도고, 키는 3분의 2쯤 되어 보이는 작은 체구의 소녀가 덩치 큰 테라를 마구마구 몰아붙인다. 사람과 사람 사이의 예의와 관습으로 얽매여 있는 서크스 사회에선 여태까지 한 번도 본 적 없는, 마치 레이저 빔처럼 직설적인 의사 표현이었다. 기가 막혀서 머릿속이 새하얘졌지만, 그러면서도 지금 자신이 어쩐지 즐거워지기 시작했다는 사실을 깨달았다.

"트위스터 다이오드 씨…… 어머니가 록 씨, 인가요?"

"네."

"제 어머니는 노라 인터콘티넨털, 아버지는 아돈 램플롯터. 두 분 다 이미 세상을 떠나셨어요. 오늘 어떤 씨족 분과의 혼약이 무산된 디컴퍼예요. 이번이 처음도 아니고, 다섯 번째 거절당했어요.

그 점은 알고 계시나요……?"

"전혀 몰랐지만 지금 알았어요. 전부 완전히 오케이예요."

자기 손을 쥐고 있는 작은 손을 마주 잡아야 할까, 떼어내야 할까, 테라가 결심을 굳히려 했을 때——.

지금까지 아무 말 없이 듣고 있던 이모가 마침내 벌떡 일어났다.

"자, 잠깐 기다려, 왜 약혼 흉내를 내는 거니, 테라?! 너는 트위스터 남성과 결혼하게 될 거야!"

"네, 아무 씨족한테나 뛰어들 예정, 이셨죠."

다이오드가 희미하게 미소를 지으며 말을 받았다. 왼손 손등을 손가락으로 쿡 찌르자, 미니셀 화면에 시각 표시가 빛을 냈다. 24시.

부우————————————————.

"짠." "앗." "시간—!"

전 선단 해체를 알리는 별 피리가 열여섯 씨족의 모든 배에 드높게 울려 퍼졌다.

"다음 맞선은 2년 후예요." 키 148센티의 조그만 소녀가 의기양양하게 가슴을 펴면서 눈을 감았다. "하지만 저는 내일부터 바로 탈 수 있어요."

미련 없이 당당한 모습으로 판결을 기다리는 듯한 자세에, 테라가 물었다.

"자기 손으로 퇴로를 차단해 놓고서 부탁이라니, 비겁하지 않나요?"

"이건 그저 제 결의 표명이니까 신경 쓰지 말아 주세요. 만약 당신한테 거절당한다면——."

천장을 살짝 올려다보더니 수줍게 미소를 지었다.

"어쩔 수 없네요. 2년 동안 이 배에서 접시라도 닦다 돌아갈게요."

"……역시 치사하다고요, 그거."

테라는 난처한 미소를 지으며 마주 잡은 손을 고쳐 쥐었다.

3

밤의 끄트머리에 거인이 서 있었다.

그 너머에서 희미한 빛이 비치기 시작하고 나서야 거인의 정체가 지구의 구름보다 10배는 더 큰 웅대한 적란운임을 알 수 있었다. 5시간의 밤이 지나면 찾아오는 행성 FBB의 새벽이다.

다이오드와 첫 그물 치기를 마친 테라의 필러 보트는 아침 햇살을 등으로 맞으며 마치 다시 밤으로 돌아가려는 것처럼 서쪽을 향해 날아가고 있었다.

이제 곧 이탈 분사 시각이다.

행성 FBB는 자전에 10시간 정도 걸리기 때문에, 모든 씨족선은 고도 6000킬로미터의 경사진 원형 궤도를 10시간 33분마다 한 바퀴 돈다. 다시 말해 준 동기 궤도를 따르고 있다. 준 동기 궤도란 무엇이고 왜 준 동기 궤도를 따르고 있는지 테라는 일단 이미지적으로는 이해하고 있지만, 그걸 말로서 남에게 설명할 수 있느냐고 묻는다면 할 말이 궁해졌다. 아무튼 말할 수 있는 건 필러 보트로 행성에 내려오면 우주 공간에 있는 씨족선은 운평선 너머로 사라져 버린다는 사실, 그리고 10시간이 지나면 한 바퀴를 돌고서 뒤쪽에서 다가온다는 점이다. 그 타이밍을 놓치지 말고 씨족선으로 돌아가야 한다.

필러 보트의 배 부분은 살짝 부풀어 있다. 그물로 어획한 베쉬를 저장하고 있기 때문이다. 하지만 그곳에 저장된 베쉬는 8시간 전에 시원하게 일망타진한 파도넘이정어리가 아니었다. 나중에 다른 어장에서 아주 무난하게 필러 트롤을 흘려서 잡은 단고등어가 5잔 반, 약 9만 6000톤어치다.

필러 보트 한 척의 평균적인 어획량은 6잔 정도. 7잔을 잡으면 풍어라고 당당히 말할 수 있다. 한 잔을 수치로 환산하면 1만 톤에서 2만 톤 정도니까 대충 그런 계산이 나온다.

반대로 5잔 반이라는 건 6잔에 가까워 보이지만 전혀 그렇지 않다. 수천 톤이 부족하다는 뜻이니, 상황에 따라선 적자가 나게 된다. 최악까진 아니지만 평범한 어획량이다.

그리고 평범하다는 건 테라 입장에서 보면 불만스러운 어획량이었다.

"어—째—서— 이것뿐인 건가요······."

후방 콕핏에서 무릎을 꼭 끌어안고서 투덜투덜 불평을 늘어놨다.

"그만큼이나 잔뜩 잡았는데."

베쉬 31만 5000톤어치는 엄청난 풍어다. 모두가 입을 모아 칭찬할 테고, 씨족의 살림도 넉넉해지겠지. 트위스터와 디컴퍼의 영웅이 될 기회였는데.

그런데 다이오드는 맞장구를 쳐주지 않았다.

"가이드 컨테이너를 똑바로 꺼내주세요. 아니, 추측 말고 실측으로. 풀 엘리먼트로!"

전량 투기를 해버린 다음엔, 돌아가면 설명해 드릴게요, 까지만 말하고서 끝이었다. 단고등어 잡이에 착수한 뒤로 지금까지 다이오드는 오로지 조종에만 집중했다.

다이오드가 시키는 대로 테라는 넓은 하늘로 눈을 돌렸다. 테라의 시선 끝에는 멀리 뒤쪽에서 쫓아오고 있는 씨족선의 예상 궤도가 투영되어 있었다. 편하게 할 생각이라면 예상도를 토대로 방향과 앙각을 정하고 대충대충 적당한 속도로 우주선을 날리면 기기가 미세 조정을 대신해 준다. 그런데 지금 다이오드가 하는 말은 그러면 안 된다는 뜻이었다.

별수 없이 테라는 최신 정보를 항법 위성에 요청하기로 했다. 숫자엔 서툴러도 항법은 디컴퍼의 역할이다. 주회 천체의 모든 요소(풀 엘리먼트)에 해당하는 것들, 『아이다호』의 오늘 궤도 경사각, 승교점 경도, 이심률, 근접 편각, 평균 근접 이각, 평균 운동까지 모든 자료를 취득한 뒤 잘 취합해서 타깃 컨테이너에 투영했다.

"여기요. 이걸로 충분한가요."

"OK입니다. 진로에 오르겠어요."

 쿵, 하고 배 뒤쪽에서 마치 탁류에 부딪힌 듯한 충격이 닥쳤다. 20만 톤 이상의 질량이 급가속을 개시해 궤도 속도를 목표로 속도를 올렸다. 동시에 측면에서 투웅, 퉁, 하고 뭔가에 걷어차이는 듯한 충격음이 울렸다. 진로 수정 임펄스와 가속도와 중력이 완충용 체액성 젤 안에 떠 있는 두 사람의 몸을 흔들었다.

 "됐으려나…… 좋아. 랑데부 궤도를 잡았습니다. 흐읍!"

 날카롭고 뾰족한 뱃머리(노즈 콘)가 높은 하늘을 가르며 나아간다. 전방 콕핏에 있는 다이오드가 등받이에 몸을 묻으며 뽀그르 숨을 토해내는 모습을 테라는 굉장히 신기한 기분으로 턱을 괴며 바라보았다.

 ——결국 이 사람은 어떤 사람일까.

 다이오드가 배를 모는 방식은 평범한 트위스터와 상당히 달랐다. 오늘은 첫날인 만큼, 정신없이 열중하느라 바빠서 어떤 부분이 어떻게 다른지 정확히 알 수는 없었다. 하지만 받은 인상만 두고 말하자면 그녀는 어떨 때는 깜짝 놀랄 정도로 난폭하고, 어떨 때는 이상할 정도로 신중했다.

 참고로 테라가 말하는 평범한 트위스터란 고등 순항생 1학년 이후 임시 취득이 가능한 기초적 필러 보트 조종 교과를 수료한 사람을 말한다. 이건 남녀 모두가 트위스터와 디컴퍼에 대해 배우기 위한 교육이고, 열여섯 씨족 모두의 공통 교과니까 다이오드도 교육을 받았을 가능성이 높다. 하지만 측후선에서 자랐다고 했으니까 어쩌면 몇몇 교과는 건너뛰었을지도 모른다.

아무튼 정보가 너무 적었다.

다이오드는 사흘 전에 처음으로 만난 뒤 바로 모습을 감췄다. 그다음 만난 게 오늘 아침 고기잡이를 나서기 직전이었다. 아침 식사 겸 회의라도 하지 않겠냐고 권해 봤더니 서둘러 어장으로 가죠, 라면서 제안을 흘려넘겼다. 말없이 준비동을 통해 배로 들어갔고, 말없이 대기권으로 강하했다. 목적지와 어종과 날씨에 관한 최소한의 대화만 나누다 보니 파도넘이정어리를 발견하게 됐다.

굉장히, 굉―장히 개운치 못한 시작이었다. 안 그래도 반쯤 억지로 테라에게 파트너 신청을 한 다이오드가 신경 쓰이던 참이었는데, 오늘 아침엔 신선한 놀라움과 맞닥뜨렸다. 다이오드의 모습을 보고서 남자가 아니라 여자와 고기잡이를 나간다는 사실을 처음으로 실감하게 된 것이다.

하여간 그런 느낀 점들에 대해 같이 대화하고 싶었는데 입도 떼지 못했다.

의문과 불만을 가슴에 품고서 테라가 툭 말했다.

"귀환까지 수동으로 하시네요. 아, 재돌입도 그랬던가."

"네."

"……그건, 하고 싶어서 하는 건가요?"

집으로 돌아가는 것만이라면 배가 알아서 해준다. 그런데 다이오드는 고개를 저었다.

"이래저래 거창한 짓을 하는 바람에 이제 추진제에 여유가 별로 없거든요. 자동보다 정밀도를 높이고 싶어서 수동으로 했어요."

"그랬구나……."

"반대로 묻겠는데요." 다이오드가 돌아보았다. "재돌입과 랑데부를 수동으로 할 줄 모르는 트위스터는 어떻게 생각하세요?"

"엥." 테라는 어리둥절한 표정을 지었다. "어떠냐니, 저기…… 갑자기 물어봐도. 수동으로 하는 사람은 다이오드 씨가 처음이었으니까요."

"우리 서크스의 우주선에 탑재된 기기엔 빠짐없이 FBB 돌입과 탈출 프로세스가 처음부터 입력되어 있죠."

"그렇죠." 테라는 고개를 끄덕였다. "정기 점검과 프리 플라이트 체크가 있으니까 그거 없이 출항할 일은 없는 거나 마찬가지죠……?"

"뭐, 말씀하신 대로예요."

"그런데도 굳이 수동으로 할 이유가 있어요?"

다이오드는 테라의 눈을 물끄러미 바라보았다.

당연한 걸 물어봤을 뿐인데 왠지 켕기는 기분이었다. 거북한 마음에 눈을 피하자 다이오드가 살짝 격앙된 목소리로 말했다.

"여러모로 이해하기 힘든 점이 있다는 건 알아요. 하지만 저는 트위스터예요. 트위스터가 아니면 모르는 점도 있어요. 잠시 기다려 주실 수 있나요."

"기다리긴 하겠지만……."

테라가 끙끙대고 있었더니 다이오드의 어조가 확 달라졌다.

"테라 씨."

콕핏 째로 테라를 향해 빙글 몸을 돌렸다. 정면으로 똑같은 눈높이에서 얼굴을 맞댄다. 테라는 눈빛보다도 목덜미의 맨살에 직접 감고 있는 뾰족한 네이키드 타이에 눈길을 빼앗겼다.

"저, 별로였나요."

"엇."

"테라 씨가 보기에 어떠셨나요, 제 조종. 제 입으로 말하기도 뭐하지만, 꽤 괜찮은 수준까진 된다고 생각하는데요."

마치 호소하듯이 그렇게 말하더니 마지막에 조그맣게, 아마도요, 라고 한 마디 덧붙이고서 시선을 내리깔았다. 묘하게 소심한 태도에 테라는 당혹스러웠다.

"어어, 그게—."

이건 뭐라고 대답해야 좋을까.

다이오드의 조종은 지금까지 본 적 없을 정도로 탐욕스럽고, 하이 리스폰스인 힘찬 비행이었다. 기초 교과의 교관이나 지금까지 만나 본 다섯 명의 약혼자 미만의 트위스터들과 비교해 봐도 한 차원 높은 기량이었다. 테라는 그렇게 느꼈다.

그런데 그런 조종을 선보인 장본인이 왜 입술을 꾹 다물고서 쏟아질 잔소리를 기다리는 어린애 같은 표정을 짓고 있는 거야? 이럴 땐 뭔가 해줘야 하는 말이나, 해서는 안 될 말이 따로 있나?

알 수 없었다. 알 수 없어서 이렇게 말했다.

"……꽤 괜찮은 수준이라고 생각해요. 아니, 괜찮은 수준…… 이상이려나."

8배 이상 훌륭한 솜씨였다고 느꼈지만 너무 과장되게 말해도 빈말처럼 느껴질 것 같아서 일부러 조심스럽게 말했다.

"그런가요." 다이오드는 안도한 듯이 가슴을 손으로 누르며 "그러면 그 말씀에 힘입어 잘 부탁드릴게요."

거기까지 말하고서 흐읍, 하고 입을 다물었다. 파트너를 신청해 왔을 때와 마찬가지로 억지스러웠지만, 거만한 태도처럼 보이면서도 어딘가 모르게 거절당하는 사태도 각오한 듯한 기색이 느껴졌다.

테라는 한 가지 사실을 깨닫고서 신기한 기분을 느꼈다.

——애는 겉은 강해 보여도 속은 다르구나.

하는 행동은 억척스럽고 무모한 데다 쿨해 보이지만, 아마 그건 겉보기만 그럴 뿐이다. 허세를 부리고 있다.

——나도 이 나이 때는 어른과 대화해도 말이 통하지 않는다고 느꼈지.

"우훗."

"네?"

"아뇨, 알겠어요. 당신에게 맡길게요, 다이오드 씨."

그렇게 말한 다음, 입안에서 "다이오드 씨."라고 몇 번 굴려보고서 다시 말했다.

"다이 씨."

"DIE?"

"다이 씨라고 불러도 될까요?"

소녀의 한쪽 눈썹이 휙 치켜 올라갔다.

"그러면 그냥 죽은 사람인데요."

"다이가 그 다이였어요?" 테라는 깜짝 놀랐다. 그러고 보니 처음 만났을 때 뭔가 이름의 유래를 주절주절 말했던 것 같기도 하고. "다이애나, 혹은 다이아몬드처럼 좋은 뜻의 다이라고 생각했어요. 다이 씨…… 안 될까요?"

별 뜻 없이, 이번엔 테라 쪽에서 얼굴을 가까이 가져가며 물었다.

그러자 다이오드의 콧등이 발그스름하게 확 달아올랐다. 콕핏을 다시 빙글 돌려 앞을 향하더니 퉁명스럽게 말을 던졌다.

"그렇게 부르고 싶으시다면 그러시죠. 어차피 호칭일 뿐이니까."

"네, 다이 씨."

더 이상 대답은 없었고, 대신 쿠우웅, 하고 한층 더 배가 가속했다.

30분 만에 적갈색 하늘을 빠져나와 별이 깜빡이는 암흑의 우주 공간으로 뛰쳐나왔다.

탄도 궤도의 정점에 가까워지자 거대한 원반 모양의 『아이다호』가 뒤쪽에서 천천히 다가왔다. 너무 멀면 도킹할 수 없고 가까우면 충돌 위험이 있기 때문에 대략 500미터 정도가 제일 이상적인 접근 거리로 여겨진다. 대기권 안에서 가속할 때부터 이상적인 거리가 되도록 방향을 맞춰서 올라오긴 하지만, 아무래도 6000킬로미터 상공까지 미사일처럼 솟아오르다 보니 10킬로미터 정도 오차가 발생해서 수정하게 되는 일도 드물지 않았다.

그런데 이번엔 수정 없이 근접 545미터라는 수치가 나왔다. 연간 기록에 등재될 법한 정확도다. 테라는 오오오, 하고 감탄했다.

원점 분사를 실시하고, 상대속도 제로에서 랑데부한 시점에서 연료 계산을 끝내는 게 관습이다. 모든 행정을 통틀어 소비한 추진제 총량은 9만 2500톤. 어획량이 9만 6000톤이었으니 수입은 플러스 3500톤이다. 소소하게나마 흑자다.

처음치고는 훌륭한 성과다. 테라는 허공에 내던진 31만 톤도 잊고서 만족할 뻔했다. 『아이다호』 중심에 우뚝 솟아있는 어획 검수탑에 접근하기 전까지는.

"네? 소득 반환? 아뇨, 그런 건 허용되지 않는데요."

영상 통신으로 대면한 어획 검사관이 그런 말을 꺼낸 게 말썽의 시작이었다.

가슴에 보너스라고 적힌 명찰을 단, 등이 굽었고 통통 부은 눈꺼풀을 가진 검사관이 다이오드의 얼굴을 보며 물었다.

"당신, 어디 디컴퍼지?"

"트위스터입니다."

다이오드가 무표정한 얼굴로 대답했다. 비상식적인 대답이었으니 당연하게도 검사관은 이해하지 못했다.

"트위스터? 트위스터는 어디 있는데? 어라, 이 필러 보트는 인터콘티넨털 가문 배 맞지. 테라는?"

"아, 여기 있어요. 안녕하세요, 보너스 씨."

테라가 후방 콕핏에서 한쪽 손을 들었고, 그 앞에 앉은 다이오드가 되풀이 말했다.

"그러니까 제가 트위스터고, 테라 씨가 디컴퍼입니다."

고기잡이배를 가진 테라와 검사관은 당연히 서로 아는 얼굴이었으니, 원래대로라면 검사는 반쯤 형식적인 거나 마찬가지였다. 그런데 거기에 다이오드라는 이단자가 끼어있다는 걸 알게 되자 보너스 검사관은 험상궂은 표정을 지었다.

"이러면 안 돼, 테라. 여자끼리는 고기잡이를 나갈 수 없게 되어 있어. 왜 이 아이랑 밑으로 내려간 거야? 우와. 고기를 잡아 왔어? 아아— 이건—."

"저기저기, 5잔 반이에요. 얼마 안 되지만 제대로 흑자를——."

"아니, 흑자니 뭐니, 그런 문제가 아니고." 검사관은 손목의 VUI 플레이트를 닫고서 손가락으로 관자놀이를 긁었다. "흑자인 건 좋은데, 아니지, 그것도 그다지 좋은 일이 아니지, 호혜성 위반이 되니까. 교육 과정에서 배웠잖아? 중등 순항생 수업에서도."

"저기— 그랬던가요. 안 배웠을지도?"

아마 배웠겠지만, 자기와는 상관없는 얘기라는 생각에 수업 중 신종 베쉬 그림이나 끼적였던 것 같은 느낌이 들어서 테라는 딴청을 피웠다.

"배웠는데 까먹었구나? 알겠어? 잘 들어."

검사관이 얼굴을 찌푸리며 들려준 얘기는 이런 내용이었다.

트위스터와 디컴퍼는 으레 부부로 이루어져 있다. 부부 관계는 시집을 가기도 하고, 장가를 가기도 하면서 두 씨족의 남녀가 관계를 맺게 된다. 이런 방식으로 부부 관계를 맺는 데에는 두 가지 이유가 있다.

첫 번째 이유는 피를 섞는 것. 이른바 유전적 다양성의 확보다. 2년 동안 같은 배에서 거주하는 한 씨족, 만약 같은 씨족인 2만 명끼리 계속 혼인을 반복하면 혈통이 치우치게 된다. 그래서 바우 아우어를 열어 열여섯 씨족 30만 명 중에서 최대한 다양하고 새로운 피를 요구하는 것이다.

두 번째 이유는 생활의 안정. 이른바 호혜(互惠)를 기반으로 한 소득의 재분배다. 열여섯 씨족이 각각 분산되어 살다 보면, 2년 사이에 가난한 씨족과 풍요로운 씨족이 나타난다. 어획량이 동일하지 않으면 어쩔 수 없이 그렇게 된다. 그래서는 대립이 일어나기 때문에 가능한 한 수확량을 고루 분배하도록 정해졌다. 필러 보트를 탄 남녀가 어획량을 절반씩 나눠 갖는 건 그래서다.

어획량의 절반을 얻는다고 해도, 시집 혹은 장가를 온 쪽은 멀리 떨어진 곳을 날고 있을 씨족선 친가에 베쉬를 보낼 방법이 없다. 그래서 그에 상응하는 화폐로 재산을 적립하게 된다. 필러 보트의 수익 절반은 언제나 외화로 축적된다. 그리고 그 화폐는 바우 아우어가 열리는 해에 여러 거래에 쓰인다. 열여섯 씨족 모두가 그런 방식으로 서로를 도우며 전체의 안정을 유지하는 구조다.

"그런 방식으로 이루어져 있다는 거야 알고 있었지만……."

"하긴 테라는 맞선의 베테랑인걸."

"그런 소리는 안 하셔도 돼요."

테라가 표정을 찌푸렸을 때, 다이오드가 끼어들었다.

"이런 경우 외부 씨족인 제가 자발적으로 소득 반환을 신청하고 있어요. 엔데바 씨족 여러분의 어획량이 늘어날 뿐이에요. 문제는 없을 텐데요."

"음, 저기 있잖니, 너는 아직 구조를 잘 이해 못했구나. 그렇게 말해도 당신은 그렇게 할 권리가 없어요."

검사관은 순진한 어린아이를 타이르는 듯한 말투로 말했다.

"우리도 만약 전부 우리 몫으로 챙길 수 있다면 좋겠지만, 만약 그렇게 되면 네가 소속된 씨족이 나눠 받을 몫이 없어져 버려. 즉, 우리가 그쪽 씨족의 재산을 빼앗게 되는 거네. 이건 네가 어떤 식으로 말하든 간에 공적으로는 그렇게 보인다는 뜻이야. 그런 규칙이니까. 왜냐하면 그런 부분에서 개인의 재량을 허가한다면 무조건 결탁해서 재산을 축적하거나, 슬쩍 남을 등쳐 먹는 사람이 나오게 되어 있어서 그래. 서크스 사회의 안정이 흔들리게 되는 거지. 그래서 고기잡이를 마치고 돌아오면 반드시 두 사람이 공평하게 수익을 분배해야 한다고 엄격하게 정해져 있어. 이건 바우 아우어의 결의 사항이야."

애초에 바우 아우어가 개최되는 가장 큰 목적이 씨족 간의 이익 분배다. 제일 가난한 씨족에게는 앞으로 2년 동안 가장 풍요로울 것으로 예상되는 궤도로 들어갈 권리가 부여된다. 이런 상호 협조가 이루어진 덕분에 서크스는 303년 동안 사회를 유지해 올 수 있었다.

"그러니까 소득 반환은 허용되지 않아요. 다이오드 씨는 자기 씨족에게 재산을 송금하기 위해 어획량의 절반을 가져갈 의무가 있습니다. 자, 본명을 말해 주시죠."

"본명……."

"말하지 않으면 수익을 받을 수 없어요."

협상의 여지는 없다는 듯한 새치름한 표정으로 검사관이 턱을 치켜들었다. 다이오드는 고개를 숙이며 이를 악물었다.

그 모습을 조마조마한 심정으로 옆에서 지켜보던 테라는 결심을 굳혔다. 테라는 콕핏을 옮겨 다이오드 옆으로 다가갔다.

"거절해도 괜찮아요."

"——네?"

"도저히 말하고 싶지 않다면 그래도 괜찮아요. 뭔가 이유가 있는 거죠?"

다이오드는 멍하니 입을 벌리고서 "그럴 수는." 하고 되물었다.

"말하지 않으면 또 전부 버려버려야 하는데······."

"에이— 괜찮다니까요." 테라는 한 손을 휙휙 내저었다. "그야 이번이 처음인걸요. 첫 고기잡이에서 이익을 내는 팀은 그다지 많지 않다고요. 이번은 연습이에요, 연습. 서로의 방식을 알게 된 것만으로도 충분하지 않나요?"

충분하지 않다. 사실은 물고기가 아까워서 죽을 지경이었지만 테라는 거짓말을 했다.

그러고 싶은 기분이 들었으니까.

그렇게 웃음으로 마무리 지으려고 하자 이번엔 다이오드가 얼굴을 불쑥 들이밀며 물었다.

"왜 그런 말을 하는 건가요. 테라 씨도 묻고 싶은 게 많지 않나요?"

"엇."

"마침 좋은 기회니까 듣고 싶으실 텐데요. 제 정체라거나, 이유라거나. 그런데 말하지 않아도 괜찮다니……."

 아, 그런 부분은 전해지고 있었구나.

 테라는 가볍게 감동하면서 잠깐 생각해 본 다음 활짝 웃어 보였다.

"저한테도 아직 가르쳐 주기 전인데 보너스 씨한테 먼저 가르쳐 준다니, 속상하니까…… 그래서일까요."

 그 말을 듣자 줄곧 얼굴이 굳어 있던 다이오드는 하핫, 하고 웃음과도 비슷한 표정을 지었다.

 그리고선 검사관 쪽으로 몸을 돌려 단숨에 말했다.

"통칭 다이오드, 본명은 칸나 이시도로 겐도, 겐도 씨족 이시도로 가문 사람입니다. 하지만 『후요』에는 전하지 말아 주세요. 그래도 아무 지장 없을 거예요."

"그래, 겐도 씨족이란 말이지." 검사관은 다시 손목에 펼친 VUI 화면을 손가락을 콕콕 찌르며 심드렁하게 말했다. "그런데 겐도 씨족에게 들어가는 입금 정보는 바로 씨족선으로 전송될 겁니다."

"이름은 숨길 수 있잖아요."

"숨길 수야 있지만요. 그렇게 해봤자 별로 의미는 없는데요. 조사하면 금방 알 테니까요."

"다이 씨는 겐도 씨족 사람이었군요."

 테라는 조금 놀랐다. 겐도는 현존 열여섯 씨족 중에서 가장 다른 씨족과의 교류가 적은, 수수께끼 같은 씨족의 이름이었다.

"이걸로 테라 씨와 고기잡이는 가능한가요."

다이오드는 검사관을 노려보았다. 검사관은 입을 비죽이면서 "부부가 아니면 안 되는 데다, 제가 정한 규칙도 아니라고요."라며 투덜거렸지만 결국엔 귀찮다는 표정으로 고개를 들었다.

"뭐, 고기잡이는 안 되지만 말이죠. 만약 고기잡이가 아니라면 우리가 알 바 아니네요. 그냥 배로 오르락내리락할 뿐인 걸로. 그럼 어관(漁管)이 아니라 항관 쪽 관할이 되려나."

"고기잡이가 아니다?"

"개인적 용무. 즉, 재미 삼아 하는 짓인 거죠. 물론 고기잡이가 아니라면 씨족의 위성이나 부두 이용료가 부과될 테고, 소비품도 일반 가격으로 구입해야겠지만요——."

"그래도 상관——."

다이오드가 하려던 말을 멈추고 걱정스러운 기색으로 뒤를 돌아봤다. 테라는 가만히 고개를 끄덕였다.

"괜찮은데요?"

"——없어요!"

"관할 부서에 신청 부탁합니다. 자요, 단고등어 9만 6000톤 검수!"

이제 자기는 모르는 일이라고 말하는 표정으로 검사관은 VUI에 슥슥 사인했다.

4

 거대 가스 행성 대기권 안에 있는 동안엔 2G를 넘는 중력이 걸린다. 테라의 몸무게로 예를 들자면 140킬로그램을 넘게 되는 것이다. 죽음까지 이르진 않지만 매우 고통스럽다. 그래서 필러 보트의 전후방 콕핏은 호흡이 가능한 체액성 젤로 꽉 채워지는 구조로 만들어졌다. 트위스터도 디컴퍼도 부력을 통해 편하게 있을 수 있다.
 위성 궤도상으로 올라온 다음엔 젤 안에 떠 있지 않아도 된다. 주회 비행 중에는 무중력 상태가 되는 데다, 씨족선 거주 구역은 자체 회전하면서 1G를 만들고 있기 때문이다. 행성에 다녀온 선원은 젤 속에서 기어 나오게 되는데—— 질척질척한 몸 그대로 거리에 나올 수도 없고, 화려한 덱 드레스는 어디까지나 고기잡이를 하는 동안만 입는 옷이라서 먼저 도착동에서 수수한 옷으로 갈아입는 게 정해진 순서다.
 테라도 필러 보트를 정비 부두에 정박해 놓고 잔뜩 들떠서 도착동으로 들어왔다. 왜 들떴냐면 고기잡이를 흑자로 마쳤을 땐 축하 파티를 여는 게 관례니까. 적자가 났을 때도 호화롭지는 않지만 대부분 아쉬움을 달래는 자리를 갖고는 한다. 지금까지 만났던 모든 맞선 상대는 예외 없이 뒤풀이를 가졌다. 덱 드레스를 벗고 샤워를 하면서 다이오드를 어느 가게로 데려갈지 고민했다.

8분 후, 단색 블라우스에 스커트 차림으로, 젖은 머리 그대로 가방을 안고서 서둘러 로비로 뛰어나왔다.

"다이 씨!"

소녀를 찾아 주변을 둘러봤다. 생각해 봤더니 다이오드한테 뒤풀이 파티 얘기는 한 적 없었다. 그리고 만약 미리 말했더라도 왠지 모르게 서둘러야 할 것 같은 느낌이 들었다. 이유는 없지만, 굳이 말하자면 감과 지난번 일의 경험이다. 첫날에도 다이오드는 갑자기 사라졌으니까.

"다이 씨, 어디 계세요!"

예상대로 도착동 로비에 모습이 보이지 않았다. 샤워실은 이미 확인을 마쳤다. 방범과 결제를 겸하는 천장 카메라에 황급히 윙크를 남기고 문밖으로 뛰쳐나갔다.

번잡스러운 소란과 묘한 악취가 몸을 휘감는다. 『아이다호』 중심축을 둘러싼 미세 중력 항만 통로 섹터다. 벽은 낙서와 찢어진 포스터, 음료 얼룩이 튀긴 자국으로 뒤덮여 있고, 바닥은 벽보다도 훨씬 더러웠다. 자연 위성에서 수빙을 채굴해 오는 광부들과 파일럿, 선령(船齡)이 200년이 넘는 씨족선을 유지하는 외부 구조 관리사와 기밀(氣密)유지공 등, 기술자와 육체노동자들이 오가고 있다. 필러 보트가 정박하는 곳이라서 피셔맨스 워프라고 불리지만, 당연히 바닷물고기 냄새가 나진 않는다. 이곳에서 나는 냄새는 퇴근길에 오른 사람들을 유혹하는 음식점의 냄새와 도랑에서 부글부글 흘러나오는 사용이 끝나 폐수가 된 체액성 젤의 독특한 향료 냄새다.

놓친 걸까? 아니구나—— 찾았어. 감시탑처럼 쭉 뻗은 테라의 큰 키는 이럴 때 도움이 된다. 은발의 작은 체구를 가진 소녀가 바글바글한 인파를 헤치면서 앞으로 나아가려 애쓰고 있었다. 하지만 지난번에도 봤던 몸집에 비해 터무니없이 큰 등산용 배낭이 이리저리 지나다니는 사람들에게 부딪히는 바람에 휘청거렸다.

"다이 씨, 기다려요!"

덩치 큰 테라가 큰 소리로 부른 탓에 주변 사람들이 돌아보았다. 다이오드도 휙 뒤돌아보았지만, 그 기세로 배낭이 벽에 쿵 부딪힌 탓에 반동으로 공중에 둥실 떠오르고 말았다.

자전하는 배의 중심축 근처라서 이곳은 중력이 약하다. 빙글빙글 회전하면서 위로 상승한다. 그 상황에서도 무거운 배낭의 끈을 잡고서 몸을 틀어 재빠르게 자전 속도를 죽였던 건 역시나 트위스터라고 해야겠지. 각운동량 보존 법칙이 척수에 새겨져 있다.

자세를 바로잡느라 시간이 걸린 덕분에 테라는 다이오드를 따라잡을 수 있었다.

"기다려 주세요."

다이오드를 벽에 달린 난간으로 잡아 내렸다. 낮은 중력에서 몸을 움직이는 게 서툴러도 난간이 있으면 어떻게든 된다. 테라의 긴 팔에 붙잡힌 다이오드는 새집을 침범한 손을 본 작은 새처럼 등을 벽에 딱 붙였다.

"……갈아입는 속도가 빠르시네요."

"서둘렀으니까요. 다이 씨한테 어부의 관습을 가르쳐 드리려고 왔어요. 흑자가 났을 땐 파티를 하거든요. 알고 계셨나요?"

"아뇨……."

"그럼 서두른 보람이 있었네요. 다행이다."

"……."

소녀는 눈을 피했다. 다이오드도 대담하기 그지없던 덱 드레스에서 품이 넉넉한 긴소매 셔츠와 바지라는 무난한 복장으로 갈아입은 상태였지만, 머리카락은 테라보다도 더 축축했다. 역시 빠르게 자리를 뜰 작정이었던 모양이다.

소녀가 자신한테 실망해서 빠르게 자리를 뜨는 거라면 테라도 억지로 만류할 생각은 없었다.

하지만 아무리 봐도 그렇게 보이진 않았다. 꺼림칙함, 곤혹스러움, 때로는 두려움 섞인 시선으로 보는 사람도 있었지만, 다이오드는 자신을 그런 눈으로 보고 있지 않았다는 느낌이 들었으니까.

"같이 얘기 좀 나눠요. 밥이라도 먹으면서요." 손을 내밀었다. "오늘 일이랑 지금까지 있었던 일, 그리고 내일부터 있을 일. 어때요?"

"저는 빨리 가서 잘까 싶어서······."

"네에? 아무리 그래도 그건 아니지 않나요?" 화를 내야 할 타이밍이라는 생각도 들었지만, 반대로 어이가 없었다. "인사도 뭐도 없이 말인가요?"

"죄송합니다, 그 점은 사과할게요. 수고하셨습니다."

어쩐지 움츠러들면서 다이오드가 말했지만, 이런 흐름인데 이제 와서 수고했다니 영 적합한 말이 아니었다. 테라는 한층 더 몸을 굽혔다.

"수고하셨습니다! 자, 같이 가죠."

"좀 봐주세요······."

"봐줘요? 뭘요?"

"제가 여기서 더 실수를 저지르는걸."

응? 싶어서 테라는 눈썹을 찌푸렸다. 뭔가 이상했다.

"지금 걸로 하나 더 추가됐어요. 인사를 드렸어야 했는데. 헤어질 때 어떻게 해야 하는지, 잘 몰라서."

고개를 푹 숙이고서 말하는 다이오드의 목소리에 점점 울먹임이 섞였다.

"잘난 척하면서 잡은 베쉬를 그냥 버렸는데 추진제가 떨어져 버렸고, 귀환이 아슬아슬했는데 똑똑한 조종사인 척 굴었고, 저한테 맡겨달라고 말했는데 트러블을 일으켰고, 굳이 통칭을 말해놓고는 꼴사납게 본명을 들켰고."

테라를 책망하는 건가? 아니다, 이건 자책이었다. 움츠러든 어깨가 조금씩 떨리기 시작했다.

"그것도 모자라 그 빌어먹을 관리가 테라 씨의 맞선을 들먹이며 조롱했는데 변변찮은 대꾸조차 못 해서, 어디 딱한 사람 취급이나 받게 됐고. 그런, 하, 한심해서, 테라 씨의 얼굴을, 차마 마주 볼 수 없."

"으와아—. 자, 뚝해요! 뚝!"

테라는 당황하며 손수건을 꺼내며 어깨를 안아줬다.

"울지 않아도 괜찮으니까요! 자, 밥 먹으러 가요, 네?"

턱이 위아래로 끄덕였다.

6개쯤 되는 분위기 좋고 세련된 가게들이 다이오드의 울음으로 인해 즉시 후보 명단에서 사라졌다. 이럴 때 갈 만한 가게라곤 한 군데밖에 몰랐기 때문에 낡고 촌스럽긴 해도 여러모로 배려해 주는 씨족용 비어 홀, 『월드 엔드 보드』까지 원반선 방사축을 내려갔다.

플로어의 모퉁이에 있는 커다란 기둥 옆자리. 창문 바로 너머에 우주가 펼쳐진, 문자 그대로 세상 끄트머리의 다이빙대 같은 외딴 구석 자리로 다이오드를 데려왔다. 먼저 음료만 몇 가지 주문한 뒤, 몇 초 만에 인쇄된 음료를 웨이터가 가져오자, 소녀에게 맞은편이 아닌 바로 옆자리에 앉으라고 권했다.

"자요, 다이 씨. 취하는 음료랑 취하지 않는 음료랑 달콤한 음료랑 달지 않은 음료를 주문했어요. 마실 수 있어요? 혹시 알레르기 있으세요?"

"저기 잠깐만, 기다려 주세요! 지금은 무리예요, 무리!"

테라가 억지로 쥐여준 손수건으로 얼굴을 닦는다기보단 얼굴을 열심히 숨기면서 다이오드가 테라를 밀어냈다.

"지금 얼굴이 완전 엉망이라! 뭘 마실 상황이 아니에요!"

"그러네요." 테라는 순순히 물러나며 텐션을 떨어트렸다. "실이 끊어져 버렸나요? 벌써 사흘째니까."

"실이라니."

"마음의 실이요. 첫날부터 팽팽하게 당겨져 있었죠. ──가방 하나만 짊어진 채 모르는 씨족선에 올라타고, 처음 만나는 상대를 설득하고, 어처구니없는 그물을 당겨야 했고, 정신없이 수동 조종으로 배에 돌아왔고, 이제 다 끝났구나 싶었더니 검사관한테 전부 거부당할 뻔했잖아요. 하나만 까딱 잘못됐어도 인생 말짱 꽝이었어요. 그러니 실이 뚝 끊어져 버려도 어쩔 수 없는 일인 걸요."

손수건이 내려가면서 다이오드의 넋 나간 얼굴이 드러나자 테라는 미소를 지었다.

"어떻게 그걸 아냐는 표정이네요? 그야 알죠, 저도 몇 번이나 모르는 배로 알지도 못하는 상대를 만나러 갔었으니까요. 마음이 저절로 조마조마해지죠."

말을 마친 다음, 그런데, 하고 덧붙였다.

"다이 씨는 아직 18살이잖아요. ──그러니 저보다 훨씬 대단해요."

"흑…… 으으으으흑."

긴 속눈썹이 떨리기 시작하더니, 사기그릇처럼 단정한 얼굴이 빨갛게 물들며 엉망으로 구겨졌다. 터져 나올 울음을 예상한 테라가 어깨에 손을 올렸지만── 본격적으로 울음이 터지기 직전에 소녀는 이를 꽉 악물고서 버텨냈다.

"으그으으으으윽……!"

"오?"

한 손은 얼굴을 꽉 누르고서, 눈물로 축축해진 손수건으로 눈가를 북북 문지르면서도 목소리만큼은 내지 않으려고 완강하게 견뎠다. 대단한 고집이구나, 하고 테라는 감탄했다.

정말로 가녀린 등이 잘게 떨리고 있었다. 머리카락이 차가워서 머리끝부터 어깨 아래까지 천천히 반복해서 쓰다듬어 주었다. 옛날에 자기도 누군가가 이렇게 쓰다듬어줬던 기억이 난다. 그 기억을 떠올리며 흉내 냈다.

"아무튼 뭐, 다이 씨. 이런저런 일은 있었어도 오늘은 성공이었어요. 물고기도 잡혔고, 사고나 싸움도 없었으니까요. 도망치지 않아도 괜찮아요. 네?"

"……으흑."

등을 쓰다듬어 주는 사이에 조그만 머리가 코끝으로 다가왔다. 머리카락에서 저번에도 느꼈던 달콤한 식물성 연기 냄새가 난다. 스읏, 하고 저절로 사고가 그쪽으로 이끌려서, 아무 생각 없이 어깨를 끌어안았다. 끌어안는 테라의 손길에 다이오드가 편안한 자세로 가슴에 얼굴을 묻고는 후— 하고 깊은 한숨을 내쉬었다.

한데 녹아내린 것처럼 서로의 체중을 지탱하던 십여 초. ——그 후 다이오드가 머뭇머뭇 몸을 뗐기 때문에 딱 달라붙어 있던 두 사람 사이에 다시 공기가 들어왔다.

"아, 뭔가…… 죄송합니다, 테라 씨."

"아뇨, 뭘요."

가볍게 웃음으로 흘려 넘기려고 했지만, 내심으론 허둥대는 중이었다. 다이오드가 조그맣고 품에 쏙 들어오는 몸집이라 무심코 가슴에 기대게 했는데 너무 거리감이 가까웠던 게 아닐까? 이제 막 알게 된 사이인데 너무 다가갔다는 느낌이 든다.

크게 심호흡하면서 머릿속을 또렷하게 만들었다. 그, 뭐였더라, 맞다, 얘기를 해야지.

오늘 일과, 이전의 일.

"다이 씨, 조금 진정되셨나요. 괜찮으세요?"

"네, 네에……."

다이오드는 어색하게 고개를 끄덕였다. 얼굴에 아직도 붉은 홍조를 띠고 있었다. 이 사람도 지금 울었던 건 상당히 뻘쭘했나 보다.

"다이 씨가 왜 그렇게 필사적이었는지 물어봐도 괜찮을까요? 오늘 하려고 했던 이런저런 일들에 대한 이유를."

"네──. 이제는 털어놔야겠죠. 숨김없이."

겨우 자세를 바로잡은 다이오드가 테이블 위에 놓인 잔 중에서 진저에일 라이크를 골라 입에 가져갔다. 테라도 웨이터한테 요리를 주문하고서 와인 라이크를 들었다.

다이오드는 연이어 음료를 마시면서 잠시 생각에 잠겨 있었지만, 이윽고 "씨족에 대해 말씀드릴게요"라며 입을 열었다.

"제 씨족은 아까 들켰다시피 겐도 씨족인데, 그곳에선 여자는 D전을 시키도록 정해져 있어요. 알고 계시나요? D전."

"D전?"

"모르시는군요. 디컴퍼로 적성 전환을 하는 거예요. 배에 타는 여성 자체가 거의 없어졌기 때문에 배에 탄다면 디컴퍼를 하라고 시켜요. 파일럿이 되는 건 용납되지 않아요."

"우리 엔데바 씨족에도 여성 트위스터는 없긴 한데."

"그런가요. 하지만 강제로 디컴퍼를 시키기도 하나요?"

"그건…… 아니려나. 강제는 없어요. 여자가 배를 띄우고 싶다면 행성간 연락정이나 진공작업정에 타라는 말을 듣긴 하겠지만요."

"그런 배에는 탈 수 있는 거네요. 그렇다면 그나마 낫죠. 겐도에서는 막무가내로 D전을 시켜요. 디컴퍼를 할 수 없어도요. 정형화된 그물은 오토로도 만들 수 있다면서. 최악의 경우엔 항법만 할 수 있으면 충분하다며……."

"그건 좀, 너무하네요."

"네."

"이중적 의미로."

"이중적?"

다이오드가 어리둥절한 표정을 지었을 때, 치즈 라이크에 샐러드 라이크, 연어 라이크, 비프 라이크 등등의 음식이 나왔다. 다이에게 음식을 권하고서, 자기는 2잔째 와인 라이크를 마시며 테라가 말했다.

"첫 번째로, 하기 싫어하는 사람한테 억지로 시킨다는 점이 너무하네요. 또한 자기 의지로 디컴퍼를 하는 사람한테도 무례한 짓이에요. 디컴퍼는 디컴프레션으로 그물과 배를 변형시킬 수 있기 때문에 디컴퍼인걸요. 절대로 트위스터가 될 수 없는 사람들을 대충 싸잡아 시키는 역할이 아니라고요." 말을 마치고서 쓴웃음을 지었다. "……뭐, 저 같은 반푼이도 있지만요. 그래도 필요한 그물을 척척 만들어내는 디컴퍼 분들한테 실례되는 짓이라는 뜻이에요."

"반푼이라는 소리, 하지 말아주실래요?"

"앗, 죄송합니다……."

다이오드가 불쾌한 듯이 말해서 테라는 사과했다.

"그건 그렇다 쳐도, 겐도 씨족은 왜 그렇게 여자한테 엄격한 건가요?"

"여자는 비이성적이니까, 라는 모양이에요." 다이오드가 씁쓸한 표정으로 말했다. "여자는 정신적으로 나약하니까 만약 파일럿을 맡아 FBB의 운해에 내려간다면 바로 패닉에 빠져 추락하게 될 거라고 하더라고요. 이 소리 어떻게 생각하세요? 테라 씨."

"네에? 패닉?" 테라는 어처구니가 없어서 입을 벌렸다. "그런 건 성별이랑 상관없잖아요. 실제로 오늘 다이 씨는 훌륭하게 조종을 해냈고요."

"그렇죠. 저도 그렇게 생각해요. 하지만 겐도 씨족 사람들은 여자는 안 된다고 믿고 있어요. 그래서 지금으로부터 19년 전에도 그런 취급을 받았던 한 여자가 있었고, 도저히 견딜 수 없어서 씨족선을 뛰쳐나와 무소속 측후선에 들어갔어요."

"19년 전…… 어라?" 한순간 테라는 혼란에 빠졌다. "다이 씨,

18살이라고 하지 않으셨어요?"

"아, 19년 전에 씨족선에서 뛰쳐나온 사람은 우리 엄마예요. 그때 이미 배 속에 아이를 가지고 있었고, 그래서 배에서 태어난 게 저예요."

"아아, 그런 거였군요. 그리고 어머님이 다이 씨를 키워주셨군요. 록 씨라고 하셨던가요."

"네. 물론 록은 통칭이지만요."

"훌륭한 어머님이네요. 이렇게 뛰어난 트위스터인 다이 씨를 키워주셨으니."

테라가 그렇게 말하자, 다이오드는 살짝 이상한 반응을 보였다. 난처하다는 듯 눈썹을 찌푸리면서도, 기쁜 듯 입꼬리가 올라간다.

"……어머니는 거의 혼자서 측후선을 몰고 계세요. 필러 보트 트위스터는 아니지만, 우공양용선의 뱃사람으로서 솜씨 좋은 어머니였어요."

"어, 저기, 혹시 불행히도……?"

"아뇨, 끈질기게 살아계세요. 그 점은 걱정 마시길."

"아아, 다행이다." 테라는 휴, 하고 가슴을 쓸어내렸다. "그래서 15세까지 어머님께 뱃일을 배우고……?"

"음, 저희 어머니는 집을 나와 남편과는 절연한 셈이에요. 그래서——." 어째선지 한순간 시선이 허공을 맴돈 다음 다이오드는 살짝 중언부언하듯 말했다. "그래서 엔데바 씨족을 돕는 건 거의 불가능해요. 테라 씨가 만약 번듯한 남성과 짝을 이루게 된다면 받을 수 있을 씨족 간의 원조도 저로선 제공해 드릴 수 없어요. 그건…… 제 단점 중 하나예요. 지금 솔직하게 털어놓을게요."

"허어. 앗, 솔직하게 말씀해 주신 건 기뻐요, 다이 씨." 얘기가 살짝 엇나간 듯한 느낌이 들었지만 테라는 방긋 웃었다. "그래도 뭐, 그건 이미 감안하고 있던 바인걸요. 결혼은 여자끼리 하는 것도 아니고요."

"……네."

다이오드가 그 말에 천천히 고개를 끄덕였다.

그녀에 대해 한 가지를 새롭게 알게 되자 동시에 또 한 가지 의문점이 생겨서 테라는 물끄러미 다이오드를 응시했다. 어머니와 함께 측후선에서 지내왔다……. 측후선은 문자 그대로 FBB 대기권을 항행하며 기상을 관측하고, 베쉬떼를 신고하는 배다. 씨족선에서 생활하는 것과는 아주 많이 다르겠지. 그건 어떤 생활이었을까? 9500시간의 비행시간은 18살이라는 나이로 봤을 때 이상할 정도로 많은 시간인데, 어떤 식으로 돈을 번 걸까?

그런 생각을 하며 옆얼굴을 빤히 바라보자, 다이오드는 어째서인지 누가 얼굴에 연기라도 뿜은 것처럼 바쁘게 눈을 깜빡이며 "테라 씨도 드셔보시는 게 어때요?"라며 그릇을 내밀었다. "아,

네, 물론이죠." 하고 테라는 올리브 라이크 오일을 뿌린 오렌지색 얇은 고기를 돌돌 말아서 입에 넣었다.

응? 하고 고개를 갸웃했다. 방금 무슨 얘기를 하다가 대화가 끊겼더라?

그런 생각을 하고 있었더니, "이번 바우 아우어 회의 기간 동안."이라고 운을 떼며 다시 시작된 대화에 귀를 기울였다.

"실은 자코볼 트레이즈 씨족이랑 폴룩스 씨족한테도 다녀왔어요. 트위스터로서 배를 타고 날 수 있는 곳은 없을까 싶어서."

"헤에?" 테라는 흥미가 솟았다. "어떻게 됐어요? 거기서는."

"트레이즈 씨족에서는 사기 혐의로 체포될 뻔했어요. 폴룩스 씨족에서는 발달 장애 진단을 받고는 임신 장려 프로그램에 가입당할 뻔했고요."

"체포?!" 충격적인 말과 이어진 더욱 충격적인 말에 테라는 저도 모르게 의자에서 벌떡 일어났다. "게다가 발달 장애? 프로그램? 그게 대체 뭔가요?"

"사기는 항행 시간 사칭이라는 의심을 받아서 그래요. 9500시간은 지나치게 많다면서. 누명을 벗느라 고생했습니다." 다이오드는 씁쓸한 표정으로 말했다. "그리고 프로그램은 젊은 여성을 24시간 감시하에 두고 건강을 유지할 수 있는 범주 내에서 아슬아슬한 수준까지 칼로리를 잔뜩 섭취하게 만든 끝에, 아이를 낳기 쉬운 체형으로 완성한다는 공공 정책이에요. 폴룩스 씨족은 앞뒤 가리지 않고 생물을 번식시키는 걸 정말 좋아하는 모양이라."

"으에엑……" 테라는 끔찍함에 소름이 돋았다. "무슨 푸아그라용 거위 같은 꼴이 될 뻔했던 건가요……."

"푸아? 용거위? 그게 뭔진 잘 모르겠지만, 뭐, 대충 그런 느낌이에요." 공교롭게도 마침 오리 라이크 슬라이스 고기를 포크로 찍는 참이었던 다이오드는 얼굴을 찌푸리며 고기를 다시 접시에 돌려놓았다. "제 체형을 병이라고 판정하더라고요. 애초에 신체 측정 같은 걸 부탁한 적도 없는데."

"무, 무사했던 건가요? 그, 임신 장려……."

"아아, 공기 누출 경보 버튼을 눌러서 통로를 막은 다음 도망쳤어요. 제 느낌상 사람 취급을 안 해주는 것 같아서요."

"그 맘 알아요, 제가 느끼기에도 그건 사람 취급이 아니라고요!" 격하게 동의한 후, 테라는 정신을 차렸다. "아, 죄송해요……. 그 마음 안다는 건 말이 지나쳤어요."

"지나치다뇨?"

"저는 다이 씨 만큼 끔찍한 일을 당한 적 없는걸요. 퇴짜를 맞았던 건 자업자득이었고요."

"자업자득이 아니에요, 성가시긴. 그런 식으로 따지면 저도 트레이즈 씨족에서 빠져나올 때 뇌물을 쓴 나쁜 사람이니까 마찬가지로 자업자득이에요."

또 불쾌하다는 시선을 받았다. 테라는 한껏 몸을 움츠렸다.

"죄송해요, 일일이 쓸데없는 소리를 해서."

"그런 뜻이 아니라……."

뭐라고 말하려 했던 다이오드는 한숨을 푹 쉬면서 고개를 저었다.

"뭐, 아무튼 그런 느낌으로 트위스터가 되려고 할 때마다 온갖 험한 꼴을 당했어요. 오늘 저지른 비상투기도 그런 경험 때문이에요."

"경험이요?"

"여자 주제에 너무 많이 잡는다는 소리를 들으니까요. 아뇨, 아직 실제로 그 말을 들은 적은 없지만 분명 한소리 정도는 듣게 되겠죠? 애초에 여자끼리 고기잡이를 나갔다 온 것만으로도 아까 같은 상황이니까."

"……그러네요."

"그게 제 대답이에요. 왜 그렇게 필사적으로 노력했냐는 질문에 대한 대답. 열심히 할 수밖에 없었으니까요."

그렇게 말하며 다이오드는 황금빛 거품을 내는 유리잔을 잡고서 들이켰다.

시간을 들여 인쇄된 고급 랍스터 라이크 해물찜이 나왔다. 테라는 접시를 들고서 요리를 나눴다. 다이오드는 눈썹을 치켜올리며 전자 기판이라도 수리하는 것처럼 포크와 나이프를 쥐고 하얀 랍스터 살을 헤집기 시작했다. 마치 이런 음식을 한 번도 먹어본 적 없는 것 같은 손놀림이다.

그 모습을 보면서 테라는 속으로 그렇구나, 싶었다. 이 사람은 단순히 트위스터가 되고 싶어서가 아니라, 다른 곳에서는 트위스터가 될 수 없어서, 갈 곳이 없어진 끝에 자신한테까지 이르게 된 것이었다. 여기까지 오는 동안 실패를 겪고 도망쳐야만 하는 상황을 몇 번이나 맞닥뜨렸을까. 그런 경험에는 동정도 가고, 야무진 행동력에는 솔직히 감탄했다.

그래서일까, 무언가를 열심히 숨기려 하고 있다는 것도 눈치챌 수 있었다.

그렇다. 그렇게 생각하면 앞뒤가 맞는다. 아까부터 얘기가 미묘하게 어긋나는 건 지금까지 말하지 않았던 것들을 순순히 털어놓으려는 듯하면서도 딱 한 가지 얘기하지 않는 게 있기 때문이다. 그리고 그건 가장 치명적인 비밀임이 틀림없다. 차마 얘기하지 못할 정도니까.

씨족의 원조를 받지 못한다거나, 트레이즈와 폴룩스 씨족의 비위를 건드렸다는 수준의 비밀이 아니다. 그런 것보다 훨씬 위험한 일이다. 그게 뭘까? 다이오드가 체포당하는 것보다도 위험한 일이라고 한다면.

타고난 상상력을 아낌없이 발휘한 테라는 결론과도 비슷한 대답을 내놓았다.

다이오드뿐만 아니라, 테라까지 붙잡힐 만한 일.

"저기, 다이 씨."

"네?"

"겐도 씨족의 추격자는 갑자기 총을 쏴대거나 그러나요?"

백옥 같은 피부의 미소녀는 입속에 있던 새우살이 목에 걸려 얼굴이 파랗게 질렸다.

"앗— 죄송해요! 그렇게 깜짝 놀라게 할 생각은 아니었어요. 자요, 어서 물 마시고……."

물을 건네면서 등을 두드려 주자, 어떻게든 목에 걸린 음식을 삼킨 다이오드가 쨰릿 노려봤다.

"어떻게 안 건가요? 조사하셨나요?"

"아, 정말로 쫓아오는 사람이 있는 거군요." 테라가 더 놀라면서 되물었다. "상상으로 말해 본 건데."

"상상? 무슨 상상을——."

"아뇨, 다이 씨는 아까부터 15살부터 18살 사이에 있었던 일들을 부자연스럽게 숨기려고 했죠. 그리고 측후선에서만 지냈던 것치고는 겐도 씨족한테 실제로 D전을 강요당했던 것 같은 느낌이고요. 어머님의 경험이랑 섞어서 꾸며내려고 하긴 했지만 그건 다이 씨가 직접 겪은 일이잖아요."

테라는 허공을 보면서 생각한 뒤 말했다.

"다시 말해, 15살이 된 다음엔 씨족선으로 돌아갔던 게 아닐까

해서요. 그리고 18살에는 D전이니 결혼이니 하는 데에 싫증이 나서 무단으로 배를 뛰쳐나온 게 아닐까. 만약 그렇다면——."

시선을 다시 다이오드 쪽으로 슥 돌렸다.

"추적자는 어머님이 아니라 다이오드 씨를 쫓고 있다. 게다가 바우 아우어의 퍼지 시간을 이용해서 뿌리쳐야 할 정도로 상당히 본격적으로 쫓기고 있다. ——그렇게 생각했는데 혹시 맞나요?"

"거의 정답인데 어떻게 아는 건가요?!"

비명처럼 외치고는 으아아, 하고 다이오드가 얼굴을 감싸 쥐었다.

"텔 테일 테라(Tell-tale-Tera) 씨라는 별명은…… 그런 뜻이었나……."

그 별명으로 불리는 건 좋아하지 않지만, 지금은 잠자코 있었다.

얼굴을 감싸 쥔 다이오드 앞에 웨이터가 그릇을 내려놓으러 다가왔다. 테라는 이제 무슨 일이 벌어질지 대충 예상하고서 다이오드가 벌떡 일어나려고 한 순간 재빨리 손목을 잡아서 다시 털썩 앉혔다.

"도망치지 않아도 괜찮아요."

"어째서인가요!"

"엔데바 씨족의 경비대는 그렇게 무능하지 않다고요."

고개를 든 다이오드를 향해 테라는 고개를 끄덕여 주었다.

"다른 씨족에 침입하는 건 씨족 영역 불가침 원칙에 위배되는 행동이니까 탈환대는 불법이에요. 겐도 씨족이 진짜 추적의 손길을 보낸다고 해도, 우리 경비대가 막아 줄 거예요. 게다가 애초에 씨족선에서 다른 씨족선까지 날아오는 건 추진제를 엄청 잡아먹으니까 그리 쉽게 올 수 없어요…… 아마도."

"설령 그렇다 해도, 괜찮은 건가요?"

"뭐가요?"

"저는 숨기고 있었다고요! 무단 탈선자라는 사실을."

큰 소리로 외치는 다이오드에게 테라는 쉿— 하고 검지를 세웠다.

"그건 다른 사람들한테까지 알릴 필요 없어요."

"……아아, 네."

"그럼 내일 할 일을 정해보죠."

"얘기가 왜 그렇게 되는 거예요."

"우리한테 있어서 최악의 사태는 뭐라고 생각하세요?"

"네?"

"그건 우리 둘이 배를 탔는데 고기잡이가 도저히 안 될 때 아닐까요?"

톡 쏘듯 말하는 다이오드의 말을 맞받아치지 않고서 일부러 억지로 얘기를 진행한 테라는, 그 타이밍에 몸을 휙 뒤로 뺐다.

"아닌가요? 그것보다 최악의 사태가 있어요?"

으, 하고 숨을 죽이며 생각에 잠긴 다이오드가 어렵게 입을 열었다.

"……확실히 타보긴 했는데 배는 제대로 못 날고, 그물도 펼칠 수 없다면…… 페어를 이룰 의미가 없네요."

"그쵸. 하지만 우리는 이미 한 번 성공했어요. 바로 그 점이라고요."

테라는 양팔을 활짝 펼쳤다.

"이러면 전혀 최악의 사태라고 볼 수 없어요. 그렇죠?"

"……네에?"

"그 밖에 모든 것은 곁가지에 불과하다는 뜻이죠. 탈환대에 대한 일이든, 도망자 신세임을 숨겼다는 점이든, 보너스 씨가 이용료나 소비품 가격을 바가지 씌울 것 같단 거든. 심지어 마지막 건 우리가 고기를 왕창 잡으면 해결될 일이에요."

"너무 많이 잡으면 눈총을 사게 된다니까요."

"그럼 적당하게 왕창."

"너무 대충 말하는 거 아니에요?"

"대충 정리해 버리는 게 더 좋은 경우도 있거든요!" 미소를 지으면서도 힘주어 단언한 다음, 테라는 과장되게 한 손을 다이오드에게 내밀었다. "그럼 다이 씨가 정리해 보세요. 이 결성식의 결론을."

"결성식?"

"페어 결성 말이에요."

이 타이밍에 절묘하게도 스트로베리 L & 블루베리 L & 망고 L & 메론 L을 아낌없이 듬뿍 올린 사색 푸르트 라이크 파르페 디저트 두 개가 나왔다. 방금 침묵이 이어지던 중 테라가 신호를 보내 주문해 둔 디저트다. 파르페 잔에 담긴 소프트크림은 신품 프린터 헤드로 인쇄했는지 산화되지 않은 신선한 유지방의 향기가 피어오른다.

　다이오드는 이 이상 없을 정도로 한껏 찌푸린 표정으로, 바로 눈앞에 고휘도 라이트라도 들이댄 것처럼 손으로 눈을 막으며 말했다.

　"이건 뭔가요. 제가 이런 걸로 혼란스러워할 거로 생각했다면 큰 착각이에요."

　"절대 그런 뜻으로 주문한 게 아니에요. 그래서 다이 씨는 아직도 이 파르페를 그냥 포기하고 혼자 어디론가 떠나는 편이 사태가 더 호전될 거라고 생각하세요?"

　"……알겠습니다, 제 결론을 말할게요."

　다이오드는 의연하게 고개를 들더니 자기 앞에 놓인 호화로운 디저트를 테라 쪽으로 밀면서 말했다.

　"이건 필요 없어요. 그리고 내일부터도 잘 부탁드리겠습니다."

　"잘 부탁드릴게요. 와아, 기뻐!"

　테라는 기뻐하며 롱스푼을 손에 쥐고 차갑고 달콤한 크림을 한 입 떠먹은 다음 옆을 슬쩍 보았다.

다이오드는 웨이터를 불러 "따뜻한 커피 라이크 한 잔 부탁드려요." 하고 주문한 뒤, 테라를 향해 "그런 건 필요 없어요."라며 굳은 얼굴로 한 번 더 말했다.

5

 서크스가 가스 행성에 도달하는 것보다 훨씬 옛날. 바다가 존재하는 고체 행성에선 동이 트기 직전 어두운 시간, 새벽녘이라고 불리는 물고기의 먹이 활동이 가장 활발한 시간을 노려 수평선 위로 항성이 떠오르기 전에 어부들이 배를 띄웠다고 한다.
 그 전통은 현대에도 이어지고 있다. 서크스는 새벽녘에 고기잡이를 나선다. 다만 동이 트는 시간을 행성 팻 비치 볼 기준으로 맞춰야 할 뿐이다. 자전 주기 10시간인 행성의 움직임에 생체 시계가 25시간인 인간이 따라가려 하다 보면 무리가 가는 건 어쩔 수 없는 일이다. 체감으론 오후 4시에 나가거나, 새벽 1시에 나서는 경우가 잦다. 힘든 생활이지만 별수 없다. 옛날부터 어부들은 자연에 맞출 수밖에 없었다.
 다이오드와 고기잡이를 시작한 지 얼마 되지 않은 어느 날. 테라는 오후 5시가 넘었을 때쯤 『아이다호』 120년 층에 있는 0.5G의 고풍스러운 자택에서 눈을 떠, 꾸물꾸물 침대에서 기어 나왔

서크디언 리듬

다. 얼굴을 씻고, 서둘러 옷과 화장을 인쇄해서 몸단장 완성. 오늘의 덱 드레스는 백금색에 경쾌한 느낌을 주는 35세기 시리우스 궁정 요정풍 템플 거들 차림. 평상복이라고 본다면 차마 이루 말할 수 없이 창피한 복장이지만, 고기잡이를 나가는 거니까 오히려 이게 맞다. 당당하게 가슴을 펴고서 스포크 엘리베이터에 올라탄 다음, 뱃사람들로 인해 구석 자리로 밀려났다. 우주 어디서든 실적이 없는 사람이 있을 곳은 구석 자리다.

오후 6시 22분, 피셔맨스 워프 준비동 로비에서 다이오드와 만났다. 그녀는 은색과 검은색이 섞인 늘씬한 오페라 스킨 슈트였다. 이것도 보자마자 어부라는 걸 알 수 있는 옷이다. 처음 만났을 때와 똑같은 옷이지만 풍기는 매력은 조금도 줄지 않았다. 정확히 말하면 테라는 아직 만족할 만큼 감상하지 못했다. 양팔을 펼치고서 다가갔다.

"다이 씨, 안녕하세요! 그 드레스 오늘도 멋져요!"

"테라 씨, 안녕하세요. 그 드레스 꽤 멋지네요."

"에이, 저 같은 사람은 덩치만 클 뿐이라, 다이 씨가 훨씬 컴팩트하고 귀여워요!"

일반적인 트위스터, 즉 남성의 경우엔 그다지 공들여 꾸미는 일이 없다. 그래서 페어를 맺은 상대가 멋지게 꾸미고 온다는 상황 자체가 테라에게는 무척이나 신선했다. 반짝반짝 빛나는 눈으로 내려다보면서 다이오드 주위를 한 바퀴 돌았다.

그런 테라와는 대조적으로 다이오드는 차가운 눈으로 테라의 가슴께를 올려다보며 퉁명스럽게 대답했다.

"그런 몸매를 가졌으면서 자기 비하는 관두세요. 그리고 22분 지각이에요."

"하으으, 죄송합니다……! 낮잠을 자고 왔는데, 좀처럼 잠이 오지 않는 바람에 늦잠을 자서."

"잠은 잘 주무시는 타입이라고 생각했는데요."

"오늘도 고기잡이를 나갈 수 있다고 생각했더니 가슴이 두근두근거려서요! 다이 씨는 잘 주무시는 편인가요?"

"비교적 어디서든 잘 잘 수 있어요. 시간도 없으니까 어서 가볼까요."

"네? 아침 식사는요? 아무 데서나 가볍게."

"그럴 시간이 없게 만든 사람은 테라 씨예요. 일단 탄 다음 페미컨이라도 씹을 수밖에 없다고요."

"아아……."

다이오드가 몸을 돌려 서둘러 걷기 시작했다. 하지만 몇 걸음 가지 않아 우뚝 멈춰 선 탓에, 뒤따라오던 테라는 하마터면 부딪힐 뻔했다.

"왜 그러세요?"

"아뇨, 아무것도."

아무것도 아니라고 했지만 테라는 금방 깨달았다. 아침에 준비동 로비를 오가던 뱃사람들이 대놓고 이쪽을 빤히 바라보고 있었으니까.

 일반적으로 여자 어부들은 서로 아침 수다를 마치면 헤어진다. 제각각 자기 남편을 따라가기 위해서다. 그리고 아름다운 덱 드레스를 정성 들여 골라 입고 오는 것도 똑같은 이유다. 남편의 눈을 즐겁게 해주기 위해서다.

 그래서 남편 없이 우주선으로 향하는 여자 둘의 모습은 신기하다는 시선을 받게 된다. 다이오드가 경계심을 품는 것도 당연한 일이었다.

 "저기, 다이 씨. 제가 벽이 될 테니까……."

 덩치 큰 테라가 자연스럽게 앞으로 나서서 주변의 시선을 가리려고 했다.

 하지만 다이오드는 굉장한 힘으로 테라의 팔꿈치를 잡아당겨 다시 앞으로 나섰다.

 "쓸데없는 걱정이에요."

 의연한 태도로 가슴을 펴고선 소형 견인정처럼 척척 나아가는 다이오드의 모습에 테라가 눈을 동그랗게 떴다.

 준비동에서 카메라 게이트를 지나 우주공간으로 쭉 뻗어 있는 부두로 향했다. 서플라이 카운터 앞을 지나가면서 정비 담당자와 보급 담당자에게 인사를 건네고, 게이트 번호를 꼼꼼히 세더니 자기 배로 연결된 보딩 튜브 안으로 몸을 던졌다.

아코디언처럼 주름이 져 있는 긴 보딩 튜브 안을 화려한 슈트 차림의 소녀가 빙글빙글 돌면서 날아간다. 어디서도 보지 못한 그 광경을 테라가 따라갔다.

튜브의 끝, 막다른 곳은 벽으로 이루어져 있다. 해양 포유류의 배를 연상시키는 매끄러운 핑크빛 벽은 새롭게 보충된 신품 AMC 점토, 필러 보트의 외벽이다. 다이오드가 양손으로 힘주어 밀자 손자국이 밝게 빛나면서 쩌억 찢어지듯 벌어졌다. 테라는 진즉에 강력한 권한을 가진 트위스터 계정을 다이오드에게 부여해 뒀었다.

다이오드가 벌어진 틈 사이로 휙 뛰어들었다. 점성 해치가 꿀렁이며 그녀를 삼키자, 이어서 테라도 그곳에 뛰어들었다. 거대한 짐승한테 제 발로 잡아먹히는 듯한 행위지만 두려움은 조금도 없었고, 새삼 특별한 감개도 없었다. 자신도, 지금까지 만난 맞선 상대도, 그리고 부모님도, 옛날부터 똑같이 반복해 온 순서다.

그렇다곤 하나 이번엔 조금 달랐다. 저 소녀의 뒤를 따라 탄다는 사실에 가슴이 설레였다.

첨벙, 하고 시원한 점액에 감싸이는 감촉이 느껴지며 뽀글뽀글 호흡이 물에 잠기길 십여 초. 건식 콕핏에선 필요 없는 동작이지만, 습식 콕핏이라 어쩔 수 없이 거쳐야 하는 순서다. 폐가 젤에 적응한 다음엔 편해진다. 테라는 좌우의 손을 앞으로 내린 다음 철로 된 차고의 셔터를 드르륵 올려서 여는 것처럼 힘껏 확 치켜

올렸다.

"후방 콕핏, 리프트 업!"

——제스처를 읽고서 선체가 기동, 눈부신 조명이 전부 불을 밝혔다. VUI에 프리 플라이트 체크가 깜빡이고, 내외부 센서가 취득한 정보들이 흘러들어오면서 빠른 속도로 필러 보트의 기능 절반이 재구성되어 간다.

"음, 트위스터 석, 시작합니다……."

배 어딘가로 이동한 다른 쪽 콕핏에서 건성으로 중얼거리는 듯한 소리가 들려온다. 은은하게 빛나는 젤 너머에서 VUI가 깜빡거리며 점멸하는 걸 보면 마찬가지로 활발하게 기동 순서를 진행 중이라는 건 알겠지만, 대사는 디컴퍼와 짝을 이루는 대사가 아니었다. "전방 콕핏, 리프트 업!"이라고 선언하는 게 원래 정식 순서다. 아마도 그런 점을 잘 모를 게 분명한 다이오드의 방식이 테라는 안타까우면서도 재밌었다.

내외부 카메라가 전부 가동되면서 전방위 시야가 투영되었다. 오른손엔 행성, 왼손엔 우주, 바로 아래엔 『아이다호』의 거대 원반과 부두, 그리고 눈앞에 머리를 모아 묶은 다이오드의 조그만 뒷모습이 비쳤다.

"레디 투 피싱! 다이 씨, 출발할 수 있어요!"

"네, 이쪽도요."

역시나 쌀쌀맞게 대답하면서 다이오드가 VUI의 컨택트 다이

얼을 빙글빙글 돌리며 당국을 호출했다.

"아이다호 항관, 여기는 테라 인터콘티넨털 엔데바 유흥선. 강하 허가를 요청합니다."

등록 번호와 식별 부호 등등은 바이너리 데이터로 전송되기 때문에 굳이 말로 하지 않는다. 입으로 말하는 건 세레머니로써 필요한 과정이지, 실용성으로 따지면 거의 아무런 의미도 없다. 그렇지만 '유흥선'이라고 말했을 때 다이오드의 목소리는 굉장히 불만스럽게 들렸다.

"테라 씨의 필러 보트에 강하를 허가합니다. 조심해서 다녀와."

되돌아온 통신은 그럭저럭 호의적이긴 했지만, 그걸 들은 테라는 혼잣말처럼 중얼거렸다.

"조심해서 다녀와, 인가……."

만약 이게 고기잡이 어선이었다면 만선을 기원한다는 식으로 한마디가 더 붙었을 텐데. 그런 말이 없었다는 게 조금 서운했다.

다이오드가 들으면 신경 쓸 테니까 혼잣말은 당연히 오프라인이었다.

"그럼 출발해 볼까요."

허가가 떨어지자마자 탯줄 절단이 이루어지고 필러 보트는 자유가 되었다. 다이오드는 가벼운 어조로 말하며 좌우로 펼쳐진 날개형 가상 스로틀에 손을 올렸다.

필러 보트는 아직 계류 형태다. 필러 보트라는 이름 그대로 길이 220미터, 두께 20미터의 투박한 기둥 모습이다. 그 선체의 앞뒤에 다이오드가 작은 구멍을 쑥 뚫었다. 조그마한 자세 제어 노즐을 통해 화륵, 화륵, 화륵, 하고 아주 가벼운 분사를 3연발. 부두에서 떨어져 선수를 빙글 돌려 후미를 궤도 전방 쪽으로 향하고 제동을 건다.

"출항 완료. 창문이 오는 시간은? 늦지 않았다고 생각하는데요."

"어디 보자…… 네, 좋은 타이밍이에요. 윈도우까지 앞으로 8분!"

"아슬아슬했잖아요. 하나도 좋지 않아요!"

"아으— 죄송해요—."

"분사하면 뭐라도 좀 먹죠. 돌입 형태 부탁합니다."

"네!"

테라의 차례다.

심호흡하고서 눈을 감았다. 디컴프레션——배의 형태를 상상하는 대로.

상상 속의 손으로 점토를 둥글게 뭉치듯이 이미지를 형성한다. 부드럽고 촉감 좋은 서늘한 원통의 머리 부분을 고깔모자 형태로 꾹 오므리고, 꼬리는 플레어스커트처럼 넓게 펼쳤다. 바닥 면은 공을 들여 균등하게 만들었다. 속도를 줄일 땐 이 바닥 면을 대기에 내리눌러서 감속한다.

　은근히 즐겁고도 평온하게, 테라는 실제론 존재하지 않는 형상을 완성했다. 그래도 사람을 기다리게 하고 있다는 조급함 탓에 깎아낸 면이 살짝 거칠어졌다.

　전체 질량 18만 톤의 AMC 점토가 테라의 3차원 조형에 감응했다. 주르륵 흘러내리며 형태를 바꿨다. 쭉 뻗은 가늘고 긴 원통형 모양에서 둥그스름한 애교 있는 원추형으로. 유래는 불명이지만 예로부터 '아폴로형'이라고 불리는 돌입 형태다. 밑면 반경은 50미터, 높이는 그것보다 20% 짧다.

　"휴우, 완성됐어요!"

　"오케이. 타이밍을 부탁드려요."

　어장은 10시간 전에 정해진다. 바꿔 말하면 내려가야 할 어장이 이 타이밍에 발밑으로 다가오기 때문에, 그에 맞춰서 10시간 전에 잠을 자둔다는 뜻이다.

　"이제 곧이에요. 30초 전! 29, 28, 27."

　"좋아요. 자, 리엔트리 개시. 짠."

　"아직 25초 남았어요~!"

　"몇 초쯤 어긋나도 괜찮아요."

　테라의 카운트다운을 아무렇게나 끊어버리고 다이오드는 재돌입을 선언. 오후 6시 58분, 필러 보트는 바닥 면에서 적갈색의 아름답고 굵직한 핵 연소염 한 줄기를 전방으로 뿜어내며 감속했다.

몇 초 만에 종료하고서 연소를 단호하게 컷. 잠깐은 기세 탓에 전방으로 멀어지는 것처럼 보이던 『아이다호』는 곧 크게 상승하며 머리 위를 지나쳐 뒤로 흘러갔다. 궤도에서의 기초 상식 한 가지, '앞은 뒤, 뒤는 앞'이다. 보트는 짙은 대기 속으로 떨어져 내렸다. 목표 어장은 FBB의 새벽 영역, 이제부터 점점 동이 트기 시작하는 부근이다.

엷게 펼쳐진 새털구름의 해변, 겹겹이 쌓인 안개구름의 절벽, 깊은 곳에 꽈리를 튼 소용돌이 구름의 계곡에 항성 마더 비치 볼의 빛이 내리쬔다.

"그럼, 아침 식사를 해볼까요."

"다이 씨는 이 비행식^{페미컨} 아무렇지도 않아요? 욕조에서 먹는 애완동물 사료 같아……."

"익숙해졌어요."

서크스의 어부가 새벽에 배를 내린다.

5시간의 주간 조업과 5시간의 야간 조업. FBB가 10시간 주기로 자전하는 이상, 이 흐름은 아무리 발버둥 쳐도 바꿀 수 없다.

아침에 강하해서 육안으로 관찰하기 쉬운 낮에 조업한다. 날이 저물면 안전한 고도로 높이 올라가 순항 대기상태로 밤을 지새운다. 어획량이 부족할 때는 야간에 위로 올라오는 어종을 달빛에 의지해 잡는다(FBB에도 달은 여러 개가 있다). 그리고 동이 틈과 동시에 씨족선으로 돌아온다.

——수많은 어부가 그런 순서로 어업을 해왔다. 몇백 년이나 전부터.

이번에 내려온 테라도 그것과 똑같은 순서를 밟으려고 했다. 정확히 말하면 첫날 밤에 의논했던 것처럼 '적당히 왕창' 잡는 걸 목표로 단고등어떼에 덤벼들었다. 단고등어는 벨트 영역 상공의 암모니아 구름 속을 경계심 없이 드나들고 있었다. 하지만 이 시도는 실패했다. 의욕이 넘쳤던 테라가 커다랗게 그물을 짰을 때, 그물코를 너무 넓게 설정하는 실수를 한 탓에 대부분의 물고기가 뿔뿔이 흩어져 그물코 사이로 빠져나가 버린 것이다.

그물에 남은 물고기는 겨우 200톤. 이걸론 추진제로 환산해 봐도 필러 보트를 100초쯤 띄우는 게 고작인 양이다.

반성한 테라는 그물코를 촘촘하게 좁혔고, 오후 고기잡이에선 적린성 뭉게구름 외곽 절벽에 사는 준대형종인 현비늘돔을 노렸다. 그런데 깃발 모양 그물을 펼치고서 신중하게 접근했을 때 현비늘돔이 아니라 예상 못 한 세발치떼와 마주쳤다. 세발치는 뭉게구름 속에서 거대한 무리를 짓고 있는 소형 어종이다. 나중에 생각해 보니 현비늘돔도 세발치를 노리고 접근했던 게 틀림없었다. 하지만 눈치채는 게 너무 늦었다.

절벽에서 뿔뿔이 떨어져 내린 실투성이 세발치가 촘촘하게 엮은 그물을 순식간에 가득 채우더니 눈 깜짝할 사이에 20만 톤을 넘었다. 11잔에 해당하는 어획량의 무게에 필러 보트가 전복될 뻔했다.

 파도넘이정어리를 트롤했을 때와는 다르게 고속 형태가 아니다. 다시 말해 배의 형태로는 양력을 얻지 못하고 있었다. 묵직한 질량을 밑에 매단 채로 전진 속도를 얻기 위해 최대한 분사 중인 엔진을 신경질적으로 양손 바쁘게 조정하면서, 다이오드가 목소리만큼은 평탄하게 유지하며 말했다.

 "테라 씨, 이거 너무 많이 잡으셨죠?"
 "아아아, 죄송해요, 그물코를 너무 촘촘하게 잡았어요! 현비늘돔을 노릴 거라면 이렇게 촘촘하게 할 필요는 없었는데도 그만."
 "분석은 됐으니까 빨리 어떻게든 하지 않으면 연료가 떨어지기 전에 분사를 너무 과하게 해서 배가 녹아버릴 거예요."
 "버, 버릴게요!" 아깝긴 했지만 이건 적당히 왕창이라고 형용할 수 있는 양이 아니다. "절반 정도면 괜찮으려나, 다섯 잔 남길게요."

 허겁지겁 그물 일부를 느슨하게 풀어내려고 했더니, 다이오드가 한 손을 들어 제지했다.

 "그게 아니고요. 형태 변화로 부탁드립니다."
 "형태 변화로?!"
 "장시간 비행이 가능한 활공비가 높은 형태로 디컴프레션 해주셨으면 해요."

그건 예상 밖의 제안이었다.

"잡은 물고기를 버리지 않는 건가요? 갖고 돌아가겠다는 뜻?"

"네에."

"그치만 너무 많이 잡으면 눈총을 받는다고……. 게다가 너무 무거우면 대기권 이탈이 힘들어질 테고요."

"됐으니까 어서 해주세요. 그런 부분은 제가 기합과 조종으로 극복할 테니까요. 물론 테라 씨가 판단하기에 힘들 것 같다면 포기할게요."

판단, 내 판단이라.

"활공비라고 한다면 전익기나 글라이더 형태겠죠. 아니지, 그럼 강도에 문제가 있으려나, 패러슈트 형태 쪽이 더 낫나? 앗, 잡은 물고기에 압력을 가해 충전제인 셈 치고 날개형으로 만드는 건 어떨까요! 그거라면 가능해요! 분명 가능할 거예요!"

"……그게 무슨 소린가요? 아뇨, 잘 이해는 안 가지만 맡기겠습니다."

맡기겠다는 말을 들었기 때문에 테라는 의욕이 펑펑 샘솟았다. 31만 톤을 내다 버리는 꼴이 됐을 때부터 저걸 갖고 돌아가려면 어떻게 하는 게 좋을지 계속 궁리해 왔으니까.

디컴프레션―― 중력 비행을 위한 얇고 길쭉한 포탄형이었던 배를 납작하고 가로로 긴 날개로 변형. 밑에 매달고 있던 그물을 내부로 끌어들여 여러 개의 작은 주머니에 소분해서 담았다. 그

다음 납작하게 짓눌린 주머니를 좌우 날개 안에 꽉꽉 밀어 넣어 날개를 묵직하게 부풀려 양력을 만든다. 하지만 안이 베쉬로 가득 찬 주머니는 꿈틀꿈틀 움직이는 탓에 불안정하기 때문에 내부를 좀 더 보강하고 싶었다. 마침 잡은 물고기가 세발치였던 덕분에 세발치의 섬유를 활용해 주머니 속에서 실을 이리저리 엮었다. 물고기의 섬유로 물고기를 묶는다. 꽉 압축된 주머니는 성형 엘라스토머(Elastomer)만큼이나 단단해져, 의도했던 대로 만족스러운 강도를 발휘하기 시작했다. 마무리로 종부재를 단단히 끼워 넣고, 날개골을 빙 둘러 깔아서 전체 위치를 고정했다.

"다 됐어요!"

그렇게 테라가 완성한 모습은 원시적인 사냥도구를 쏙 빼닮은 V 자 형태. 날개폭이 500미터에 달하는 거대한 전익기였다.

"대……."

웅장한 좌우 날개를 둘러본 다이오드가 뱃속 어딘가에 구멍이라도 뚫린 듯한 목소리로 말했다.

"대체 뭔가요, 이건……."

"죄송해요, 이상한 모습이죠. 이런 필러 보트는 한 번도 등장한 적 없었을 거라 생각해요. 그래도 어떻게든 완성할 수 있었는데…… 앗, 딱히 제 자랑을 하려는 게 아니고 말이죠! 이걸 만들던 도중에 이대로는 방향을 꺾는 게 절대 불가능하다는 걸 깨닫는 바람에 양 방향타를 나중에 달았거든요!"

커다란 날개 전체에 상어 등지느러미처럼 생긴 수직 날개가 안팎으로 삐죽삐죽 돋아나 있다는 점이 통한의 흔적이었다. 항공기에는 꼭 있어야 할 테일 붐과 종횡타를 깜빡 잊었다는 사실을 도중에 깨달았기 때문에 마지막에 억지로 가져다 붙인 결과다.

"머리를 들어 올리고 내리는 것만 조심하면! 갑자기 떨어지거나 뚝 부러지지는 않을 거예요! 볼품없는 모양이지만 이걸로 어떻게든 부탁드릴게요……."

"……볼품없다고 하기보다는 말이죠."

꽤 오랫동안 깜짝 놀란 것처럼 입을 다물고 있던 다이오드가 흠칫거리며 스로틀에 손을 올렸다. 디컴프레션으로 인해 위치가 달라진 엔진을 재시동하고, 방향타를 잡아 이리저리 시험해 보며 각 부분의 강도가 부족한지 체크하고, 전개 분사를 단행해 합성 추력이 합성 중심을 지나고 있는지를 확인한 뒤, 슬쩍 뒤를 돌아보며 주눅 든 표정으로 말했다.

"대체 뭐야."

"네?"

그대로 고개를 앞으로 휙 돌려버린다. 응? 으응? 테라는 고개를 갸웃거렸다.

특이한 형태가 된 필러 보트는 18분의 1의 추력만으로 상승에 성공했고, 기압 고도 4만 미터에서 순항에 들어갔을 때쯤 해가 지는 광경을 마주했다. 5시간의 밤에 뒤덮이면서 다이오드가 천천히 양손을 들어 올렸다.

"항복이에요. 사기 아닌가 싶은 저연비. 이런 소비 효율이라면 귀환할 때까지 점토가 여유롭게 남겠어요."

"에헤, 흐헤헤헤."

"11잔 갖고 돌아가자고요. 대체 뭐냐고요 정말이지 테라 씨 최고라고요 빌어먹을."

"헤헤헤…… 엥?"

칭찬하는 말인 줄 알고 쑥스러워하던 테라는 자신을 노려보는 다크 블루의 눈동자에 얼어붙었다.

"저기, 무슨 문제라도?"

"자기가 무슨 짓을 한 건지 알고는 계시나요?"

"어, 아뇨……?" 언제나 하는 몽실몽실한 망상을 토대로 자신이 고안한 최강의 배를 만들었다. "……뭔진 몰라도 죄송합니다!"

"바꿔 말하자면 낮에 고기를 잡고 밤에는 위로 올라가고 아침에 귀환하는 일반적인 어부의 어획량이 어째서 평균 6잔에서 7잔 정도일까? 라는 뜻이에요."

"네? 네에?"

"그건 밤새도록 훅훅 분사해대기 때문이에요. 거기가 효율이 급감하는 지점이죠."

"그래서 제가 빌어먹을 녀석인가요?"

"그건 쓸데없는 말이었으니 잊어주세요."

하아, 하고 한숨을 푹 내쉬고는 다이오드가 고개를 절레절레 저으며 앞으로 몸을 돌렸다.

"……디컴퍼는 대단하네요."

"앗, 네, 맞아요. 디컴프레션은 정말 신기해요. 어떻게 생선에게서 채취한 점토가 우리가 상상하는 그대로 형태를 만들어내는 걸까요……."

"당신이 대단하다고 말하는 거예요!"

꾸짖는 것처럼 외치는 말에 테라는 네에에, 하고 대답하면서 목을 움츠렸다.

밤하늘을 계속 선회하는 배 안에 이윽고, 규칙적으로 잠든 숨소리가 울려 퍼졌다. 다이오드가 조그만 몸을 젤 안에 둥실둥실 띄운 채로 잠들어 있었다. 자기가 말했던 대로 어디서든 잘 자는 모양이다. 정상 선회라면 배에 맡겨도 괜찮기 때문에 테라도 드레스의 소매를 걷어붙이고서 밤하늘을 올려다보았다.

그대로 잠에 든 후, 새벽 5시. VUI가 요란하게 알람벨을 울렸다.

밤의 깊숙한 곳에 우뚝 선 거인의 저편에서 불꽃 같은 색깔의 새벽빛이 희미하게 퍼져나가기 시작했고, 새로운 파트너의 쌀쌀맞은 목소리가 들렸다.

"가이드 컨테이너를 꺼내주세요. 풀 엘리먼트로."

필러 보트는 20만 1000톤의 어획량을 온전히 보존한 채, 13만 5000톤의 추진제 소비로 『아이다호』에 귀환했고, 6만 6000톤의 흑자를 내서 보너스 검사관을 감탄하게 했다.

다이오드는 테라와 비어홀 WEB으로 가서 이번엔 울지 않고 커피 라이크로 축배를 들었고, 베이컨 라이크와 계란 라이크 프라이와 채소 라이크와 유래는 몰라도 토스트라고 불리는 발효시킨 밀가루를 구운 요리를 주문해 아침 식사를 든든하게 해결한 뒤, 새침한 표정으로 떠났다.

테라는 출근하는 인파를 뚫고서 120년 층의 고풍스러운 집으로 돌아와 옷을 벗어 던지고 쿠션 플로어 위에서 뒹굴었다. 아침 귀가 특유의 기분 좋은 피로감과 성취감에 젖어 있었지만, 하루를 마쳤다는 여운에 잠기는 시간이 아침부터 갑자기 시작된다는 익숙치 않은 사태에 곤혹스러워하며 한동안 꼼지락댔다.

그리고 오전 8시 10분, 테라는 지금까지 중요한 사실을 간과했다는 사실을 깨닫는다.

"……저 사람은 집이 어디지?"

6

 다이오드와 두 번째 고기잡이를 마치고 돌아온 다음 날, 테라는 『아이다호』 10년 층에 있는 골동선(骨董扇) 구역으로 출근했다. 이름 없는 폐성처럼 생긴 낡고 예스러운 매체 저장고에서 CC 초기에 파손된 300만 개의 파일을 하나씩 복원하는 작업을 하고 있었더니 손등의 미니셀에서 착신음이 울렸다. 일하는 도중에 개인적 연락은 받고 싶지 않았지만, 아이다호 장로회라고 표시되어 있었다. 무시할 수도 없는 노릇이라 손바닥을 펴 연락을 받았다.
 "네, 테라 인터콘티넨털입니다."
 "장로회 소속 일원인 살람 디시크래시라고 합니다. 안녕하신가요."
 손바닥 위에 떠오른 잿빛 집사복(서브 드레스) 차림의 초면인 중년 남성이 미소와 함께 인사했다.
 "바로 용건을 말씀드리겠습니다만, 지금 테라 씨는 시간 괜찮으십니까."

"아뇨, 일하는 중인데요."

"일? 당신의 필러 보트는 부두에 정박하고 있군요. 정비 작업이라도 하고 계시는가요."

"아뇨, 영상 방송사 일로."

"영상 방송사? 어부가 되신 거 아니었습니까?"

"어업 일도 하지만 배부받은 점토를 다 소진해서 당분간은 휴업이에요. 그래서."

"풍어였다고 들었습니다. 어획자에게 배당된 이윤이 2개월 치 수입을 넘을 정도라는 말도요. 그런데도 한직에서 일을 계속하실 필요가 있으신지?"

"한직? 한직이라니. 저는 방송사 일이 꽤 마음에 든다고요. 오래전의 재미있는 작품을 발굴해서 보여주는 일은 사람들한테 기쁨을 주는 일이고 즐거워요. 그걸 계속하는 게 뭐 잘못됐나요?"

"잘못되지 않았습니다. 잘못된 일은 아닙니다만—— 그런 어부는 거의 없지 않나 싶어서요."

"저기 말이죠!" 이쯤 되자 역시 화가 났다. "그 어부를 하고 싶다고 말했는데 인정해 주지 않으니까 이쪽 일도 계속하고 있는 거라고요. 당신, 디시크래시 씨라고 했던가요? 장로회 분이시죠. 꼬치꼬치 잔소리나 할 거면 그 전에 어부로 인정이나 해주시죠?"

"제 용건이 바로 그겁니다." 디시크래시는 웃는 얼굴로 고개를 끄덕이며 손을 내밀었다. "테라 인터콘티넨털 씨와 칸나 이시도로 씨의 어부적 행위에 대해 장로회의 견해를 밝히고자 연락을 드렸습니다. 10시부터 면회를 하려고 하니 준비해 주시죠."

"면회?"

얼굴이 사라졌다.

텅 빈 왼손을 멍하니 바라보고 있다가 한 번 쥐어서 시각을 표시하자 9시가 넘은 시간이었다. 옆자리의 마키아라는 이름의 동료가 슬쩍 들여다본다.

"텔 테일, 지금 연락은 뭐야?"

"뭘까요. 그럴싸한 구실을 대서 필러 보트를 가로채려고 하는 사기꾼의 수법……일까요?"

"망상을 떠들 때가 아니야. 방금 그건 당장 찾아올 기세였다고. 그보다 어부였다니, 결혼한 거야? 어느새?"

"그게 말이죠."

그때 서고 문을 노크하는 소리가 크게 울렸다. 누군지 확인하러 나간 사무원이 황급히 되돌아왔다.

"테라 씨, 테라 씨, 장로회에서 보낸 사람이!"

"마키아, 나중에 얘기할게요."

6년 동안 같은 직장에서 일한 사람이지만, 나이가 4살이나 연상이라서 동료보다는 상사에 가까운 상대라 그다지 친한 사이는 아니었다. 결혼도 안 한 채 필러 보트에 타고 있고, 게다가 파트너인 트위스터는 같은 여자라고 얘기하면 비웃음을 당할 것 같은 느낌이 들었기 때문에 마침 잘됐다며 테라는 도망쳤다.

 디시크래시 씨는 마른 체격의 호리호리한 남성이었다. 부드러운 슈크림 같은 귀밑머리와 얼핏 보면 웃는 것처럼 보이는 가느다란 실눈이 인상적이었다. 테라를 올려다보며 "호오, 참 듬직하군요."라며 감탄한 뒤, 가슴을 펴고서 앞으로 걸어가기 시작했다.

 도넛 모양인 『아이다호』의 내주(內周) 근처인 10년 층에서 샤프트를 내려 외주(外周)로 향했다. 현대 장로회는 귀한 크롬 재료를 사용한 250년 층에 위치한 구획에 사무실을 두고 있다.

 조그만 대기실 비슷한 곳으로 안내받아 들어가자, 장로회 소속 직원이 곁에 붙어 있는 어린아이 한 명이 소파에 덩그러니 앉아 무료한 듯이 발가락을 꼼지락거리고 있었다. 어째서인지 선내 배관공 같은 수수한 낚시 바지에, 테라가 읽는 고전 소설에서나 나올 법한 케케묵은 모자를 쓰고서 고개를 수그리고 있다.

 순간 누구인지 알아보지 못하고서 멍하니 쳐다보고 있었더니, 그제야 이쪽을 본 아이가 "테라 씨?" 하고 외쳤다. 모자를 벗자, 은색 머리카락이 흘러내리며 어제 아침에 막 헤어진 얼굴이 나타났다.

 "다…… 다이 씨, 뭘 하고 계세요?"

 변장한 모습에 살짝 놀라서 테라가 말하자, 다이오드는 왜인지 경계하듯 눈썹 끝을 치켜올리며 "당신이야말로 뭐 하러 온 건가요."라고 대꾸했다.

"제가 왔다기보다는 저도 불려 온 거예요. 어부 '적' 행위, 라는 말을 들었거든요."

"……아아, 그런 건가요." 테라의 뒤에 붙어 있는 디시크래시를 보며 다이오드는 크게 한숨을 내쉬었다. "하긴 그렇겠죠. 피차 끌려다니는 신세라는 거네요."

다이오드가 살짝 안도하는 것처럼 보여서, 테라는 다이오드 옆으로 몸을 쑥 내밀며 말했다.

"혹시 저를 끌고 가는 쪽에 선 사람이라고 생각했어요?"

다이오드의 뺨이 확 붉어지는 걸 보고 정곡임을 알 수 있었다. 테라는 미소를 지었다.

"신경 쓰지 마세요. 주변에 아는 사람이 없으면 전부 다 의심스러워 보이기 마련이죠."

"……그렇게까지 의심했던 건 아니에요. 그저 테라 씨는 여기 씨족 사람이니까 저와는 대우가 다르지 않을까 싶어서."

"걱정하지 마세요, 저도 떳떳한 입장이 아니라 꾸중을 듣는 쪽인 것 같으니까요."

테라가 장난스럽게 말하자, 다이오드의 얼굴에 생기 어린 미소가 피어났다.

"그럼, 함께 싸워주시겠어요?"

그 미소에 테라는 고개를 끄덕일 뻔했지만—— 생각에서 멈췄다. 자신이 필러 보트를 소유하게 됐을 때부터 장로회와 마찰을 빚기는 했지만, 소속원을 보내서 호출까지 한 건 이번이 처음이다. 아무래도 예감이 좋지 않았다.

"당연하죠, 라고 말하고 싶은 참이지만 잠시 기다려 주실 수 있나요."

"네?"

"다이 씨가 이곳에 있기 힘들어져서 또 다른 곳을 찾아 뛰쳐나가게 되는 사태는 피하고 싶어요. 저는 당신과 계속 고기잡이를 하고 싶거든요. 우선은 저한테 대화를 맡겨 주실 수 있을까요. 얘기는 나중에 들을 테니까."

"네에, 뭐…… 테라 씨가 그렇게 말한다면야."

다이오드가 마지못해 고개를 끄덕이며 한 손을 펴서 내밀었다. 좀 더 반대하지 않을까 생각했는데 의외로 순순히 승낙해 줬다는 사실에 테라는 안심하고서 가볍게 내민 손을 잡았다.

"앗."

"응?"

다이오드가 의외라는 표정을 지었다. 악수가 아니라 다른 의미였는지 아뇨, 하고서 시선을 피했다.

"그것보다 다이 씨, 그 차림은." "아, 저도 옷차림 얘기는 나중으로 부탁드려요."

그렇게 말하는 다이오드에게선 음식물 쓰레기 냄새가 풍겼다.

일부러 초라한 행색으로 꾸민 것처럼 보이는 그녀의 복장이 신경 쓰였지만, 교환 조건처럼 말하는 탓에 물어볼 수 없었다.

 차 라이크 한 잔조차 내오지 않고서 40분이나 기다리게 한 다음, 10시가 되자 두 사람은 별실로 안내받았다. 일반적인 회의실이나 집무실이 아닌, 한 층 높은 연단이 주변을 빙 둘러싸고 있는 법정 같은 방이었다. 단상 위에는 여러 사람이 있었다. 등 뒤로는 디시크래시가 벽면에 자리를 잡고 섰다. 테라는 긴장감에 침을 삼켰다.

"테라 군."

 자신을 부르는 말.

"잘 와주었어. 이렇게 상석에서 마주하다니 미안하군. 이건 50년 전에 디자이너가 이렇게 만들어 놓은 탓이야."

 날렵하고 까무잡잡한 얼굴에 새하얀 머리카락과 콧수염을 기른, 훤칠한 체격을 가진 장년의 남성이 몸을 내밀고서 이쪽을 응시하고 있었다. 테라는 한 번 고개를 끄덕인 다음 대답했다.

"처음부터 그렇게 높이 솟아 있었다면 어쩔 수 없겠죠."

"그렇지. 자네가 말하니 실감이 담긴 것처럼 느껴지는걸. 메인 스트리트나 WEB에서 몇 번인가 봤었네. 이렇게 직접 얼굴을 마주하는 건 처음인데도 처음 만나는 것 같지가 않아. 분명 우리 씨족 여성 중에서 제일 크겠지? 응?"

"어어…… 아마 그럴 거예요."

"훌륭하다는 뜻으로 한 말이야. 자신보다 키가 큰 여자를 본 적이 있을까?"

"없습니다."

"그럼 확실하겠어. 덧붙여 자네는 신장 말고 다른 부분도 아주 멋지군. 이렇게 와줘서 영광이야."

남자는 껄껄거리며 웃었다. 테라는 이런 상황에서 언제나 그랬듯이 붙임성 있는 웃음을 지으면서 속으로는 앉고 싶은데, 하고 생각했다. 하지만 자리에 앉으라고 권할 기색은 보이지 않는 데다, 애초에 이 방에는 의자가 없는 모양이었다. 지금 말하는 상대는 자기소개조차 없었지만, 그건 어차피 얼굴을 아는 상대라 자기소개가 필요 없기 때문이었다. 이 쾌활하고 싹싹한 태도의 남성은 지온 하이헤르츠 엔데바라는 이름으로, 장로 중 한 명이자, 어부의 우두머리고, 씨족의 족장이었다. 나이는 62세.

"하나."

라고 말하는 목소리가 들려서 옆으로 고개를 돌리자, 옆에 서 있던 다이오드가 자연스러운 자세로 서서, 바닥을 향해 무심하게 검지를 피고 있었다.

지온 외에 단상 위에 있는 다른 사람은 얼굴을 뚜렷하게 보여주지 않았다. 테라는 저 사람들은 단순히 투영된 아바타고 실제 본인들은 다른 장소에 있다는 걸 깨달았다. 장로회도 나름 바쁘다는 뜻이겠지. 논의가 격렬해지거나, 도움이 필요해질 상황이 되면 입을 열지도 모른다.

지금 현재로선 지온만이 계속 말을 이었다.

"자, 그럼 본론으로 들어가기 전에 다른 한 분에게도 인사를 하지. 다이오드 군. 그 이름으로 소개하고 있는 모양이니 그렇게 부르면 될까. 아니면 본명으로 부르는 게 좋을까. 아주 조그맣고 귀여운 "둘." 분이로군. 자기 힘으로 우리 배까지 왔다고 들었네."

테라는 저도 모르게 다시 한번 옆으로 시선이 돌아갔다. 조그맣게 읊조린 파트너가 허벅지 옆에 중지와 검지를 펴, 피스 사인을 그리고 있었다.

그런 다음 소녀는 정면 2만 킬로미터쯤 너머에 있는 가공의 지평선을 바라보는 듯한 표정으로 "다이오드라고 불러주세요."라고 짤막하게 대답했다.

"좋아. 우리 씨족은 개인의 의사를 아주 소중히 생각한다는 사실은 잘 알고 있을 거로 생각하네. 나는 다른 씨족의 관습에 대해서도 다소는 지식이 있는 편인데 JT나 폴룩스에 비해 엔데바는 확실히 지내기 좋은 배일 터. 다이오드 군은 어떤가?"

"폴룩스에 비하면 살기 좋은 곳인 것 같습니다."

"역시 그렇지. JT는?"

다이오드는 변함없는 지평선 표정으로 입을 다물었다. 테라가 몸을 숙이고서 "저한테 말해 주실 수 있나요?"라고 속삭이자, 소곤소곤 대답했다.

테라가 숙였던 몸을 펴면서 전달했다.

"자코볼 트레이즈에서 겪은 체험은 자기한테도 실수한 부분이 있으니 뭐라고 말할 수 없다고 하네요."

"하하하하, 재미있는 아가씨야. 막무가내인 것 같으면서도 고지식한 면도 있군. 나는 자네에게 호의를 품고 있어."

"감사합니다."

테라는 오랜 세월 동안 길러온 습관과 인내력을 발휘해 방긋 웃으며 고개를 끄덕였다.

지온은 기분이 좋아 보였다. 어쩌면 오늘은 좋은 얘기를 듣게 될지도 모른다.

"호감이 가는 자네들에게 이런 얘기를 하는 건 아주 유감스러운 일이지만 단도직입적으로 말하지. 우리는 모두, 이 팻 비치 볼에서 생활을 일구어낸 초대 엔데바의 유지를 이어받아 씨족과 선단을 미래로 이어갈 의무가 있어. 그걸 위해 자네들의 필러 보트를 더 적합한 페어가 쓸 수 있게 해주길 바라네."

좋은 얘기가 아니었다. 살짝 낙담하면서도 어느 정도 예상은 하고 있었기 때문에 웃는 얼굴을 무너뜨리지 않은 채 테라가 물었다.

"음, 저기, 하이헤르츠 족장님——."

"테라 군!"

"넷?"

"지온이라고 편하게 불러도 괜찮아."

"……지온 씨. 장로회와 지금껏 여러 번 대화를 나눴습니다만 제 필러 보트를 놀려둔다 하더라도 현재로선 씨족의 수입에는 큰 지장이 없었다고 생각합니다. 이제는 상황이 달라졌나요? 설마 누군가의 배가 침몰했다거나?"

"걱정해 줘서 고맙군. 엔데바 어부 열한 가문은 내 가문과 자네의 가문을 포함해 전부 건재하다네. 기쁜 일이지."

"그렇다면 상황이 변했다는 뜻은 아닌 거네요."

"그래, 변하지 않았어. 다만 자네도 이해할 거로 생각한다만, 그 상황이 6년째 계속될 거라고는 아무도 생각하지 못했지. 우리 엔데바 씨족은 오랫동안 부담을 견뎌내는 중이야."

"그 점은 죄송하게 생각합니다. ……하지만 변명처럼 들리겠지만, 저도 좋은 남자를 찾고자 노력은."

"'좋은 남자'?"

"네? 앗, 아뇨, 요즘은 그런 조건도 따지지 않고, 말이죠."

"기특한 마음가짐이야. 물론 그 점은 우리 모두 들어서 잘 알고 있고말고. 자네가 어엿한 부부가 되어 한 사람 몫을 하는 어부가 되고자 노력했다는 점은."

"네에, 감사합니다…… 그 결과 여러분이 바라셨던 결과를 내지 못했다는 사실은 아쉽지만……."

"자네는 노력을 했고, 앞서 말하자면 시작은 전부 순조로웠어. 키가 크다는 결점을 "셋." 커버할 정도로 자네의 용모는 매력적이고, 태도와 성격도 아주 협조적이었다는 점에서 첫 대면부터 퇴짜를 받은 케이스는 한 번도 없었다고 들었지. 실로 칭찬해야 할 일이지만—— 다이 군, 왜 그러지?"

한 마디 중얼거린 다이오드를 향해 지온이 시선을 돌렸지만, 잠시 기다려도 반응이 없자 "그래서 말이네." 하고 다시 테라 쪽을 보았다.

"그럼에도 불구하고 자네는 전부 거절했어. ——맞선에서 시험 삼아 해본 고기잡이가 마음에 들지 않았다는 이유로."

"네……."

"자네 스스로 필러 보트에 타기를 간절히 바라고 있다는 얘기는 여러 번 들었지. 그럼에도 디컴퍼로서의 재능을 타고나지 못했다는 사실은 불행이라고밖에 표현할 말이 없네, 테라 군."

"죄송합니다, 제가 잘못했어요."

그 점에 관해선 뭐라 변명할 말이 없었다. 테라는 고개를 떨궜다.

아니지 아니야, 라며 지온이 너그러운 태도로 손을 내저었다.

"오해하지 말아 주었으면 하네만, 자네를 책망하려는 게 아니야. 사람마다 재능에는 개인차가 있으니 당연한 일이지. 게다가 자네는 영상 방송사 소속으로서는 상당히 평판이 좋아. 마침 방금 듣고 조사해 봤는데 자네는 그 방면에서 많은 사람에게 기쁨을 줄 수 있을 거로 생각하네. 다만 우리가 하고 싶은 말이 무엇인지는—— 알고 있겠지? 테라 군."

"알고 있습니다." 지금까지 이렇게나 아픈 곳을 찔려본 적은 한 번도 없었다. "재능이 없는데 계속 배를 안고 있어서야 안 된다는 뜻이겠죠."

콧등이 시큰거리기 시작해서 훌쩍거릴 뻔했다.

그때 소매를 잡아당기는 손길이 있었다. 다이오드가 눈짓을 보내며 테라와 자신을 번갈아 가며 손가락으로 콕콕 가리켰다. "네?" 하고 묻자, 이번엔 얼굴 앞에서 손을 파닥파닥 흔들며 뭔가를 부정하는 동작을 취한 다음, 답답하다는 듯이 다시 콕콕 손짓을 반복했다.

아무래도 재능이 없는 게 아니라고 말하고 싶은가 보다. 고지식하게 약속을 지키려고 하는 몸짓이 웃겨서 테라는 무심코 쿡쿡 웃었다.

"그러네요. ——저기, 지온 씨. 건방지게 들리겠지만 저는 아예 전혀 디컴퍼를 할 줄 모르는 건 아니에요(그 말에 다이오드가 얼굴을 와락 찌푸리며 더 강하게 부정하는 시늉을 했지만 일단은 무시했다). 지금까지 맞선에서 만난 분들과는 평범한 고기잡이를 할 수 없었지만, 다이오드 씨와 함께 했을 땐 잘 해낼 수 있었어요."

"흐음."

"그래서 말이죠. 저도 할 수 있어요. 물고기로 씨족에 공헌하는 일. 어떤가요? 지온 씨."

그는 아직 두 사람이 거둔 어획량에 대해 보고를 받지 못했을지도 모른다. 기대를 담아 고개를 든 테라는 지금까지의 표정을 거둔 씨족장이 못마땅한 얼굴로 턱을 만지작거리는 걸 보았다.

"테라 군, 자네는 내 말을 제대로 듣지 못한 모양이니 다시 한번 반복하겠지만, 나는 씨족과 선단을 미래로 이끌어갈 의무가 있다고 말했네. 이해했나?"

"······네."

"아니, 자네는 이해하지 못했어. 미래로 이끌어간다, 이게 뭘 말하는 걸까?"

"가문의 이름과······ 희망?"

"핏줄이야. ——어부로서 부부가 되어 자식을 낳고 어업 기술과 배를 물려준다. 이 시스템이야말로 우리 사회의 핵심이지. 그렇게 생각하지 않나?"

테라는 한순간 말문이 막혔다. 이 점도 뼈아픈 부분이었다. 하지만 자신들이 하는 행동을 생각했을 때 이런 지적도 이미 뻔히 예상할 수 있었다.

"저기— 지온 씨." "왜 그러지?"

"일반적인 부부라고 해도 아이가 없는 사람은 있잖아요? 그건 어쩔 수 없는 일이겠죠? 개인의 차이니까요."

"음—— 맞는 말이지. 어쩔 수 없는 일이야."

"그런 부부가 마침 어부였을 경우를 대비해, 어업 기술과 배를 이어받는 시스템이 있잖아요. 우리 씨족에겐."

"있고말고. 양자 제도지. 전통 있는 어부 가문을 잇기에 적합한 젊은이를 선발해 배를 잇게 하는 거야."

"그렇다면."

"기다리게나, 테라 군." 엄한 목소리로 하려던 말을 막으며 지온이 연단에서 몸을 내밀었다. "자네는 설마 이렇게 말하려는 건가?——귀중한 어부의 가문을 전혀 다른 가문으로 대체하는 특별한 양자 의식을 개인적 즐거움을 위해 가볍게 필러 보트를 타고 날고 있는 자신들에게도 적용해 주길 바란다, 이 말인가?"

"앗…… 아뇨." 생각해 본 적 없는 심각성을 눈앞에 들이밀자 테라는 핏기가 싹 가셨다. "혹시 그럴 수 있다면 우리가 안고 있는 문제도 해결할 수 있지 않을까 싶었을 뿐이라……."

"그건 정말 생각에서만 끝내야 할 발상이네, 테라 군!"

지온이 칼 같이 단정 짓는 통에 테라는 어깨를 움츠렸다.

"자네는 스스로 무슨 말을 하고 있는지 이해한 건가? 정말 어려운 사람들을 돕기 위한 구제 제도를 써서 올바른 길을 벗어난 행위를 정당화하고 싶다는 뜻이야. 자네 말대로 한다면 누구나 필러 보트에 타도 되고, 아무한테나 필러 보트를 양도할 수 있게 돼. 그렇게 되면 전통과 계승은 어떻게 되지? 완전히 망가지고 말겠지! 자네는 그래도 괜찮다는 건가?"

"아뇨, 괜찮지 않습니다. 그럴 의도로 한 말이 아니에요."

"그런가? 정말로 그렇게 생각하고 있는 게 맞나? 그렇다면 어째서 여자가 트위스터를 하면 안 되는지 설명할 수 있나?"

테라는 한순간 머릿속이 새하얘졌다.

"그건——."

"테라 군?"

"그건—— 그게——."

"실제로 예시를 보여줘서 고맙네, 테라 군. 바로 그 점이야."

"어? 네?"

대화를 따라갈 수가 없어서 더욱 혼란스러워진 테라에게 지온은 그럴 줄 알았다는 듯이 고개를 끄덕였다.

"그게 바로 대답이야. 여자는 예상 밖의 사태에서 반사적인 대처 능력이 낮아. 이게 FBB의 기압고도 8000에서 10K짜리 프시거두고래와 씨름하던 도중에 갑자기 다운 버스트가 덮쳐든 상황이라고 가정한다면 어떻게 되지? 아무것도 하지 못한 채 곤두박질치겠지. 그런 위험에 몸을 던지는 건 그에 적합한 사람이어야만 해."

"그건…… 맞는 말이지만…… 그래도 다이 씨는 절대 미숙한 솜씨가."

"미숙한 실력을 숨기기 위한 방법이야 얼마든지 있어. 아니, 이야기가 엇나갔군. 아무튼 요점은 트위스터와 디컴퍼는 끈끈한 유대로 맺어져야만 한다는 점이야. 트위스터가 무자비하고 험난한 FBB의 자연과 싸우기 위해선 디컴퍼의 지원이 필수 불가결하고, 디컴퍼가 적절한 그물을 만들어내기 위해선 트위스터의 지시가 반드시 필요해. 그게 가능한 관계란 뭘까? 혈통을 남긴다는 의미 이상으로, 살아남기 위해서 두 사람의 형태가 어떻게 이루어져야 할까? 어떤가, 테라 군——."

"그치만, 그치만 우리는——."

"자네들은?"

테라는 또다시 말문이 막혔다.

지독하리만큼 기묘하고 알 수 없는 기분이 들었다. 이 세계는 너무나 넓고, 자기 바로 곁에도 모르는 사실이 있다. 무언가를 부정당하려고 하고 있고, 그건 자신이 아직 모르는 무언가지만, 지금까지 알지 못했던 그것이 정말 멋진 것이라는 또렷한 예감만이 존재했다. 또한 그걸 입 밖에 내면 망가질 것이라는 확신도.

"저는——."

"지금까지 전부 넷, 이걸로 다섯이에요. 테라 씨, 저딴 소리를 듣지 마."

딱 잘라 말하는 단호한 외침이 울렸다. 테라가 옆을 보자, 다이오드가 다섯 손가락을 펴고서 살랑살랑 흔들고 있었다.

"다섯 번이나 참았으니까 말이죠."

"그 손가락, 그런 뜻이었어요?"

마치 소년 같은 배관공 차림의 소녀는 한 번 고개를 끄덕이고 나서, 테라 앞으로 나와 단상을 날카롭게 노려봤다.

"하이헤르츠 족장님."

"그래, 다이오드 군——."

"지온이라고 부르도록 하겠습니다. 지온, 당신은 거들먹거리며 떠벌떠벌 말도 안 되는 억지소리를 떠들고 계셨습니다만, 그렇게까지 개똥철학과 편견과 기만만 줄줄이 늘어놓고 있으면 자기 자신이 부끄럽지도 않습니까?"

"뭐라고?"

지온이 눈썹을 치켜올리며 입을 다물었고, 테라는 "다이 씨!" 하고 외치며 소매를 잡아당겼다.

"하긴, 지온 당신 나이쯤 되면 하도 저지른 게 많고 하도 거짓말을 많이 해서 부끄럽다거나 한심하다는 감정이 열화되고 마비되어서 감가상각이 끝나가고 있을지도 모르겠지만, 너덜너덜해서 걸레인지 아닌지 구분이 안 되는 자존심 탓에 외부인인 저를 향해 빈정대기만 하는 거면 몰라도, 같은 씨족인 테라 씨까지도 은근히 툭툭 건드려 대가며 괴롭히는 수작은 보고 있자니 구역질이 난다거나, 완전 깬다거나 하는 차원을 넘어 도저히 용서할 수 없다는 기분까지 들었기 때문에 일일이 짚어가며 얘기하는 수고를 들이는 것도 참 귀찮은 일이지만, 이렇게 제대로 꾸짖어 드리려 하는 거니까 얼마든지 고마워하셔도 좋습니다. 그럼 순서대로 말해 볼 텐데 먼저 남의 키를 가지고 놀리지 마. 남의 몸매를 가지고 놀리지 마. 아니 그보다 상대방이 여자라는 걸 아는 순간 희롱해도 되겠다고 판단하지 말라는 뜻입니다만 설마 이 정도도 이해하지 못하시는 건 아니시겠죠? 지온 씨."

"다이오드 군, 다이오드 군!"

지온은 얼굴이 시뻘겋게 달아올라서 벌컥 고함을 질렀고, 두 사람의 등 뒤에서 구둣발 소리가 들렸다. 디시크래시가 바로 옆까지 다가와 있었다.

"말을 조심해 주시죠."

"당신까지 저 사람을 모욕할 셈인가요?"

뒤를 돌아보면서 다이오드가 한 말은 테라로서도 도무지 뜻을 알아들을 수 없는 말이라, 당연히 장로회의 직원도 "네?" 하고 대답할 말을 찾지 못했다. 다이오드는 즉시 말을 이었다.

"본래라면 위대하고 품격을 갖춰야 할 씨족장 자리에 앉은 사람이 지위에 어울리지 않는 소리를 일삼는 걸 못 본 척하는 게 모욕이 아니면 뭐겠어요? 그가 말했다시피 당신들이 선조가 남긴 유산을 이어받는 사람이라면 당신들도 또한 후대에 물려주기에 마땅한 힘과 도덕성을 보여줘야겠죠. 엔데바 씨족의 유지라는 게 그 사람이 실제로 무엇을 할 수 있는지조차 확인해 보지 않고서 열등하다고 단정 짓고는, 사람을 천덕꾸러기 취급하며 걱정해 주는 척하는 글러 먹은 품성을 가리키는 건가요. 그래도 괜찮겠어요?"

 디시크래시는 깜짝 놀란 표정으로 "호오—— 그 논리라면." 하고 무언가 말하려고 했지만, 연단을 주먹으로 내려치는 커다란 소리에 묻혀 들리지 않았다.

 "다이오드 군!"

 다이오드가 느긋하게 몸을 돌렸다. 초로의 씨족장은 눈을 번득이며 이를 갈 것 같은 얼굴로 말했다.

 "잠자코 들어줬더니 아주 멋대로 지껄여 주는군. 나를 향한 모욕만으로도 자네를 체포할 수 있어. 무슨 생각이지?"

 "다시 한번 말씀드리지만 저는 오히려 당신 자신이 스스로를 모욕하고 있는 걸 돕고자——."

 "시끄럽네, 억지 부리지 말게!"

 "그러니까 억지소리를 떠드는 게 누군데요?" 남자가 재채기 한 번만 해도 날아가 버릴 것 같은 조그만 체구의 소녀가 단상을 향해 당당히 맞섰다. "당신이 하는 말을 요약하면 고기잡이를 잘하는 사람이 이겨서 이름을 남기라는 뜻 아닌가요. 그런데 왜 가문을 들먹이고, 여자는 안 된다는 둥, 쓸데없는 이야기를 꼬치꼬치 덧붙이는 건가요."

 "그런 얘기가 아니야!"

 "그럼 무슨 얘기인데요?"

 "얘기를 실력 승부로 끌고 가고 싶은 건가? 그래선 논의로는 끝나지 않게 될 거다!"

"마치 대화로 해결하고 싶다는 것처럼 말씀하시는군요, 하이헤르츠 족장님. 당신이 가진 예상 밖의 상황에 대한 높은 반사적 대응 능력을 얼마든지 살려서 FBB 대기권 내에서 프시거두고래를 떨쳐낸다거나, 빙글빙글 회전해 봐도 된다고요. 만약 여자보다 잘한다면 말이죠."

"심연을 밟아라, 계집!"

"전 거기서 태어났는데요?"

옛날 방식으로 말하면 지옥에 떨어지라는 말과 똑같은 뜻을 가진 지온의 욕설과, 냉정하게 받아치는 다이오드의 반격이 허공에서 맞부딪히며 보이지 않는 폭발을 일으켰다.

테라는 입을 벌린 채 멍하니 두 사람의 격돌을 보고 있었다. 지온은 비교적 작다곤 해도 2만 명의 집단을 이끄는 우두머리였고, 테라로선 그런 그와 언쟁은커녕 대꾸 한마디조차 엄두를 내기 힘든 일이었다. 그런 지온을 향해 다이오드는 샌들을 신은 발로 쓰레기통에 쓰레기라도 밀어 넣듯이 아무렇게나 대판 싸움을 벌이고 있었다. 도저히 믿을 수가 없었다. 파멸적인 폭거다.

하지만 역사적인 쾌거였다.

지금까지 어두운 그림자밖에 보이지 않았던 주변 연단 위에 한 사람, 그리고 또 한 사람씩 얼굴이 나타나기 시작했다. 장로회의 사람들이 흥미를 느낀 모양이었다. 사람들이 지켜보는 앞에서 지온이 쏘아붙였다.

"그렇게까지 말한다면 간과할 수 없지. 우리는 자네의 실력이 어느 수준인지 엄정하게 심사할 수 있다만, 정말로 그렇게 해도 괜찮은 거군?"

"당신이야말로 나중에 가서 상황이 여의찮다는 등, 자기 입장이 어떻다는 등, 하면서 취소하려 들면 적반하장의 겁쟁이라고 워프 한복판에서 떠들어 줄 테니까 각오하고 있는 편이 좋을 거예요."

"잠깐 기다려 주시죠, 잠시만!" 디시크래시가 양팔을 벌리며 사이에 끼어들었다. "족장 각하, 외람되지만 말씀드리겠습니다. 이야기가 엇나가고 있습니다. 이번 건의 요지는 테라 양이 필러보트에 어울리는지 어떤지에 대한 논의지, 다이오드 양의 기량을 따지는 게 아닙니다."

"저기요!" 테라는 반사적으로 외쳤다. "그렇다면 똑같은 말이라고 생각해요. 저는 역시 다이 씨가 아니면 고기잡이를 할 수 없으니까요! 다이 씨가 불가능하다면 저도 불가능하다는 뜻이에요!"

"위험합니다."

"네?"

디시크래시가 속삭였다. 테라는 당황했지만, 이때다 싶어 지온이 "아주 잘 들었네, 테라 군!" 하고 외쳤다.

"이러면 이야기가 한층 쉬워졌어. 장로회는 이번에 테라 군과 다이오드 군에게 프시거두고래 어획 심사를 실시하고, 우수한 성적이라 인정받지 못할 경우 인터콘티넨털 가문이 소유한 필러 보트를 몰수하겠다. 자, 어떤가 다이오드 군. 이건 자네가 초래한 사태다만?"

"바라던 바예요 얼마든지 상관없다고요 그렇게까지 말한다면 우리도 만약 이길 경우 계속 어부 일을 할 텐데 그걸로 상관없는 거죠?"

"그럼 얼마든지 해도 되고말고 어부든 검객이든 맘대로 하시지 다만 이길 경우다 자네들이 이겼을 경우에만 말이야!"

서로 으르렁대는 두 사람을 이제는 장로회의 모든 사람이 지켜보고 있었다.

7

"그런 느낌으로 교묘하게 부추겨 대결 구도로 끌고 온 건데요."
 아침의 운해를 내려다보는 필러 보트. 다이오드의 말을 후방 콕핏에서 듣던 테라는 양손으로 얼굴을 감싸 쥐었다.
 "부추겼다니, 다이 씨…… 부추겼다니…… 그게 다 연기였던 건가요?!"
 "연기? 아뇨, 전혀요." 다이오드가 이상하다는 듯이 돌아보았다. 오늘의 덱 드레스는 금실 체인 스티치로 측면을 장식한 진홍색 캐미솔 원피스 & 타이츠. 이어서 입술에는 루주를 바른 박력 넘치는 차림이다. "그럴 필요는 조금도 없었어요. 그건 순수하게 화를 낸 거예요."
 "그 하나, 둘, 하고 셌던 그거 말인가요."
 "개인적으로 용서할 수 없는 포인트가 자꾸 쌓이지 않았다면 화를 낼 생각은 없었는데, 도중부터 완전히 분노 게이지를 초과해 버렸거든요. 나중엔 오로지 정신력으로 버텼어요."

"그 정도로?"

 다이오드가 얼마나 진심인지를 나타내는 듯한 복장과는 반대로, 테라의 덱 드레스는 갈색 체스트집과 녹색 롱스커트였다. 소매와 허리에 리본을 주렁주렁 달아서 아마 시크하면서도 귀여운 느낌을 연출할 의도였던 것 같지만, 체액성 젤 속에선 리본이 공기 중에 있을 때와는 달리 나풀거리는 게 아니라 착 달라붙어 버린다는 사실을 깜빡했다.

 테라의 모습을 가늘게 뜬 눈으로 잠시간 이리저리 뜯어본 다음, 다이오드는 등을 돌리며 한숨을 쉬었다.

 "그 정도였다고요. 애초에 그렇게 높은 위치에 서서 내려다보기나 하는 녀석이 제대로 된 사람일 리가 없다는 것쯤은 쉽게 알 수 있는 일이잖아요……."

 "높이 있으면 안 되나요?"

 "당신한테 하는 말은 아니지만요. 왜 그 점을 걸고넘어지세요."

 "왜냐니. 족장님이 펄펄 뛰며 화를 냈잖아요!"

 어쩐지 다이오드의 말속에 가시가 돋쳐 있다는 걸 느끼고, 테라도 목소리에 힘이 들어갔다.

 "다이 씨는 생판 남이니까 괜찮겠지만, 저렇게 화나게 만들면 나중에 곤란해져요."

 "헤에—."

 "헤에— 라니."

"저런 사람도 테라 씨한텐 남남이 아니구나— 싶어서요."

"저라고 좋아서 같은 씨족인 게 아니에요!"

"호—응."

"또 그렇게……. 부추겼다는 뜻은 이것도 다 작전이었다는 뜻이겠지만, 아무리 그래도 그렇게까지 긁어댈 필요는 없지 않았어요? 디시크래시 씨도 나중에 사과했다고요. 각하도 말이 너무 심했다면서요."

"네? 누구요?"

"살람 디시크래시 씨. 장로회 소속원이요."

"전 몰라요." 그러고 보니 다이오드를 데려온 직원은 다른 사람이었다. "다 끝난 다음에 너무 부추겼느니 어쨌느니 따지지 말아주세요. 족장과 겨룬다는 억지가 통한 게 기적이라고요. 실패하면 배는 빼앗기고 저는 송환, 테라 씨는 다시 신랑감을 찾게 될 뿐이었어요. 게다가 애초에 당신도——."

"뭔가요?"

뭐라 옹얼거리던 다이오드가 "딱히요." 하고 대답했다.

침묵이 앞뒤 콕핏을 채웠다. 테라는 지금 나눈 대화를 곱씹어보며 시무룩해졌다. 족장을 화나게 만든 걸 타박하고 말았지만, 다이오드가 그때 갑자기 입을 열었을 때 느꼈던 감정은 오히려 완전 반대였다. 그걸 말하고 싶었는데.

게다가 묻고 싶은 것도 있었다. 그 담판 이후, 다이오드는 어디로 사라졌는지, 어째서 그런 초라한 차림이었는지.

아니, 대충은 상상이 간다――. 상상만으로는 얼마든지 짐작이 가지만, 그걸 실제로 확인해도 괜찮을지 결심이 서지 않았다.

그게 지금으로부터 9일 전의 일이었다. 8일 전, 장로회에서 바로 프시거두고래 어획 심사회 실시 요강을 보내왔다. 다이오드는 계속 연락 두절이었다가, 출항 전날 밤에야 시간에 맞춰 가겠다고 미니셀로 말했다.

다시 말해 여느 때처럼 정보 교환이 부족한 상황.

이런 상황에서 낚을 수 있을까, 프시거두고래.

그보다, 그렇게나 대놓고 싸움을 걸었으면서 이런 꼴이라니.

"……왜 페어를 짜고 있는 걸까요, 우리."

휘청, 배가 한 번 흔들렸다. 지금 고도엔 구름이 없었는데도.

"그런 것보단 전술, 부탁드려도 될까요."

"앗, 네."

감정이 실리지 않은 말투에 오히려 안심했다. 이미 배는 별에 내려왔고, 고기잡이는 시작되었다. 쓸데없는 잡담보다 먼저 해야 할 일이 있다.

"어탐입니다!"

오른손에 광자 패턴을 주사, 왼손에 전파를 주사, 정면에 레이저를 주사. 테라는 세 개의 영상을 띄웠다. 각종 어군 탐지기를 통한 다주파 주사다. 수상선의 경우엔 주로 음향을 이용하지만,

FBB에서 이뤄지는 고기잡이는 사냥감과의 거리가 수십에서 수백 킬로미터에 이르므로 전자파를 이용한다. 전자파를 반사하는 금속 결정 구조를 가진 베쉬이기 때문에 쓸 수 있는 수법이다.

물론, 대기권이라는 환경은 전자파면 뭐든 가리지 않고 통과시키는 친절한 구조가 아니다.

"현재로선 반경 300킬로미터 권내에 베쉬로 짐작되는 반응은 42건입니다. 그중 40건은 파도넘이정어리, 단고등어, 갈삼치, 큰매가리 등, 표층성 회유어와 유사."

"나머지 2건의 커다란 녀석은 전에 만난 그건가요."

"네. 뭉게구름 속이니까 정어리나 청어 아닐까요."

"오늘은 볼일 없는 애들이네요."

서로 고개를 끄덕였다. 사소한 일이지만 동의해 줬다는 게 기쁘다.

"프시거두고래처럼 보이는 건 없네요."

"……이제 와서 묻는 거지만, 테라 씨는 프시거두고래에 대해 알고 있나요?"

"기초적인 사항이라면."

테라는 교과서에 실린 내용을 떠올렸다. 프시거두고래. 대형 베쉬다. 이름은 과거 해양 포유류의 이름에서 따왔다고 하는데 형태나 움직임은 닮았지만, 다른 점도 많다고 한다. 한 번에 수천 마리, 수만 마리 단위로 포획하는 다른 베쉬와는 다르게, 한 마리씩 잡는다. 몸길이는 수십 미터에서 100미터 이상이며, 최대급 프시거두고래는 1만 톤을 넘기 때문에 10K급이라고 불린다. 다량의 자원을 얻을 수 있으므로 어획물로서 가치가 높지만, 고기잡이 때마다 흑자가 날 만큼 여러 마리를 잡기는 어려워서 어업 효율 면으로 따지면 최고급 사냥감으로 취급되진 않는다. 굳이 말하면 솜씨를 시험하거나 운을 시험해 보기에 적당한 대상이다.

다이오드가 말했다.

"움직임은 알고 계시나요."

"유동성 수직운동이요."

"뭔가요. 그게."

"다이 씨는 정말로 기초를 잘 모르시네요."

"됐으니까 실제로 봤을 때의 움직임으로 말해주세요."

"유동성 수직운동이라는 건 횡으로 움직일 때나 앞으로 전진할 때나 상관없이 힘차게 뛰어오르거나 밑으로 잠수하는 거예요. 이른바 돌핀 점프를 말하는 거죠!"

"그 녀석이 튀어 오르는 건 2만 미터 부근까지 쌓인 짙고 축축한 걸레구름 꼭대기예요. 하이드라진과 적린과 베이크가 뒤섞인 빌어먹게 더럽고 두꺼운 구름에서 나타나기 때문에 어탐은 거의 통하지 않습니다. 물보라에 의지해서 뒤쫓게 되는데 대체로 3하네나 4하네로 잠항해 버리는 데다, 우좌좌 혹은 좌우우 순으로 이리저리 불규칙하게 움직입니다. 1하네에서 대략적인 위치를 포착하지 않으면 잡을 수 없어요. 측후선에 있을 때 방향을 잘못 잡아 구름에 돌진하는 풋내기를 종종 봤어요. 그런 베쉬라서 제 발로 나오기 전까진 볼 수 없죠."

"……."

"테라 씨만큼 잘 아는 게 아니라 죄송합니다."

"별말씀을요……."

테라는 식은땀을 흘리며 몸을 움츠렸지만, 문득 생각난 걸 말했다.

"그렇다는 말은 어탐이 통하지 않는 평평한 구름을 찾은 뒤, 거기서 버티고 기다리면 된다는 뜻이네요."

테라 쪽을 돌아 본 다이오드가 작게 웃었다.

"정답."

가늘고 길쭉한 포탄형으로 변한 필러 보트는 겸사겸사 붙어 있는 수준으로 조그만 조종익면으로 수소의 대기를 가르며 시속 3000킬로미터로 낮은 운해 위를 날아갔다. 가스 행성의 어두운 색 띠에 해당하는 벨트 영역이다. 나아가는 방향을 기준으로 오른쪽 멀리 대성벽처럼 보이는 새하얀 구름층이 줄지어 있었다. 저건 밝은색 띠인 존 영역인데, 벨트보다도 1만 미터는 높이 있다. 성분은 깨끗한 암모니아 얼음이 주라서 지금은 볼일이 없다.

고도를 낮춤에 따라 벨트의 어두운 구름이 만드는 다양한 패턴의 모양이 다가온다. 정돈된 흐름을 만드는 부분이 있는가 하면, 정면으로 흐름이 부딪혀 거친 전선을 만드는 부분도 있고, 서로 엇갈리는 두 흐름이 교묘히 스쳐 지나가며 소용돌이를 만드는 부분도 있다. 그런 부분엔 놀라울 정도로 아름다운 나선형 무늬가 생성된다——. 옛날부터 이 별의 구름은 테라가 좋아하는 경치였다.

"후보는 없나요?"

"앗, 죄송해요. 저도 모르게 멍하니 지켜보는 바람에."

"뭘요. 구름을?"

"네……."

한 소리 들을 줄 알았는데 트위스터 소녀는 별다른 말을 하지 않았다.

호를 그리며 1시간 정도 계속 날았지만, 이거다 싶은 구름은 없었다. 다이오드가 일단은, 이라는 느낌으로 물었다.

"이제 와서 묻는 거지만 이 주변이 서식 공역 맞죠?"

서크스는 과거에 무수히 많은 드론을 내려보내 행성 전역의 대략적인 베쉬 분포를 파악했다. 일반적으로 고기잡이는 그 데이터를 토대로 이루어지고, 오늘도 마찬가지일 터였다.

"틀림없어요. 족장님도 동시에 내려왔으니까요."

"그 사람, 지금은 어디쯤에?"

"위성에 따르면 7시 방향, 2500킬로미터. 벡터는 전혀 다르지만요."

 그 정도라면 직경 15만 킬로미터의 행성 위에선 오차 범위 내다.

 테라가 주변에 펼쳐두고 있는 가상 입출력 VUI 패널 안에는 지온의 필러 보트뿐만 아니라, 주변의 다른 배들도 표시되어 있었다. 『아이다호』에서 동시에 강하한 장로회의 심판선, 구조선, 또는 단순한 구경꾼 등, 10척이 넘는다. 대성황이다.

 그뿐만 아니라 아이다호 장로회는 거창하게도 통신 위성 대역을 사용해서 이번 '심사회'의 모습을 방송까지 하고 있었다.

 "족장님은 제법 멀리 떨어져 있는 데다 지켜보는 사람도 많아요. 이러면 방해를 받을 염려는 없으려나."

 "고기잡이 도중에 남을 방해할 만한 사람인가요? 그 사람."

 "아뇨, 당연히 그러진 않겠지 생각하지만요."

 족장은 신뢰할 수 있는 사람일까. ——그런 생각을 떠올린 다음, 자기가 그의 인품을 의심하고 있다는 사실을 깨닫고 테라는 깜짝 놀랐다. 지금까진 그런 의심은 떠올려 본 적조차 없었다.

 아니지 아냐, 고개를 흔들었다. 남을 의심하고 있을 때가 아니야. 방해가 있을지 없을지를 걱정하기 이전에 일단 우리 손으로 고기잡이를 성공시켜야 하는 거잖아.

 어탐 지시를 받은 테라는 전파 주사에 도플러 검출이라는 조미료를 더했다. 프시거두고래는 전자파가 통과하지 못하는 첩첩이 쌓인 평평한 구름 속에 있다는 모양인데, 그런 곳이 있다면 소용돌이나 흐트러짐이 없는 깔끔한 평면을 이루고 있겠지. 그럴 때 대상의 상대속도를 계측하는 도플러 레이더를 사용하면 단색 면적체로 보일 게 분명하다.

잠시 시간이 지나자 그럴듯해 보이는 영역이 눈에 들어왔다.

"다이 씨, 2시 방향 350킬로미터! 저기 어떤가, 흐왓."

말이 채 끝나기도 전에 오른쪽으로 몸이 훅 쏠렸다. 다이오드도 신경을 곤두세우고 있었다.

17만 톤이 *에일러론 롤로 강하했다.

5분쯤 지나자 다갈색 고원 같은 경치가 보이기 시작했다. 한 방향으로 흐르는 서너 가닥의 흐름이 우연히 합류하여 만들어진 평평한 대지다. 군데군데 빠르게 흐르는 구름의 갈라진 틈 안쪽으로는 미묘하게 다른 검은색을 띤 다층 구조의 단면이 보였다.

"그렇구나…… 이게 걸레구름."

그때 구름 한구석에서 누적형(teardrop)의 작은 돔이 나타났다. 아직은 조금 먼 거리라 크기는 잘 알 수 없었다. 점점 솟아오른다 싶더니 돔의 꼭대기가 갈라지며 매끈거리는 물고기의 몸이 튀어나왔다. 장애물이라곤 없는 수소의 대기 속을 쭉쭉 활공하며 나아간다. 투명한 느낌의 암적색 등이 넘실거리며 반짝이는 반사광을 흩뿌렸다.

---

* 에일러론 롤(Aileron roll) : 곡예비행의 한 종류. 일정한 비행경로를 따라 날아가면서 비행기 동체가 횡방향으로 360도 회전한다. 에일러론은 비행기의 보조날개 중 하나이다.

곧이어 옆으로 기울어지며 낙하했고, 번듯한 왕관 모양의 물보라를 퍼트렸다. 테라는 영상에 스케일링을 적용해 봤다. 새끼손가락만 해 보였던 저 물보라는, 실제론 지름 50미터에 달하는 엄청난 흙탕물이었다.

연달아 두 번의 점프를 반복한 그 녀석은 구름 밑으로 모습을 감췄다.

"프시다. 테라 씨, 맞췄어요! 훌륭해!"

다이오드의 들뜬 목소리가 울렸다.

"디컴퍼 부탁합니다. '쫓는 그물은 얼뜨기'라고들 하지만, 이건 쫓을 수밖에 없어요. 거기에 적합한 그물을 속도 우선시로."

"앗, 네."

저 녀석, 대충 가늠하기에 1킬로미터 가까운 거리를 점프로 날고 있었다. 왜 나는 걸까?

아니, 그게 아니지, 어떻게 잡을까.

"그물 입구는 넓게, 그물코는 아주 성긴 정도로. 공기 저항을 최소한으로 줄인 자루그물……일까?"

"미세 조정을 위해서 그물 자체에 어느 정도 항로 변경 능력이 있으면 좋겠네요. 제가, 아니지, 테라 씨가 제어해 주시겠어요?"

"보드로 방향 전환이 되려나. 해볼게요!"

디컴프레션—— 이번엔 포탄형을 한 선체 자체엔 거의 손대지 않는다. 오히려 속도와 기동성을 최우선으로. 배 아래에서 얇고, 가느다란 섬유를 풀어내 그물을 엮었다. 배보다 두 아름 정도 큰, 통 형태다. 입구 주변에는 오터 보드를 꽃잎 형태로 배치해 개폐와 방향 전환이 가능하도록 만들었다.

눈을 감고 상념을 전달하자 점차 배 아래에 커다랗고 가벼운 짐 덩이가 생겨나, 쭉 당겨지는 감각을 느꼈다.

"……후우, 이런 느낌일까요?"

"그러네요." 배를 좌우로 흔들어 보기도 하고, 그물을 탁탁 털어 보기도 하면서 다이오드가 확인했다. "이런 느낌이에요. 테라 씨 치고는 굉장히 똑 부러진 느낌."

"평소엔 똑 부러지지 못해서 미안하네요!"

"그게 장점이잖아요. ──갑니다."

그물 때문에 배의 속도가 음속 아래까지 떨어졌다. 파워를 올리면서 다이오드가 선체를 가라앉혔다.

테라는 레이더 해상도를 올리고 구름 표면의 미세한 요철을 유심히 지켜보았다. 그중 일부가 솟아오르기 시작하는 걸 보자마자 즉시 주의를 외쳤다.

"나왔어요! 앗, 그렇지만 바로 옆 방향──."

"꺾습니다!"

전방 왼쪽에서 나와 오른쪽으로 쭉 가로지르는 형태로 출현한 사냥감을 향해 다이오드는 측방 분사로 선회하려고 했다. 하얀 그물을 끌고 있는 거대한 포탄이 진흙 색깔의 구름보라를 일으키며 S자로 항적을 그렸다.

단지 몸 색깔만 제외하면 묘하다 싶을 정도로 고대 지구의 고래를 쏙 빼닮은 베쉬. 광택을 내뿜는 짙은 적색을 띤 아름다운 생물이 뛰어올랐다. 강력한 꼬리로 구름을 박차며 긴 도약을 시작했지만—— 아직 다이오드는 나서지 않았다.

"오른쪽? 으음…… 아마도 오른쪽!"

베쉬는 속도를 줄이며 한번 구름에 착지. 이어서 400미터쯤 되는 가벼운 도움닫기 후 다시 한번 튀어 오른다.

"지금!"

쿠웅. 꼬리로 구름을 박차는 충격이 느껴질 것만 같은 기세로 프시거두고래가 힘차게 튀어나온 순간, 다이오드가 거의 바로 뒤까지 선체를 딱 붙여서 그대로 덮쳤다. 동시에 슬로틀을 전부 개방하고 크고 힘이 넘치는 생물을 퍼 올리듯 건져내려 했다.

바로 아래에 넓게 시야를 잡은 테라가 그물 입구를 커다랗게 벌려 유선형 몸통의 베쉬를 삼키려고 한 순간—— 그 녀석이 마치 인사라도 건네는 것처럼 오른손을 들었다.

"어?"

몸에 딱 붙이고 있던 커다란 가슴지느러미 한쪽을 펼친 거였다. 그걸 이해하는 것보다 빠르게 사태가 벌어지고 말았다. 왼쪽으로 뒤집힌 프시거두고래의 오른쪽 가슴지느러미를 통과하듯이 그물이 걸렸고, 앞으로 푹 고꾸라진 거두거래가 세로로 회전하면서 길고 힘센 꼬리치기로 필러 보트의 배를 때렸다.

지금까지 가늠하기 힘들었던 그 녀석의 물리적 스케일이 바로 판명됐다. 하반신의 질량만으로도 2000톤에 달하는 무게, 하늘을 나는 초거대 카본 근육 섬유 다발이었다.

애초에 시속 1000킬로미터에 가까운 속도로 날던 중이었다. 그 녀석의 꼬리치기에 분사구 하나가 망가지고 만 필러 보트는 곧바로 뒤집혀 구름 표면에 곤두박질쳤다. 그러고는 십수 킬로미터 가까이 애처로운 몰골로 데굴데굴 굴러갔다.

"우아아아앗!" "삐이이이이!"

우수한 선체 기기가 작동한 덕에 콕핏 안은 충격이 완화되긴 했지만, 자신을 둘러싼 배가 빙글빙글 회전하고 있으면 어쩔 수 없이 엄청난 3차원 공중회전을 겪을 수밖에 없다. 무지막지하게 굴러다닌 탓에 정신을 차릴 수 없었고, 5분 넘게 몸을 둥글게 말고서 머리를 감싸 쥐어야 했다.

"……다이 씨, 괜찮으신가요오……." "살아는 있어요."

테라가 눈을 뜨자, 표시등만이 켜진 어두컴컴한 콕핏에서 다이오드가 찌푸린 얼굴로 VUI를 조작하고 있었다.

"배에 불이 나고 말았네요. 그물도 찢어졌고요. 그대로 두 동강이 나는 사태는 면했으니 그나마 다행인가…… 좋아, 재시동."

배는 낡은 솜 같은 구름 속으로 가라앉는 중이었지만, 필러 보트는 원래부터 선체 대부분이 가소성인 AMC 점토로 이루어져 있기 때문에 중추 콕핏과 승무원만 무사하다면 설령 배가 두 쪽으로 찢어진다 해도 부활할 수 있다. 다이오드의 조작과 테라의 간단한 디컴프레션으로 항행 능력을 되찾아 상승하기 시작했다.

다시 구름 밖으로 나왔지만, 당연하게도 조금 전 갑자기 조우했던 거두고래는 어디에도 보이지 않았다. 테라는 실망했다.

"놓쳐 버렸네요."

"불규칙하게 움직인다는 게 바로 저걸 두고 한 말이었군요."

"직접 본 적 있는 거 아니었어요?"

"측후선에서 말이죠. 보기만 했을 뿐, 낚는 건 처음이에요."

"처음인데도 여유를 부리며 시비를 건 거였어요?!"

"테라 씨도 이 정도면 쉽겠다고 생각했죠?"

말하던 도중, VUI 위에 별 모양 아이콘이 빙글빙글 돌아가며 통신으로 무기질적인 음성이 들렸다.

『심판선에서 테라 인터콘티넨털과 다이오드에게. 지온 하이헤르츠가 첫 번째 프시거두고래를 어획했음을 전합니다. 몸길이는 81미터, 관성질량 5600톤입니다.』

두 사람은 입을 다물었다.

『여러분이 우수하다는 판정을 받는 조건은 지온의 어획 질량을 넘어서는 것입니다. 심사 종료 시각은 심판선의 일몰까지입니다. ——방금, 여러분의 배가 충돌하는 상황을 관측했습니다만 구조를 요청하시겠습니까?』

테라는 마지막 말에서 살짝 감정이 묻어나온 것처럼 느꼈지만 아마 기분 탓이겠지. 정형적인 멘트에 불과하다.

"필요 없습니다. 고기잡이를 속행합니다. 다이오드가."

『알겠습니다.』

통신이 끊어지자 다이오드가 양손을 펼치며 스로틀을 밀어 올렸다.

"그물 입구를 두 배로 넓혀주세요. 순간 부하가 10만 톤을 넘어서면 자동으로 비상투기를 시행하는 설정으로."

"네, 넷."

어떤 그물 모양이 적절할까── 그런 생각을 하던 테라는 문득, 지온이 왜 거리를 뒀는지 이해했다.

4시간 경과, 한 마리도 못 잡았다.

프시거두고래는 불규칙하게 움직인다. 다시 말해, 오른쪽 왼쪽 왼쪽의 3회 점프, 혹은 왼쪽 오른쪽 오른쪽의 3회 점프를 하는 성질이 있다고 알려져 있다. 하지만 처음으로 실전에 도전한 두 사람은 냉엄한 현실을 깨달았다.

그 첫 점프가 오른쪽인지 왼쪽인지 전혀 모르겠다.

왜 알 수 없는지조차도 모르겠다. 두 사람은 몇 번이나 프시거두고래를 찾아내서 돌격했고, 머리 꼭대기부터 Ψ자 형 꼬리(저 형태를 어딘가의 옛 언어에선 프시라고 부른다고 한다)의 끝까지 지근거리에 붙어 관찰해봤지만, 찾아낸 어떠한 징후도 그 뒤에 이어진 도약 방향과 연결 짓지 못했다.

"측후선에 있었을 때, 풋내기들 말고 다른 사람은 본 적 없나요?"

"본 적은 있지만 그 사람이 어떤 근거로 판단했는지는 몰라요."

"아는 사람 중에서 그걸 알고 있을 만한 사람은 없어요?"

"그런 사람이 있었다면 엔데바 씨족까지 오지도 않았다고요."

"죄송하게 됐네요, 억지라고 단정 짓고 이런 터무니없는 짓을 시키는 씨족이라!"

"그런 소리를 한 적은 없는데요?"

서로 티격태격해서야 고기잡이가 성공할 리도 없었고, 자세를 제대로 갖추지 않은 채 파워에 의지해 억지로 던진 그물은 툭하면 빗나가거나, 처음에 그랬듯이 예상 못 한 좌우 회전 탓에 찢어지고 말았다. 오른쪽과 왼쪽 둘 중 하나니까 무작정 운에 맡기면 성공 확률도 절반은 될 것 같은데 어째서인지 한 번도 성공하지 못했다.

『지온 하이헤르츠가 다섯 마리째 프시거두고래를 포획했음을 전합니다. 몸 길이는 69미터——.』

심판선이 수십 분 간격으로 보내주는 달갑지 못한 소식이 두 사람을 더욱 초조하게 만들었다. 속임수거나 허세라면 차라리 낫겠지만, 일반 방송 주파수로 영상을 수신할 수 있으니 페이크는 아니겠지.

"다이 씨, 중계를 봐 볼까요?"

"전투 중에 적의 수법을 훔치자는 뜻이에요?!"

"언제부터 이게 전투가 된 건가요. 대놓고 보여준다는 건 봐도 괜찮다는 뜻이라고 생각해요."

"보여줘도 상관없을 정도라면 애초에 볼 의미가 없잖아요!"

다이오드는 상대방을 정찰하자는 제안을 고집스레 뿌리쳤지만, 지온이 7마리째를 어획했을 때쯤엔 포기했는지, 아니면 달리 생각하는 바가 있는 건지, 한 번 봐보죠 하고 고집을 꺾었다.

보자마자 1분 만에 깨달았다.

방송선이 높은 고도에서 망원 촬영 중인 영상에는 지온의 필러보트와 사냥감이 구름 표면에 남긴 완만한 커브를 그리는 항적이 고스란히 찍혀 있었다. '지금까지 잡은 7마리'의 요약 영상을 본 순간 그 커브에 우회전과 좌회전이 있다는 사실을 알았다.

"항적이······!"

"우리는 너무 가까이 접근했던 거예요. 더 위로 확대해서 보니 단번에 알겠어요!"

"측후선에서는 이런 걸 볼 수 없었어요. 아마 이것도 기초적인 지식이겠죠. 굳이 숨길 필요도 없는 거예요. 이런 항적이 남았다는 뜻은 프시거두고래가 방향 전환을 할 때 사용하는 건——."

다이오드가 착잡한 표정으로 하늘을 우러러봤다.

"배지느러미구나. 위쪽이라 보이지 않았던 거네요."

"고래한테는 배지느러미가 없을 텐데요?!"

"고래가 뭔데요?"

그 말이 맞았다. 프시거두고래는 베쉬다. 테라가 도감을 통해 익히 알던, 지구에서 이식되어 범은하 왕래권 여러 곳에서 볼 수 있는 포유류인 고래가 아니다.

『지온 하이헤르츠가 8마리째 프시거두고래를———.』

통신이 울려 퍼진다. 저속 체공 중인 필러 보트 안에서 테라는 피로감에 축 늘어져 누운 상태로 둥둥 떠다녔다. 베테랑이 당연하다는 듯이 선보이는 요령을 자신들은 까맣게 모른 채로 애쓰고 있었다. 기초 지식도 모르고 우쭐댄 꼴이다. 그에 비해 지온은 7마리를 넘어 8마리나 잡았다. 그의 호언장담은 사실이었다는 거겠지. 눈으로 본 것만으로는 알 수 없는 세세한 노하우를 가진 게 틀림없다.

그건 그렇다 쳐도 베쉬는 고래가 아니라는 사실마저 잊고 있었다니. 이건 자신이 먼저 깨달았어야 하는 점이다. 다이오드를 탓할 일이 아니었다.

생각은 거기서 멈추지 않았다. 중계를 통해 봤을 때, 지온은 조종 실력이 특히 뛰어난 건 아니었다. 물론 서툰 솜씨는 아니지만 필요한 행동을 필요한 만큼만 하는 이른바 어른의 방식이었다.

그에 비하면 다이오드가 훨씬 더 역동적이고, 도전적이고, 테라가 보기엔 훨씬 나은── 뭐라고 해야 할까, 가슴을 뛰게 만드는── 방식이었다.

그녀의 그 솜씨를 헛되게 만들고 싶지 않았다.

"다이 씨."

"뭔가요."

"왜 못 잡는 건가요?"

"시비 거는 거예요?"

"시비 거는 게 아니고요── 아뇨, 관두죠." 테라는 한숨을 쉬면서 고개를 들었다. "제 표현 방식이 좋지 못해서 죄송해요, 저는 다이 씨를 천재라고 생각해요. 그런데 잡지 못한다는 건 분명 아직 저도 깨닫지 못한 이유가 있지 않을까 생각해서요."

다이오드는 콕핏 내부의 팔걸이에 몸을 맡기고서 먼 하늘을 바라보는 자세였지만, 마찬가지로 한숨을 쉬며 말했다.

"저도 죄송합니다. 짜증이 났었어요."

"괜찮아요."

"잡지 못하는 이유는…… 그렇죠, 저 녀석이 튀어 오르기 전에 피해버린단 말이죠."

"피한다."

다이오드가 몸째로 돌아보았다. 테라는 고개를 내밀었다.

"베쉬와는 다르게 그냥 피해서 도망친다기보단 우리 움직임을 미리 읽고 있어요."

"우리를 보고 있는 거 아닌가요?"

"그런 것 같아요. 에일러론을 틀거나 사이드로 분사하면 바로 반응하거든요. 눈이 있을지도 모르겠네요. 하지만 이쪽에서도 그러지 않을 수가 없어요. 그러지 않으면 방향 전환이 안 되니까요."

"그거, 지금 배 모양으론 방향 전환이 불가능하다는 이야기죠. 그러면 밑에선 보이지 않는 위치에 방향타를 달면 속일 수 있지 않을까요? 선체 관통형 사이드 슬러스터를 단다거나, 아니면 아예 프시를 흉내 내서 등지느러미를 단다거나."

다이오드는 물끄러미 테라를 보며 "좋은 생각이네요"라고 말했다.

"하지만 그 아이디어가 잘 통한다 해도 이미 저 사람한텐 못 이겨요."

옆을 보았다. 짙게 깔린 대기 저편으로 해가 기울고 있었다. FBB의 짧은 낮이 끝나가려는 중이었다.

"그와 똑같은 방식으로 한다 해도 불가능해요. 근본적으로 다른 방식을 쓰지 않는 한. 노즐을 늘려서 2배로 가속해서 쫓는다? 아니야, 연료가 다 떨어져서 베쉬를 실을 수 없게 돼. 정면으로 돌진해서 스치듯이 부딪힌다? 아니야, 충격이 너무 커서 배가 산산조각 날 거야……."

필사적으로 생각하는 다이오드의 모습에 테라는 비어홀에서 봤던 겉으론 굳세어 보여도 속은 여린 그녀의 본모습을 떠올리고 있었다. 많은 경험을 쌓은 것 같지만 아직 겨우 18살이다.

 자기가 왜 이 아이와 페어를 짰냐고? ——그건 이렇게 최선을 다해 노력하는 모습이 마음에 들었기 때문이었다. 그렇다, 잊고 있었다. 고기잡이를 나가기 전부터, 처음 만났을 때부터 그랬다.

 "테라 씨는 뭘 그렇게 싱글벙글 웃고 있는 건가요?! 같이 좀 생각해달라고요!"

 돌아보는 다이오드가 씩씩대며 덤벼든 탓에 테라는 자기도 모르게 말이 튀어나왔다.

 "다이 씨, 필사적이네."

 "네에에?! 무슨 소릴 하는 거예요. 무슨 소릴 하는 거냐고요?!"

 "당신의 그런 점이 좋다고 생각해서요."

 "무슨 소릴 하는 거냐고요······."

 어처구니가 없었는지, 김이 빠진 건지, 맥 빠진 소리를 내면서 어깨를 축 늘어뜨리는 다이오드에게 "미안해요, 저도 모르게 그만."이라고 사과한 뒤, 테라는 원래 하던 생각으로 되돌렸다.

 "뭔가 힌트가 없을까, 하는 얘기였죠. 힌트가 될지 어떨지는 잘 모르겠지만····· 제가 계속 신경 쓰였던 점이 있는데요."

 "뭐냐고요, 정말이지······."

 "프시거두고래는 왜 점프하는가."

"먹이를 쫓아 점프하는 거 아니에요?"

"프시가 먹이를 먹는 듯한 낌새가 있었나요?"

"그러고 보니……."

다이오드가 절레절레 고개를 저었다. 테라는 끄덕였다.

"그런 낌새가 없죠. 지구산 돌고래는 딱히 별다른 이유도 없이 즐거우니까 폴짝폴짝 뛰어올랐다고 들었기 때문에 저는 그거랑 똑같은 이유일 거라고만 생각했어요. 하지만 말이죠, 프시는 돌고래도, 일반 고래도 아니잖아요."

"그 말대로예요."

"그리고 베쉬는 서로를 잡아먹고 있죠."

다이오드가 한쪽 눈썹을 치켜올렸다.

"먹고 있죠."

"프시가 먹이를 먹는 듯한 낌새는 없다. 하지만 그 반대라고 한다면?"

눈이 마주쳤다. 테라는 다크블루 눈동자를 바라보며 숨을 죽였다. 이윽고 소녀의 긴 속눈썹이 활짝 뜨이며, "그렇다면 프시 뒤에?"라고 말했다.

"있는 게 아닐까요? 그걸 어떻게 이용할지는 둘째 치고서——."

"이용이고 자시고, 그 빌어먹을 자식을 잡아볼까요?"

돌직구로 날아온 다이오드의 제안에 이번엔 테라의 표정이 굳었다.

"그…… 그렇게 나오는 건가요."

"그렇게 나오냐니, 애초에 잡는 것 말고는 무슨 의미가 있다고 그 말을 꺼낸 건데요?"

"아뇨, 그냥 왠지, 문득 떠오른 생각을…….''

"그걸 잡죠." 다이오드는 결심을 담아 등을 돌렸다. VUI 패널을 다시 펼쳐 배를 가속시킨다. "저는 그 녀석에게 배를 가까이 대겠습니다. 테라 씨는 그걸 잡아주세요."

"어, 어떻게요?"

"그 방법을 생각하는 게 당신 일이에요. 아뇨, 그걸 상상하는 게."

돌아보는 다이오드는 오늘 하루 중에서도 가장 멋진 미소를 짓고 있었다.

"뭘 하든 좋아요. 반드시 거기까지 날아가 보일 테니, 마음껏 디컴프 해주세요."

『일몰까지 10초—— 5초, 4, 3, 2, 1, 날이 저물었습니다. 심사회를 종료합니다.』

"후우! 끝났다."

트위스터, 지온 하이헤르츠 엔데바는 땅거미가 진 하늘을 향해 필러 보트의 머리를 돌렸다. 마지막 한 마리를 쫓던 도중이었지만, 어프로치 포인트에 도달하기 전에 제한 시간이 끝나버렸다.

그렇다 해도 어획량은 충분할 터였다.

"포히, 나는 몇 마리 잡았지?"

"11마리네, 결국. 총 질량은 6만 9100톤."

그의 디컴퍼, 즉 아내인 포히 누트카가 쌀쌀맞게 대답했다.

"발에 땀 나도록 돌아다녔는걸. 그렇게까지 전력을 다할 필요는 없었을 텐데."

"그런 건방진 꼬맹이한텐 힘의 격차를 깨닫게 해줄 필요가 있으니까 말이야. 그리고 전력이라니 당치도 않다고. 한 70% 정도 수준이었어."

"하여간 어른스럽지 못하다니깐."

포히는 고개를 홱 돌렸지만, 그렇게 말하는 것치고 디컴퍼로서의 일은 확실하게 수행하고 있었다. 그걸로 충분하다고 지온은 생각했다. 저 두 사람도 여기 포히처럼 시키는 말에 순순히 따르면 되는 거다. 나쁘게 대우하진 않을 테니.

『족장 각하, 결과는 어떠십니까.』

"나쁘지 않아, 살람."

심판선에 탄 소속원에게서 연락이 와서 지온은 성과를 보고했다. 그런데 보고가 끝나기도 전에 포히가 옆에서 끼어들었다.

"살람, 그 애들은 어땠어?"

『잡은 건 한 마리였습니다.』

"그래……."

"그렇게나 큰소리를 떵떵 쳐놓고는 결과가 고작 그건가!"

포히는 입을 다물었고, 지온은 껄껄 웃었다.

"나도 중계를 지켜봤지만, 도중에 뭔가 이것저것 궁리하는 모양이었지. 녀석들은 프시가 어떻게 우리를 보고 있는 건지 눈치 채던가?"

『그런 기색은 없었습니다. 각하는 알고 계시는군요.』

"당연하지. 그것도 모르면서 프시를 어떻게 잡겠어."

프시거두고래는 적외선 시각을 가지고 있다──. 그게 지온이 오랜 경험을 통해 도출해 낸 결론이었다. 흔히 더러운 걸레 구름이라고 부르는 구름은 레이더 전파가 통하지 않지만, 일부 열선은 투과할 수 있다. 그 파장으로 이쪽을 보고 있으므로 필러 보트 밑면을 냉각해서 상대의 열감을 속이면 아슬아슬한 곳까지 다가가도 눈치채지 못하고, 그물 투척의 성공률이 크게 올라간다.

이것만큼은 신입 어부에게도, 자신의 심복한테도 가르쳐준 적 없는 비결이었다.

"녀석들의 배는 몰수다. 다 끝나고 보니 시시한 결말이었군."

『그런 약속을 맺었지요. 하지만…… 각하, 한 가지만 말씀드려도 되겠습니까.』

"뭐냐."

『두 사람이 잡은 그 프시거두고래 한 마리 말입니다만, 어림잡아 계산한 질량이 5만 8000톤이라고 합니다.』

지온은 말문이 턱 막혔다.

"헤에……!"

포히가 몸을 내밀었다.

"5만 8000톤이라고? 5천 800톤을 잘못 말한 게 아니고? 어머나. 그거 작년에 기록한 단일 개체 최대 질량 기록보다 높지? 아마 재작년보다도?"

『역사상 최대 무게입니다, 사모님. 지금까지 최고 기록은 1만 4천 600톤이었습니다.』

"어머, 어머어머어머! 이걸 어쩌지? 어때, 당신?"

어째선지 몹시 신이 난 기색인 아내를 손으로 밀어내며 지온은 직원에게 물었다.

"총 질량에선 내 승리, 잡은 마릿수로도 내 승리. 그렇지 않나?"

『말씀하신 대로입니다, 각하.』

"그럼 문제는 없어."

『물론 그 말씀이 맞습니다만—— 두 사람이 5만 8000톤짜리 프시거두고래를 잡는 모습은 각하의 지시에 따라 전 서크스에 방송되었습니다. 그리하여 현재, 자코볼 트레이즈 씨족과 라덴 비자야 씨족 장로회로부터 찬사의 코멘트가 도착했습니다. 또한 반대로 겐도 씨족은 자기들 씨족의 정숙한 여자를 함부로 꾀어내서 트위스터로 만들려고 하는 악랄한 엔데바 씨족에게서 수단과 방법을 가리지 않고 되찾아 오겠다는 성명을 발표했습니다.』

"겐도 따위 알까 보냐!"

지온은 거친 말을 내뱉었지만, 사태가 귀찮아졌다는 점만큼은 인정할 수밖에 없었다. 다른 씨족에게서 공식적으로 칭찬받은 어부를 엔데바 씨족이 처벌한다면 도량이 좁다고 손가락질을 당하게 된다. 그럴 목적으로 괜한 찬사와 비난을 주고받는 것이 서크스 사회에선 일상다반사나 마찬가지라곤 해도 무시하는 건 현명한 처사가 아니다.

겐도 쪽은 그야말로 근거 없는 오해에서 비롯된 생트집이지만, 그렇다고 순순히 저 말에 따를 수도 없는 노릇이었다. 이 상황에서 다이오드라는 소녀를 품에서 놓아주면 저쪽의 협박에 굴복하는 모양새가 된다.

"그렇다고 여기서 갑자기 손바닥 뒤집듯이 저 계집애들을 칭찬할 수 있겠냐? 나는 절대 그딴 짓은 못해!"

『확실히 말씀하신 그대로입니다. 그러면 우선은 원래 방침대로 처분을 실시하심이 옳다고 생각합니다.』

장로회 직원, 디시크래시의 말에 담긴 속뜻을 깨닫고, 지온은 쓰디쓴 벌레라도 씹은 듯한 표정을 지었다.

"네 생각이 어떤지는 아무래도 좋아——그리고 다른 장로들의 의사도 말이지——하지만 보다 바람직한 합의점이 있다면야 나도 괜히 막아설 생각은 없어."

"좋을 대로 하라는 뜻이잖아, 그 말."

"시끄러!"

한마디 보태는 포히에게 벌컥 화를 낸 다음 지온은 눈짓으로 신호했다. 그럼 실례한다며 디시크래시가 통신을 끊었다.

직원이 하지 않은 말에 대해서 족장은 마지막까지 관심을 두지 않았다.

"저기저기, 다이 씨, 방금 그거, 무슨 뜻이었다고 생각하세요? 네? 네?!"

"글쎄요, 알지도 못하는 노인의 뜻 모를 신호 따위 알 바 아닌데요."

『아이다호』도착동 출구 로비에서 잔뜩 신이 난 덩치 큰 여성이, 얼굴이 홀쭉해진 조그마한 여성을 꽉 붙들고는 자꾸만 말을 걸고 있었다. 바지에 점퍼 차림이라서 근처에 산책이라도 나온 듯한 차림새지만, 대화 내용은 그다지 평화롭지 못했다.

"'규정에 따라 일단은 몰수하겠습니다, 다만' 이라고 말했다고요, 디시크래시 씨가. '다만──.' 이라니. 거기에 윙크까지 하면서! 그건 무조건 그런 뜻인 거죠? 뭔가 좋은 소식이 있는 거겠죠?"

"알 바 아니라니까요."

"제 말이 맞다니까요! 그보다 다이 씨, 왜 그렇게 시큰둥한 태도예요? 5만 8000톤짜리 베쉬라고요, 5만 8000톤. 검사관 보너스 씨도 반입구에 안 들어간다면서 기절초풍했다고요? 대승리잖아요! 그거 엄청 무서웠다고요, 저. 프시 뒤에 프시보다도 더 큰 괴물이 정말로 있었는걸요! 그걸 다이 씨가 확— 하고! 파팟— 하고! 쫙— 하고!"

"사람들 앞에서 바보처럼 구는 거 제발 그만하면 안 돼요?!"

양팔을 펼치면서 악을 써대는 테라를 향해 작은 송곳니를 드러내며 소리를 지르고는 다이오드가 로비에서 뛰쳐나갔다. 사실 도착동 로비는 사람들로 가득 차 있었다. 방송을 본 사람들이 역사상 최대급 프시거두고래가 자원으로 해체되기 전에 직접 눈으로 보려고 몰려든 모양이다.

"다이 씨!"

테라 역시 이번에야말로 놓칠 생각이 없었다. 커다란 몸을 한껏 움츠려 따라가며, 사냥에 나선 늑대마냥 다이오드의 등에 바싹 따라붙었다.

"죄송해요, 선전 효과가 될 것 같아서 소란스럽게 굴었어요."

"그건 이해하지만요……."

"그래도 다시 씨 태도를 보면 정말로 기대할 수 있을 것 같아요. 우리가 프시를 잡은 방법은 우리만의 노하우니까 다른 곳엔 말하지 않겠다고 약속까지 해주셨으니까요."

미세 중력 상태의 공중을 날아 피셔맨스 워프 외곽까지 갔을 때, 다이오드가 배관을 붙잡고서 몸을 돌리며 "저기 말이죠!" 하고 외쳤다.

"네."

"아까부터 디시크래시, 디시크래시, 시끄럽다고요!"

"하긴 접시가 와장창 깨지는 것 같은 이름이죠."

"그런 건 아무래도 좋고, 뭐라고 할 것도 아니지만, 정말로 대단한 사람은 테라 씨잖아요?!"

"네?"

"140미터 길이의 베쉬가 확— 하고 눈앞에 덮쳐든 순간에 파팟— 디컴프해서, 쫙— 하고 통째로 배 안에 삼켜버리다니, 그런 건 본 적도 없어요. 들어 본 적도 없다고요! 긴장한 상태에서 재빠르게 대처하는 것과 편안한 상태에서 차분하게 디컴프하는 건 정반대 아니에요? 아드레날린이랑 옥시토신이 동시에 나오는 사람이라도 되나요?!"

"뭔가 이해하기 힘든 욕이네요—."

"아무튼!" 침을 한 번 꿀꺽 삼킨 뒤, 다시 표정을 눌러 죽인 다이오드가 말했다. "저는 그 괴물을 배에 실은 채로 한 마리 더 잡으러 갈 배짱이 없었어요. 결과적으론 패배하고 말았습니다. 제 탓이에요."

"그게 분해서 토라져 계셨던 건가요?"

"제가 건 싸움이었으니까요."

"아니에요." 테라는 부드럽게 미소 지으며 손을 내밀었다. "우리의 싸움이에요. 그때, 속 시원하게 말해줘서 정말로 기뻤어요, 저."

"테라 씨……" 내민 손을 보며 다이오드가 표정을 일그러트렸다. "빨리 말해달라고요, 그런 말은! 족장을 화나게 했다느니 어쩌니……."

"미안해요, 제가 솔직하지 못했죠. 연상이니만큼 제가 똑바로 말했어야 했어요. 감사합니다."

"으으……."

고개를 숙인 다이오드는 테라가 손을 쥐어도 이젠 도망치려고 하지 않았다.

──조그만 손.

테라는 느꼈다. 다이오드의 손가락은 작고 가늘다. 하지만 고대 피아니스트처럼 빠르고 정확하게 움직여 배를 조종한다. 귀엽고 강한, 대단한 손이다. 첫날 밤, 이 사람이 테라의 손을 쥐었을 땐 아이스바처럼 차가웠다. 지금도── 아니.

지금은 따뜻했다. 은은하게 혈색이 돌며 점점 뜨거워지더니, 훈연한 약초 같은 달콤한 연기 냄새가 작은 몸에서 희미하게 피어오른다. 고개를 수그리고 있던 얼굴이 옆으로 돌아갔다.

흘러내린 은발 사이로 엿보인 귀.

그 귀가 눈에 들어온 순간, 가슴속이 뜨거운 물이 나오는 수도 꼭지가 열린 것처럼 확 따뜻해졌다.

——으응?

"저기, 다이 씨."

"——네?"

대답하는 목소리는 작고 갈라져 있었다. 테라도 고개를 가까이 가져가며 목소리를 낮췄다.

"우리 집에 오지 않을래요? 우리 집이요. 묵으러."

"어째—— 서?"

"어째서냐니." 이유인가, 이유. 있었다, 이유. "다이 씨, 노숙하고 계시죠."

움찔, 작은 어깨가 떨리며 정곡을 찔린 것처럼 빨개진 얼굴로 이쪽을 보았다.

"……들켰나요."

"느낌이 그랬던 거지만요. 장로회에서 남자애 같은 차림을 하고 계셨죠. 그거, 여자애가 묵으면 안 되는 곳에 있었던 거죠."

"……"

"바우 아우어가 끝난 씨족선에서 호텔 같은 게 영업을 할 리가 없다는 사실을 더 빨리 깨달아야 했어요." 그리고 찾으러 갔어야 했다. 괜한 격식 따위 차리지 않고서. "어디서 주무시고 계세요? 환기통 밑? 식재합성소? 아니면——."

"뭐…… 바우 아우어 도중이었든, 아니었든, JT에서든, 엔데바에서든, 마음만 먹으면 잘 만한 곳은 나름 얼마든지 있어요." 다이오드는 켕기는 게 있는 표정 그대로 소곤소곤 말했다. "테라 씨의 상상을 뛰어넘는 곳일 테니까, 처음부터 상상하지 말아주셨으면 하는데요."

"그게 무슨 뜻이에요?"

"제대로 된 장소가 아니라는 뜻이에요."

"그러면 안 되잖아요! 와주세요! 우리 집에!"

"퇴거 명령이 내려와 있는데요. 장로회로부터."

"혹시 안 올지도 몰라요. 아뇨, 온다 해도 거절할 테니까요!"

"무리겠죠……." 그렇게 말한 다음 다이오드는 지금까지 계속 쥐고 있던 손을 이제야 생각났다는 듯이 살짝 풀었다. "저기, 있잖아요. 물어보겠는데요, 테라 씨."

"네?"

"당신은 언제나 그렇게 쉽게 남을 자기 집에 재우나요?"

"설마요." 붕붕 고개를 저었다. "다이 씨는 남이 아니잖아요?"

그렇게 말하자 다이오드는 눈을 내리뜨며 되물었다.

"그럼, 뭔가요?"

쿵, 하고 묵직한 짐이 떨어졌다.

남이 아니라면…… 뭘까. 동료? 친구? 공범자? 파트너?

그 모든 표현이 두 사람의 관계를 나타내기엔 들어맞는 부분이 조금씩밖에 없었다. 그리고 거기에 들어맞지 않은 빈자리가……

지금 몹시도 성가시면서, 굉장히 소중하다고 느꼈다.

"……일단은 운명 공동체겠네요." 신중하게, 떨어진 짐을 선반에 올렸다. "저도, 당신도, 서로가 필요해요. 눈이 닿는 거리 안에서 지내는 게 좋지 않을까요?"

다이오드의 눈이 몇 초간 흔들렸다.

"그러네요." 고개를 끄덕인다. 한 번, 두 번, 그리고 세 번. "그럴지도 몰라요. 테라 씨가 갑자기 납치될 수도 있고요."

"반대겠죠?"

"그렇게 생각하세요?"

눈을 맞추고서, 서로의 의중을 헤아리려고 했다. 이걸로 충분해, 그렇게 쓰여있다고—— 느꼈다. 아마도.

"아닐 수도 있겠네요."

"네."

"물론 다이 씨가 더 위험하겠지만요."

"네, 물론이죠."

"그런 점도 고려하면서——전략적으로 말이죠——함께 지내주실 수 있을까요."

다이오드가 표정을 숨기고 있다는 게 다 드러나는 얼굴로, 천천히 고개를 끄덕였다.

"네. ——어쩔 수 없으니까요."

8

"여기가 손님방이에요!"

"그냥 나갈게요."

120년 층에 있는 집으로 돌아온 테라가 추천한, 거실 근처 따뜻하고 깨끗한 트윈 베드룸은 단칼에 거절당했다. 다이오드는 의심과 경계의 눈빛을 하고서 방과 방을 차례로 정찰하며 돌아다녔다. 그 결과, 낡고 넓고 방만 많은 콜로니 내부 저택의 다락방보다 더 깊숙한 곳, 위층 사이의 틈에 해당하는 배관 구역을 발견하고는 그곳에 구식 배낭을 내려놨다.

"여기서 자겠습니다."

"대체 왜요! 좁고, 어둡고, 먼지투성이잖아요! 아니, 그나저나 우리 집에 이런 곳이 있었네요?"

"집주인조차 몰랐던 잉여 공간, 아지트로 딱이에요."

"아지트라니. 손님인데……."

"손님으로 대우하지 말아 주세요. 부담스러우니까요."

다이오드는 차가운 눈으로 불쾌하다는 듯이 말했다.

"길거리를 헤매던 노숙자 트위스터가 어쩔 수 없이 여기로 굴러들어 왔을 뿐이라고요. 지붕과 벽이 있고, 물만 내어주시면 그걸로 충분해요."

"그런 심한 짓은 못해요! 길고양이인가요?!"

"길고양이가 뭔가요."

"옛날에 그런 생물이 있었어요. 나중에 도감을 보여드릴게요."

"아하, 네. 그건 부디."

"아무튼 식사는 삼시세끼를 드릴 거고, 옷도 인쇄하고, 샤워실도 빌려드릴게요! 아, 그렇지 그렇지, 그러고 보니 겐도 씨족은──." 한 가지 소문을 떠올린 테라는 긴장했다. "그 뭐냐, 개인실이 아니고, 단체로 알몸으로? 따뜻한 물로 채운 수영장? 에 들어가는 관습이 있다고 들었는데요. 혹시 다이 씨도 그런가요. 저랑 같이 꼭 같이 들어가야 한다는……?"

다른 사람과 알몸으로 물에 들어간다. 당연히 테라한텐 지금까지 그런 경험이 없었다. 엔데바 씨족 중엔 아무도 없다. 동성이든 이성이든 부모와 자식 간이라도 마찬가지다.

정말로 그런 관습이 있는 걸까?

"신경 써주셔서 감사합니다, 오해예요." 그 소문을 싫어하는지, 찌푸린 얼굴로 다이오드가 대답했다. "씨족에 함께 목욕하는 관습이 있는 건 맞지만, 같이 들어갈 사람이 없으면 씻지 못한다는 뜻이 아니라 사정상 어쩔 수 없이 같이 들어갈 뿐이에요. 다른 곳에서 그러지는 않을 테니까 걱정 마시길."

"아, 그렇군요."

테라는 안심하면서도, 아 정말로 하는구나, 진짜 하는구나, 하고 몹쓸 상상이 머릿속에서 자꾸만 맴돌고 있었다.

다이오드는 한층 더 차가워진 목소리로 말했다.

"애초에 가능한 한 접촉은 피하고 싶네요. 자는 것 말고는 식사도 의복도 마을에 있는 코인 프린터로 할 거고, 이 안쪽에는 아마 통로로 통하는 배기구가 있을 테니까 정말로 저는 없는 사람이라고 여겨주셔도 상관없어요."

"이유가 뭔가요! 아얏."

급기야 큰 소리를 내며 따져 물으려던 순간, 다락방의 낮은 천장에 쿵, 하고 머리를 부딪혔다. 테라는 자리에 쭈그려 앉았다.

"아야…… 아파라."

"뭐 하시는 거예요……."

"왜 피하는 건가요." 머리를 감싸 쥐고 쭈그려 앉은 채, 중얼거리듯 테라가 말했다. "제가 덩치가 크니까?"

"네?"

"쓸데없이 크니까 무서워서 그런가요?" 천장을 올려다본 다음, 천장보다도 훨씬 키가 작은 다이오드를 보았다. "하긴 그렇겠죠, 이런 좁은 곳에서 덩치가 산만 한 사람이 마구마구 밀어붙이니 보통은 무서울 만도 하죠. 잡아먹겠다는 거잖아요, 이거."

"아뇨, 그런 게 아니라."

"잘 생각해 보면 지금 상황도 칭찬 받을 행동이 아니네요. 억지로 집에 데려오고, 방이랑 식사를 강요하고, 알몸이 어쩌고저쩌고. 아, 망했어요 이거, 유괴예요. 납치 감금이에요."

"유괴라니, 무슨."

당혹스러워하는 다이오드를 거들떠보지도 않고, 테라는 이마를 누르면서 주춤주춤 뒷걸음질로 아래층으로 내려가는 사다리를 타고 내려가기 시작했다.

"잠깐 머리 좀 식히고 올게요. 다이 씨는 편할 대로 해주세요……."

"테라 씨 잠깐 기다려요! 혼자 상상하고 혼자 납득하지 말아주세요, 스테이!"

"스테이?"

테라는 다락방 입구에서 얼굴만 빼꼼 내민 상태로 멈췄다.

"왜요?"

"아뇨. 그게 말이죠, 으으음."

다이오드는 살짝 난처해하는 기색으로 검지를 꼼지락거리고, 이리저리 공중을 휘젓기도 한 다음 한숨을 내쉬며 말했다.

"없으니까요."

"네?"

"무서워한 적 없으니까요. 테라 씨가 덩치가 큰 건 무섭지 않아요. 오히려 크고 부드러워 보여서 제 취향……."

"네에?"

"아뇨, 아무것도. 그걸 결점이라고 생각하지 말아 달라는 뜻이에요. 여기로 데려와 주신 것도 딱히 유괴라고 생각 안 하니까……."

"정말인가요?! 그럼 밑에서 묵어 주실래요?"

얼굴이 확 밝아진 테라가 사다리를 타고 올라오려고 하자, 바로 발끈한 다이오드가 송곳니를 드러내며 양손으로 머리를 꾹꾹 눌렀다.

"거리! 거—리—! 갑자기 확 달려들지 좀 말라는 소리예요!"

"아야야얏, 다이 씨, 거기아파아파요."

120년 층이라는 건 CC 120년에 증설되었다는 의미다. 즉, 지금으로부터 180년 전에 건설됐다는 뜻이니 상당히 오래됐다. 회전하는 도넛 형태인 『아이다호』는 시대의 흐름에 따라 증설되어 바깥쪽으로 점점 두껍게 변했다. 게다가 바깥쪽으로 증설되면서 중력이 1G인 층은 점점 아래로 내려갔고, 번화가도 바깥쪽으로 멀어졌다. 때문에 120년 층 일대는 G가 절반 이하가 되어 사람이 줄었고 조용해졌다. 테라도 가족들 없이 혼자서 살고 있다.

"테라 씨, 혼자서 살고 계신 건가요? 이 커다란 집에?"

리빙다이닝 소파에 앉은 다이오드가 마실 게 담긴 컵을 들고 실내를 둘러보았다. 근처에 더 훌륭한 집들이 많은 걸 아는 테라로서 별다른 감흥이 없었지만, 다이오드는 이런 곳이 익숙하지 않은지 안절부절못하는 기색이다.

테이블을 두고 마주 앉은 테라는 고개를 끄덕였다.

"네, 맞아요. 그러니 아무도 쫓아내거나 하지 않아요."

"그런 걱정은 한 적 없지만, 부모님께선 돌아가셨다고 하셨죠." 잠깐 말을 머뭇거렸다. "제가 혹시 방해하는 게 아니면 좋겠다는 뜻이었어요."

"배려해 주시는 거예요? 걱정 마세요, 벌써 5년, 아니 6년이나 지난 일이니까요."

"테라 씨야말로 그럴 때 괜한 배려는 하지 말아주세요."

그 말에 테라는 다시금 다이오드의 얼굴을 바라보면서 조용히 끄덕였다.

"그럼…… 솔직하게 얘기해 볼게요. 제 부모님은 우리처럼 트위스터와 디컴퍼였어요. 제가 기억하는 한 저를 꾸짖긴 하셨어도, 학대나 폭력 같은 건 전혀 없었던 좋은 부모님이셨어요. 그런데 어쩌다 돌아가셨냐면, 제가 순항생 졸업시험과 방송사 시험 때문에 1주일 동안 집에 틀어박혔을 때, 부부 동반으로 FBB의 물 위성인 토바에 있는 리조트에 놀러 가셨거든요. 그때 돌아오는 길에 우연히 근처에 있던 빙화산이 『분빙(噴氷)』했고, 커다란 얼음덩어리가 덮쳐서 돌아가셨어요."

"딸이 중요한 시기일 때 놀러가다니——." "아, 그 점은 화를 낼 포인트가 아니에요."

몸을 일으키려는 다이오드에게 테라가 급히 손을 내저었다.

"혼자 조용히 공부하게 해달라고 제가 권했어요."

"하아."

"어부니까 필러 보트로 가겠다고 생각하기 마련이잖아요. 필러 보트라면 얼음덩어리가 10개나 20개쯤 날아와도 꿈쩍도 안 할 테니까요. 하지만 두 분은 호화롭지만 외벽은 종잇장이었던 관광선을 타고 가버리셨죠. 서비스가 좋다면서요."

"뭐, 어선을 타고 리조트에 가는 것도 운치 없는 행동이긴 하니까요……."

"그랬더니, 쾅— 하는 바람에."

"삼가 명복을 빕니다."

"그런 흐름이다 보니 후회를 하려고 해도 할 수가 없다는 느낌이네요. 다이 씨 말대로 어선을 타고 간다는 것도 뭔가 말도 안 되는 소리였으니까요. 분빙은 예측할 수 없는 일이었고요. 어쩔 수 없지…… 하는 느낌."

말을 끊고서, 테라는 자기보다도 더 풀이 죽은 기색인 다이오드를 보며 미소를 지었다.

"집에 사람이 늘었다는 사실이 순수하게 기뻐요. 정말로 사양하지 말아주세요. 네?"

"알겠습니다." 다이오드도 고개를 들었다. "그건 그렇다 쳐도, 도우미든, 로봇이든, 남성이든, 테라 씨가 의지하는 사람이 옆에 있을 줄만 알았으니까요."

"남자는 없다고요. 시집가기 전이니까요."

테라가 손을 휙휙 내저으면서 웃자, 다이오드는 묘한 시선으로 바라보았다.

"지금은 그렇지 않잖아요."

"네? 지금도 시집가기 전인데요."

"그 말은 맞지만," 호록, 핫 코코아 라이크를 홀짝이며 다이오드는 조그맣게 말했다. "시집, 가실 생각인가요."

"글쎄요—. 어떨까요." 테라는 오른쪽으로 크게 고개를 기울였다. "앗, 지금 깨달았는데요, 이번 심사회를 통해 유명해졌으니까 신랑 후보도 늘어날 것 같죠?"

"그렇게 늘어난 결과, 늘어난 신랑감이 그 지온 족장 같은 아저씨들만 있는 거 아니에요?"

"윽." 테라는 저도 모르게 얼굴을 와락 찌푸렸다. "그렇게…… 되려나요."

"그렇게 되겠죠." 선뜻 단언하는 다이오드. "지금까지 당신이 상대를 찾는데 힘들었던 이유는 실력 없는 디컴퍼라고 여겨졌기 때문이잖아요. 그랬는데 사실은 그렇지 않다는 사실이 판명되었죠. 그러면 실력 좋은 남성 트위스터가 관심을 가질 게 당연해요.

실력 있는 트위스터가 어떤 사람이라고 생각하세요? 경험이 풍부한 베테랑이라고요. ──즉, 아저씨죠."

"으으으윽─." 테라는 이번엔 왼쪽으로 크게 고개를 기울였다. "족장님 같은 아저씨, 인가요. 족장님 같은 사람은…… 좀…… 가능하면 나이 차이가 적은 편이…….."

"저기, 테라 씨." 다이오드가 무릎을 가지런히 모으고서 허리를 쭉 폈다. "이제 이곳에서 함께 지내게 되기도 했으니까 이 참에 한 가지 확실하게 여쭤보고 싶은데요."

"네?"

"테라 씨는 남자를 그다지 좋아하지 않는 거 아닌가요?"

"아─." 테라는 애매하게 웃으면서 다시 고개를 오른쪽으로 기울였다. "아아─ 음…… 그걸 묻는 거예요? 역시 그렇게 보이나요?"

"그렇게 보인다고…… 한다면 어떤가요? 실제론 아니라는 뜻?"

"으으음─."

테라는 다시 왼쪽으로 고개를 기울인 다음, 천천히 몸을 일으켜 테이블을 돌아 걸었다. "옆에 앉아도 될까요." 밑을 보며 물었다.

"네, 네에."

다이오드가 당황한 듯이 고개를 끄덕이고는 컵을 양손으로 쥔 채 소파 구석으로 바짝 몸을 구겼다. 테라는 그 옆에 풀썩, 하고 커다란 엉덩이를 안착시킨 다음 입을 열었다.

"학창 시절에 엄청 많이 만져졌거든요."

"…………네?"

"남자애들한테. 가슴이나 허벅지를. 툭툭— 하고."

테라는 대충 걸쳐 입은 셔츠와 타이트 팬츠 위로 자신의 가슴과 허리께를 손으로 탁탁 털었다.

"저, 은근히 어릴 때부터 몸 여기저기를 얻어맞고는 했거든요. 주변 애들보다 크니까 방해 되잖아, 같은 느낌으로. 그래서 뭐, 어릴 땐 그나마 괜찮았지만, 중등 순항, 고등 순항생이 된 다음에도 습관처럼 당할 때가 있어서. 그래서 거북해진 것도 있네요. 뭐, 사소한 일이기는 하지만 말이죠."

쓴웃음 비슷한 표정으로 말했다. 이런 얘기를 하면 의도와는 반대로 자기 자랑이라고 받아들이는 경우가 있어서 최대한 가벼운 어조로 흘려 넘길 생각이었다.

그랬는데 탁! 하고 큰 소리를 내며 컵을 내려놓는 탓에 저도 모르게 깜짝 놀라 몸을 뒤로 젖혔다.

"으왓."

다이오드가 벌떡 일어나 날카로운 눈으로 방 안을 한 바퀴 빙 돌았다. 그런 다음 원래 자리로 돌아와 테라의 양손을 가만히 쥐었다.

"테라 씨…… 지금 왜 여기 앉은 건가요?"

"……네?"

"다른 사람한테 보여주거나 들려주기 싫었으니까 그런 거잖아요."

테라는 눈을 깜빡이며, 그 말이 맞다는 걸 깨달았다.

"지금 한 얘기는 절대 사소한 게 아니에요. 테라 씨, 당신은 그게 엄청 싫었던 거라고요. 진심으로 싫었어요. 아시겠어요?"

지난달에 있었던 일 기억하냐고 묻는 것처럼 태연하게, 그러면서도 걱정을 가득 담은 눈으로 다이오드가 테라를 바라보았다. 그다지 깊이 생각해 본 적 없었기 때문에 테라는 눈을 감고 떠올려봤다. 그건 선내 계절이 따뜻하던 시기였던가, 더웠던 시기였던가.

얇은 셔츠 한 장만 입고 있던 시기에 몇 명이서 함께 걸었던 기억이 있다. 여자애는 둘이었고, 남자애들이 훨씬 많았다. 소란스럽게 떠들며 좌우로 달라붙었다. 땀으로 축축한 남자애들의 피부 감촉, 코를 찌르는 땀 냄새.

그리고 무엇보다도 그런 불만을 입 밖으로 내는 건 바람직하지 않다는 형태 없는 무거운 압력이 당시 자신을 둘러싸고 있었다는 사실을 서서히 떠올렸다.

"……아아."

오싹한 불쾌감과 함께 어깨와 목덜미에 닭살이 돋으며 테라는 웃고 있던 얼굴을 일그러뜨렸다.

"그러고 보니, 그랬을지도. 달갑지 않았을지도. 견디지 못할 정도는 아니었지만요——."

"——아니긴 했어도, 더 그런 일을 당하고 싶다고는 생각 안 했잖아요?"

"그야 당연하잖아요!"

"당연한 게 아니에요."

테라는 눈을 끔뻑였다. 긴 눈매 속 다이오드의 푸른 눈이 똑바로 자신을 응시했다.

"남자랑 더 많은 접점을 가지고 싶어 하는 여자는 얼마든지 있고, 그런 사람한텐 접촉도 그다지 싫은 일이 아니에요. 그건 그것대로 상관없어요. 다만 사실은 그렇지 않은데도 자신은 그렇다고 믿는 여자도 있죠. 그런 사람은 자기가 실제론 남자를 거북하게 느낀다는 사실을 자각해도 괜찮아요."

다크 블루 눈동자에 비치는 자신의 녹색 눈이 크게 뜨여있었다.

"테라 씨는 이런 얘기를 들려주고 싶지 않은 사람이 있을지도 모르지만, 저에겐 그런 걸 말해도 괜찮아요."

"……"

"그다지 와닿지 않나요?"

"아뇨……. 즉, 이렇게요? 결혼, 그다지 하고 싶진……."

"확실하게."

"결혼하고 싶지 않아요."

말하고 보니, 너무나도 단호하게 말이 나와서 깜짝 놀라 저도 모르게 주변을 살폈다. 24년간 머릿속에서조차 최대한 떠올리지 않으려고 애썼던 말이었다.

그런데, 한 번 입 밖으로 내자, 마치 활자를 나열한 것처럼 머릿속에 똑똑히 박히고 말았다.

"결혼하고 싶지 않아……. 아뇨 그게, 이건, 무심코."

"네, 테라 씨." 다이오드가 자기 허벅지를 탁탁 손으로 두드렸다. "머리를 이쪽으로 대볼래요?"

"엑?" 당황하면서도 머뭇머뭇 커다란 몸을 굽혀 조그만 허벅지에 머리를 묻었다. "이, 이렇게요?"

"맞아요." 포옥, 하고 배가 얼굴을 눌렀다. "자, 거기서 다시 한 번."

"결혼하고 싶지 않아아……."

가느다란 배에 폭 감싸 안긴 상태로 말하자, 그게 자신의 솔직한 속마음이라는 사실을 절절하게 깨닫고 말았다.

"잘 알았습니다. 테라 씨, 참 잘했어요——."

조그만 몸이 어깨를 덮었다. 가볍고, 가녀리고, 따뜻하고, 살짝 부드러웠다. 언제나 다이오드의 몸 주변에서 풍기는, 모르는 지방의 풀을 태우는 듯한 달콤한 훈연향이 콧속을 가득 채웠다.

그건 너무나 마음 편안했고, 갑자기 닥쳐든 새로운 인식에 당황하고 흔들리던 테라의 마음에 포근하게 다가와 주었다.

──심호흡했다.

한 번, 다시 한번.

그리고 크게 내쉬며, 힘을 뺐다.

"……다이 씨이."

"네."

"이상한 부탁이지만…… 이거, 조금만 더 이러고 있어도 될까요."

마침 테라의 뺨에 맞닿아 있던 다이오드의 복근에 움찔 힘이 들어갔다.

이어서 느릿느릿 횡격막이 올라가며 꾹 눌린 듯한 낮은 목소리가 새어 나왔다.

"네에, 원하시는 만큼."

테라는 영차, 하고 엉덩이를 뒤척여서 다이오드의 허벅지에 머리가 딱 좋게 위치하도록 자리를 잡고는 한동안 거기에 얼굴을 묻고 있었다.

잠시 후 천천히 몸을 일으켜 헝클어진 머리카락을 올리며 슬쩍 시선을 피했다. 어쩐지 머리가 멍해서 곤혹스러워하고 있었을 때, 다이오드가 먼저 입을 열었다.

"한 가지는 확실히 알게 됐다고 생각해도 될까요."

"……네?"

돌아보자 다이오드도 테라와 마찬가지로 은색 머리카락을 손으로 매만지던 중이었지만, 그건 표정을 숨기기 위한 손동작처럼 보였다. 눈이 마주치자 조용히 말했다.

"제가 만지는 건 싫지 않으신 거네요. 테라 씨."

"아. ——네, 넷. 그런 것 같아요. 다이 씨는 만져도 돼요."

"다행이다."

그렇게 말하며 이쪽을 보는 다이오드의 얼굴은 평소 같은 사기그릇처럼 단정하면서도 신경질적인 아름다운 표정이 아니라, 투명하고 해맑은 미소를 짓고 있었다.

"다행이에요, 테라 씨."

"네, 네에. 고맙…… 습니다……?"

테라는 안도와 함께 고맙다고 말하면서도 여전히 당황하고 있었다.

——지금 뭐였지? 내가 마치—— 마치, 뭘 했던 거야?

"그렇다면야 저도 사양하지 않아도 되겠네요."

다이오드는 손가락으로 자기 손바닥을 쿡쿡 찌른 다음, 테라의 손등을 끌어당겨 콕 마주쳤다. 짤랑, 하고 시원한 금속음이 울렸다.

그건 입금을 알리는 미니셀 소리였기 때문에 어라? 싶어서 손바닥을 들여다본 테라는 깜짝 놀랐다.

"엥, 뭐예요, 이게?! 어? 0이 몇 개?"

"뭐, 그렇다면 편하게 묵어도 괜찮겠지, 싶은 마음이 들었으니까 집세입니다."

"집세라니, 아니 이거 오늘 번 돈 전부, 아니, 집세 같은 건 주시지 않아도, 아니, 지금 대화가 이런 흐름이었던가요?!"

"네. 저한테는요."

끄덕이고서 소파에 놓여 있던 쿠션 두 개를 겨드랑이에 낀 채, "이거 빌려 갈게요. 안녕히 주무세요."라는 말과 함께 거실을 나갔다.

"안녕히…… 주무세요?"

그저 입만 멍하니 벌린 상태로 남겨진 테라는 잠시 후, 꿈에서 깨어난 듯한 기분이 들었다.

동거 생활에 대한 의논을 하나도 못 했다. 의논은커녕, 갑자기 닥쳐든 몹시도 깊이 있는 시간을 보내고 말았다.

그런데도—— 왠지 모르게 잘 알 수 있었다. 필요한 건 의논이 아니라 방금 같은 시간이었다고.

서서히 번지듯 뺨이, 귓불이 뜨거워졌다.

"어, 어라……?"

테라는 양손으로 얼굴을 덮었다.

처음엔 시큰둥하게 포장되어 온 은발 소녀는 쿠션 두 개를 약탈해서 다락방으로 귀환한 뒤부터 방침을 바꾼 모양이었다. 어딘가에 있는 통기구를 통해 들락날락하면서도, 점점 아래층으로 진출하기 시작했다.

　침략은 보통 한낮일 때가 많았다. 테라가 낮에 출근해 있는 동안 미니셀을 통해 보고가 들어왔다. 인간과 물리적 기계를 이어주는 선내 기기장치가 배에 존재하듯이, 어느 가정에나 주거 기기라는 장치가 있다. 그래서 아무도 없는 집에 누군가가 문을 열거나, 복도를 걸어 다니거나, 전기나 산소를 쓰면 전부 알 수 있다.

　미니셀에 표시된 신규거주자01의 행동 기록은 매우 흥미로운 변화를 보였다.

　먼저 탈의실에 있는 프린터에서 나일론실 100미터와 양면테이프 100미터와 피임 도구 한 다스를 인쇄했다. 다이오드가 그걸 가지고 뭘 하는진 수수께끼인 채로, 다음은 타월처럼 울퉁불퉁한 낡은 천, 15리터짜리 오목한 용기, 물, 에탄올을 인쇄했다. 그것들이 대체 뭔진 수수께끼인 채로, 이번엔 집안 이곳저곳에 있는 쿠션 15개를 훔쳤다. 그 외에도 신발이니, 액자니, 비상용 가스통, 골동품, 파워드 슈트 등등도 도둑맞았다.

　낡은 천과 오목한 용기의 쓰임새는 금방 깨달았다. 다이오드는 용기에 담긴 물에 천을 적셔서 양손으로 꽉 짜 수분을 뺀 다음 지붕 밑 다락방을 문지르고 다녔다. 그건 테라가 도감에서밖에 본 적 없는 양동이를 이용한 걸레질이라고 불리는 행위, 아주 오랜 과거에 존재했던 청소 방식이었다. 밑층에 있는 청소기들은 다락방까지 올라갈 수 없으니까 어쩔 수 없이 직접 손으로 청소하는 거겠지. 하지만 그녀가 자발적으로 그런 청소법을 몸에 익혔다곤 생각하기 힘드니까, 아마도 어디선가 억지로 배웠어야 했음에 틀림없다.

피임 도구라는 게 뭔지 잘 몰라서 서고에서 검색해 본 테라는 그런 용도에 더 일반적으로 쓰이는 정관폐쇄기나 감수분열 방해제가 아니라, 원시적인 고무 제품이 있다는 걸 알게 되고 당황했다. 험한 곳에도 드나들고 있는 다이오드가 그걸 소지하고 길을 걷는다니. 그걸 갖고 있든 말든 그녀의 자유긴 하지만 어디에 쓸지 용도를 상상하자 영문 모를 감정이 가슴속에 일렁였다.

──아니야, 분명 공작이나 뭐 그런 데에 쓰는 거겠지! 그것 말고도 공작에 필요해 보이는 걸 가지고 갔으니까.

테라는 온 힘을 다해 자기 자신을 타일렀다.

그리고 테라가 근무일에 주방에서 아침 식사를 만들고 있으면 옆에 나타나게 됐다.

"그건 가열하고 있는 건가요?"

"으왓."

옆구리 쪽을 내려다보자 다이오드가 테라의 손을 들여다보고 있었다. 테라를 올려다보며 "좋은 아침입니다."라고 얌전하게 인사를 건넸다.

회색 스웨터에 머리카락을 묶고 있어서, 전체적으로 털털한 생활감이 묻어나오는 차림이었다. 저렇게 입기도 하는구나, 하고 테라가 무심코 찬찬히 뜯어보던 와중에도 상대는 다른 쪽에 관심이 가 있었다.

"뭔가 독특한 도구를 쓰고 있네요."

그 말에 다시 손 쪽으로 눈을 돌렸다. 경첩으로 고정한 두 장의 네모난 금속판 사이에 프린터로 뽑은 플라워 페이스트를 끼워놓았다. 금속판엔 일부러 이런 용도로 쓰기 위해 배선해 둔 전선이 연결되어 있고, 고열을 발생시키며 치이익, 하고 맛있는 냄새와 함께 연기를 피워올렸다.

"이건 니크롬 판이라고 하는데요, 전기로 발열하는 거예요. 아빠가 제련해서 만들었어요."

"니크롬? 그럼 그건 니켈과 크롬의 합금인가요? 우와."

"하하, 사치스럽죠."

혀를 내두르는 다이오드의 표정에 테라는 그저 웃을 수밖에 없었다. 니켈도 크롬도 가스 행성 주변 궤도에선 희소한 금속이고, 베쉬한테서 아주 미량이 추출되는 게 고작이다. 『아이다호』에선 장로회의 벽면에 사용된 것 말고는 고작해야 박물관 자료실에서나 볼 수 있을 터였다.

다시 말해 금괴로 요리하고 있는 거나 마찬가지다.

"왜 그런 짓을······."

"레스토랑은 법적으로 오븐을 사용할 수 있죠. 하지만 가정에선 화재 방지를 위해 프린터 요리밖에 못 하잖아요. 그래서 그 중간을 노린 게 바로 이거예요."

갓 구워낸 바삭바삭하고 따끈따끈한 스펀지케이크를 AMC 도자기 그릇 두 장에 나눠 담았다. 다이오드가 갑자기 나타난 바람에 반반씩이다. 솔솔 풍겨오는 냄새에 먹기 전부터 군침이 고이는 기색인 다이오드에게 음식을 권하자, 한입 베어 물고선 후하후하 숨을 내쉬면서 고개를 열심히 끄덕였다.

"……흐햐, 레흐토랑 모찌않네여……."

"이 바삭하면서도 부드러운 느낌이 최고예요."

게다가 치즈 라이크와 베이컨 라이크가 사이에 끼어있어서 쭉 늘어졌다.

항상 섭씨 75도에서 미립자 느낌이 나는 식품만 인쇄할 수 있는 프린터 요리로는 감히 범접할 수 없는 맛을 무기로 테라는 다이오드의 입맛을 사로잡는 데에 성공했다.

얼마 지나지 않아, 다이오드는 높은 확률로 식사 시간마다 나타나게 되었다.

그녀의 단계적인 접근이 기쁘면서도, 테라는 때때로 문득 항상 다니던 거리에서 길을 잃은 듯한 가벼운 불안과 당혹감에 휩싸일 때가 있었다.

——지금 '이건' '뭘' 하고 있는 걸까?

자기가 가진 배의 파일럿이 갈 곳이 없어서 지붕을 빌려주고 있다. 만약 남한테 설명이라도 할 생각이라면 그렇게 말하게 되겠지.

어차피 숨겨봤자 금방 들킬 게 뻔하니 장로회에도 실제로 그렇게 전해뒀다.

하지만 만약 그렇다고 친다면 달리 묵을 곳을 잡는다거나, 필러 보트가 완전히 자기 손을 떠났을 땐 굳이 테라의 집에 묵을 이유도 사라진다.

그런데 그건 싫었다.

테라가 혼자 살고 있다고는 해도 아예 고립되어 있다는 뜻은 아니었다. 학창 시절 친구나 근처 이웃도 있어서 오고 가다 만나거나 간혹 초대하는 일도 있다. 심사회를 마친 뒤, 4일째가 되는 휴일 땐 이모, 이모부도 집에 찾아오셨다. 큰 놈을 잡아낸 두 사람의 건투를 칭찬하고, 인터콘티넨털 가문의 필러 보트를 몰수당했다는 사실에 한탄하고, 그러면서도 아직 희망은 있다며 격려한 뒤(이모부인 루볼은 장로회 서기라는 입장상, 그런 말을 할 수 있는 모양이었다), 돌아갔다.

다이오드도 모범생 같은 새침한 표정으로 맞아요, 하고 맞장구를 치기도 하면서 자리에 함께했다. 그리고 이모 부부가 돌아갈 땐 주 통로까지 배웅하더니, 돌아와서는 태연하게 이렇게 말하는 게 아닌가.

"손님 대응, 방금 같은 느낌으로 괜찮았나요."

그러는 자기는 뭐라고 생각하는 걸까.

저도 모르게 그렇게 묻고 싶어지는 침착한 태도였다. 다이오드는 테라의 집에서 자기가 있을 곳이나 지위, 어떻게 행동해야 하는지에 대한 방침 등을 이미 망설임 없이 몸에 익혀 둔 모양이었다.

그건 비단 테라의 집에서만 그런 게 아니었다.

직장에서 일하던 중 손님이 와서 대응하러 나간 동료, 마키아가 돌아와선 말했다.

"텔 테일, 네 손님이야."

"또요? 디시크래시 씨?"

"아니, 다이오드 군…… 아니지, 다이오드 씨?"

"으엥?"

테라는 놀라서 이상한 소리를 냈다. 마키아도 당황스러운지 이상한 표정을 짓고 있었다.

"심사회 방송에서 소개된 네 파트너. 뭔가 여자애 옷차림을 하고 있더라."

"여자애니까요……."

"어? 트위스터잖아?"

"트위스터예요."

"트위스터 맞지? 그럼, 아니, 결혼한 거 아니었어?"

"어, 그게 말이죠. 다이 씨는 여자고, 트위스터예요. 결혼은 안 했어요."

"어쩌다 그렇게 된 거야, 그 사람." 마키아는 쓴웃음을 지었다.

"굳이 그런 성가신 일을 벌일 필요는 없을 텐데."

"벌인 게 아니고, 아니 벌인 건 맞지만요——." 지온과 대화했을 때와 비슷한 피로감을 느꼈지만, 그때는 잘 말할 수 없었던 말을 이번엔 해보자는 생각이 들었다. "저 사람은 자기 힘으로 자기가 있을 곳을 찾아가는 사람이거든요."

"다들 그렇지 않아? 나도 당신도, 이 일을 억지로 강요당하고 있진 않아."

마키아가 어깨를 으쓱하며 하는 말에, 그러네요, 라고 대답한 테라는 서고 입구로 향했다.

살짝 열린 문 너머로 다이오드가 "저 왔어요, 테라 씨."라며 손을 들었다.

"네, 어서 오세요. 어쩐 일로?"

"테라 씨가 하는 일에 관심이 생겨서요. 영상 방송사인가요. 옛날 컨텐츠를 실컷 보면서도 돈을 내기는커녕 돈을 받을 수 있는 직장이라고 들었는데요. 사실인가요."

"뭐, 사실이긴 한데 아마 오해가 섞였을 거예요. 마키아! 이 사람 들여보낼게요."

"통행증, 발급 받아놔."

벌써 자기 자리로 돌아간 마키아가 등으로 대답했다.

미니셸을 출입구에 댄 다음 다이오드와 사무실을 지나, 사무실보다 더욱 안쪽 깊숙이 있는 저장소로 들어갔다. 『아이다호』 10

년 층, 골동선 구역의 매체 저장고. 오래된 수송선의 오래된 대형 창고 내부엔 기둥과 문, 높은 흙벽을 떠올리게 만드는 형태로 마름돌이 가득 쌓여 있었다.

 돌은 깎이고, 부서진 상태다. 구덩이엔 풀이 자라났고, 흙에는 나무가 우거져 있었다. 그늘진 땅에는 습한 이끼가 들러붙었다. 푸르르, 하고 생물이 내는 거친 숨소리가 들려 뒤를 돌아보자 놀랍게도 갈기가 달린 네발짐승이 늘어뜨린 금빛 꼬리를 살랑살랑 흔들고 있었다. "동물?!" 하고 놀라는 다이오드의 귓가에 테라는 재미있다는 듯이 속삭였다.

 "말 로봇이에요. 만져보세요."

 "만지는 건가요?"

 "쉿, 조용히. 시끄럽게 굴면 도망쳐 버려요. 저 아이를 만지면 좋은 일이 생긴다고 해요."

 그 말에 다이오드가 뒤로 조심조심 다가갔다. 테라는 히죽히죽 웃으며 그 모습을 지켜보았다. 마침내 다이오드가 까치발을 들고서 근육질의 다부진 엉덩이를 찰싹 만지자——.

 빙글 몸을 돌린 말이 긴 혀로 할짝, 뺨을 핥았다.

 "으잭……!"

 다이오드가 기겁하면서 뒷걸음질 쳤다. 테라는 웃으며 손수건으로 얼굴을 닦아주었다.

 "아하핫, 마음에 든 모양이네요. 당첨이에요."

"이게 왜 당첨이에요!"

"꽝이었다면 만지게 해주지 않는 데다, 콧김을 슉— 내뿜거든요. 제가 그랬어요. 당첨인 사람은 몇 명 없어요."

"몇 명 없다고 해도 기쁘지 않아요……."

테라도 만져보려고 했지만, 변덕스러운 동물 로봇은 몸을 휙 돌려 피하더니 종종걸음으로 돌담과 나무숲 안쪽을 향해 사라져 버렸다. 다이오드가 중얼거렸다.

"왜 저런 게 있는 건가요."

"글쎄요? 선조 중 누군가가 취미로 놔뒀는지, 교육용 모형인지, 아니면 고체 행성에 도착하면 탈것으로 쓸 생각이었는지. 잘 모르겠지만, 어느 쪽이든 과거의 귀중한 자료 중 하나라서 내버려두고 있어요. 저 애는 자신의 유지 보수를 스스로 하거든요."

"아…… 저것도 컨텐츠나 책 중 하나인 거네요."

다이오드는 끄덕이긴 했지만 여전히 납득한 기색은 아니었다. 이내 주변을 둘러보면서 "그래서, 걷지 않는 책은 어디죠?" 하고 물었다.

"이거예요. 전부, 소자석(素子石)이에요." (스톤 스테이트 스토리지)

테라는 성벽을 매만졌다. 다이오드가 "헤에." 하고 감탄하며 눈이 동그래진 걸 보고 물었다.

"그렇게 묻는 걸 보니까 겐도 씨족선 『후요』에는 이런 장소가 없나 보네요."

"뭐, 실질적으로 없는 거나 마찬가지죠."

미묘한 대답을 돌려주는 다이오드에게 근처 낮은 돌담에 앉으라고 한 뒤 설명했다.

그들, 서크스의 선조가 범은하 왕래권에서 출발했을 때는 학문과 오락을 위한 막대한 컨텐츠를 지참하고 있었다. 그 수는 3000만, 혹은 5000만에 달했다고 전해진다. 하지만 행성 FBB에 도착하고 얼마 지나지 않아 일어난 실정과 반란 소동으로 인해 다수가 파괴와 약탈과 되팔이와 은닉으로 소실되고 말았다.

소란이 끝난 후, 회수와 수복 작업이 시작됐다. 290년에 걸쳐 수집한 게 지금 이곳에 있는 300만 개다. 하지만 그 대다수는 적발을 피하기 위한 수정과 열화 탓에 인덱스가 망가졌고, 내용물이 도감인지, 영화인지, 동화인지, 저속한 물건인지 알 수 없어졌다. 그래서 사람 손으로 직접 내용물을 보고 라벨을 다시 붙이고 있다.

"그래서 그 작업을 하는 사람이."

"테라 씨."

"공적 영상 방송사입니다. 6년간 5000개를 복원했다고요, 저."

테라가 돌 위에서 가슴을 펴자, 오오, 하고 다이오드가 박수를 쳤다.

"역시 영상을 보며 돈을 벌 수 있는 직업이 맞네요."

"그렇긴 한데 여전히 오해하고 있어요! 이거 미처리된 건데 시험 삼아 한번 보세요."

"어떻게요?"

"그냥 평범하게…… 아아, 네."

자기가 차고 있는 미니셀의 레이저 헤드 기능도 다이오드는 모르는 모양이라서 테라는 방법을 가르쳐줬다.

"이렇게 하는 거예요."

알려준 방법대로 다이오드가 손톱으로 돌을 만지자, 손바닥에 사람의 모습이 나타났다. 입체 영상인 모양이다. 천을 머리에 뒤집어쓰고 그 양 끝을 코 밑에서 묶은 반라의 남성이 고대의 그릇으로 짐작되는 식물성 원형 기구를 손에 들고선 좌우 지면을 스치듯 퍼 올리는 동작을 리드미컬하게 반복했다.

"뭐예요? 이게."

"그걸 해석한 다음 텔롭을 삽입하는 게 제 일이에요."

"……훌륭한 일이네요."

"그죠? 그죠?"

테라가 돌 위에서 가슴을 펴자, 다이오드가 박수를 쳤다.

"뭐, 미꾸라지잡이는 제쳐두고서, 제가 여기에 온 목적 말인데요."

"네? 지금 뭐라고요? 그 원시 무용을 알고 계세요?"

"아마 우리 집안에 전해져오는 춤일 거예요. 아무튼 그건 그렇고 제 목적 말인데, 마침 방금 얘기한 소란기의 기록을 보고 싶어서 왔어요. 테라 씨, 초창기 시절, CC 10년 전후의 기록은 있나요?"

"아마 있긴 하겠지만, 그 전에 그, 다이 씨네 집안 춤을 가르쳐주세요!"

"네에, 네에."

거래가 성사되었다. 테라는 아직 배가 하늘이 아니라 해수 위를 떠다니던 시절 존재했던 섬나라의 민요를 알게 되었고, 다이오드는 항해 일지(로그북) 열람 허가를 얻었다.

"항해 일지는 우리 서크스의 공문서 중에서도 대표 격인 문서라 신빙성은 높지만, 재미는 없어요. 다이 씨, 그런 걸로 괜찮겠어요?"

"오히려 그 점이 좋은 거죠. 마기리가 실제로 기록한 문서가."

"그건 그렇고, 공개 데이터베이스에 접속하면 우리 집에서도 열람할 수 있는데요?"

"제 계정으로는 접속할 수 없거든요. 겐도 씨족이라서."

다이오드가 자기 손을 들어 올리며 아무렇지 않게 말했다. 테라는 의아해졌다.

"겐도 씨족이 아니라 다른 씨족이라도 엔데바 씨족은 DB에 열람 제한을 걸진 않았을 텐데요."

"그게 아니에요. 겐도 씨족이 겐도 씨족의 여자들이 소유한 미니셀에 제한을 걸어뒀거든요."

"네? 그게 대체 무슨."

"여자한테는 선별되지 않은 잡다한 지식을 주면 멍청하고 음란해지기 때문이라는 모양이에요."

"……네에? 어? 지식을 주지 않으면, 이 아니고요?"

"지식의 부여는 시설에서 해요. 얌전하고 순종적인 여자를 키우기 위해 씨족 수뇌부가 엄선한 커리큘럼을 수강할 수 있는 고맙기 그지없는 장소죠. 여학교라고 불러요. 제가 바우 아우어 전까지 —— 16세부터 2년간 지냈던 곳이 그 빌어먹을 개똥 같은 *쉿 메르드 따뻬엔 시설이에요."

입을 떡 벌린 테라 앞에서 다이오드는 후련해진 표정으로 석재 옆에 떨어져 있던 경석 봉처럼 생긴 막대기를 집어 들고는 크게 휘둘러 나무숲에 던졌다.

까앙, 하고 차갑고 상쾌한 소리가 났다.

"다행히 저는 그곳이 아니라 테라 씨가 있는 이곳에 올 수 있었어요. 여기에선 직접 파일을 열 수 있어서 여러 가지를 볼 수 있는 것 같은데 그래도 될까요?"

"네, 네에! 얼마든지 마음껏 보세요!"

테라는 연달아 고개를 주억거렸다.

다이오드는 하루의 1/3은 테라의 집에서 쉬고, 1/3은 테라의 직장에서 보내는 루틴을 만들었다. 나머지 1/3은 수수께끼다.

---

* 각각 영어(shit), 프랑스어(merde), 중국어(大便)로 똥이라는 뜻.

주거 기기의 보고를 통해 집 안에 없다는 사실은 알 수 있었지만 어디로 향했는지는 불명이었고, 다이오드가 말해 준 적도 없었다. 테라도 어느 정도 상상이 가긴 했지만 묻진 않았다.

 딱 한 번, 자질구레한 수제품들이 진열되어 있는 240년 층의 상가 거리를 둘러보던 때, 테라는 건물 지붕과 지붕을 뛰어다니는 조그만 사람의 모습을 보았다. 돌출 창문을 통해 뛰어내린 다음, 지붕의 차양을 기어올라 난간을 잡고 올라가더니 외측 복도로 굴러 들어간 후, 이쪽 건물에서 저쪽 건물로 지상의 길은 무시한 채 뛰어다녔다.

 거리를 지나다니던 사람들이 그 모습을 올려다보며 떠드는 통에 테라도 눈치챘다. 조그만 사람은 특수한 도구나 능력을 쓰는 게 아니라 그저 손힘과 다릿심과 몸놀림과 240년 층의 0.8G라는 약한 중력에만 의지한 채, 남들을 놀라게 만들려는 목적보단 남의 시선 따위 개의치 않고서 모험적인 곡예에 도전하는 것처럼 보였다.

 테라는 가게에서 원래 예정과는 다른 물품을 구매했고, 그날 저녁 식사 후에 다이오드를 불러세웠다.

 "다이 씨, 이걸 받아주실 수 있을까요."

 "뭔가요." 봉투를 열자 푸르게 빛나는 에나멜 머리핀이 나왔다.

 "……머리핀?"

테라는 그녀의 뒤로 돌아가 은발을 가지런히 모아 틀어 올려 비스듬히 고정시켰다.

"터번에 마스크만으로는 뒷머리가 삐져나오니까 이걸로 더 꼼꼼하게 숨기면 좋을 거예요."

"……고맙습니다."

다이오드는 그 말만 남기고서 방을 나갔다.

그 후로도 몇 번인가 마을에 검은 옷을 입은 조그만 사람이 나타났다는 소식을 씨족 신문 칼럼을 통해 알게 됐지만, 아쉽게도 테라가 직접 눈으로 목격할 기회는 두 번 다시 오지 않았다.

그것과는 별개로 서고에 있을 때 다이오드는 적극적으로 얘기를 걸어오고 대답도 잘 해주었다. 대화 주제는 전부 옛날 컨텐츠에 대한 것들이었다. 다이오드는 엔데바 씨족이 절대 가질 수 없는 다른 씨족의 관점을 도입해서 (여기에 나오는 스노우맨은 목이 굵고 옷자락이 넓으니까, 아마 원형 '오뚜기'에 가까운 시대의 작품입니다, 등) 불분명한 작품의 분류를 정하는 데 공헌했다. 그건 테라와 동료들에게도 매우 도움이 되는 일이었기 때문에 바로 다이오드가 이곳에서 지내는 걸 인정받게 되었다.

"듣기로는 다이 씨가 다녔던 여학교라는 곳에선 이것저것 많은 걸 가르쳐 줬던 모양인데, 그렇게나 빌어…… 아니, 끔찍한 곳이었나요?"

서고의 풀밭 한구석에 앉아 있던 테라가 꺼낸 얘기에 다이오드가 대답했다.

"제가 여기서 재잘재잘 떠들고 있는 넓고 얕은 이런저런 지식은 전부 학교를 빼먹고 탐독하던 비합법적 컨텐츠와 그 전에 측후선에서 지내던 시절 엄마와 함께 봤던 것들에서 얻은 지식이에요."

"허어, 비합법……. 저기, 욕설이나, 싸우는 법이나, 야한 것들 같은 게 나오는 컨텐츠인가요?"

"S나 D나 V나, 그리고 A라든가, G 같은 것들. 그 밖에 1만 년 가까이 이어져 오는 언더그라운드적인 이런저런 것들이죠. ──테라 씨, 그런 쪽은 거북한가요."

"엇, 거북하다기보다는…… 잘 몰라요."

"흐음─. 뭐, 잘 모른다면 그만 얘기할게요."

"앗! 싫은 건 아니라고 생각해요! 그저, 그다지 접해볼 기회가 없었을 뿐이라……."

자기가 6살이나 연상인데도 세상 물정 모르는 사람이 된 느낌이라 테라는 얼굴이 빨개졌다.

"장로회에서 금지한 것들이 여전히 가끔 나돌고 있는데요."

그렇게 운을 뗐던 다이오드는 거기서 잠깐 말을 끊고서 오피스 쪽을 휙 돌아보았다. 그 모습에 테라는 웃었다.

"여기서는 무슨 얘기를 하든 금지하지 않으니까 괜찮아요."

"마기리와 에다의 얘기도?"

"마기리? 전에도 잠깐 말한 적 있는 이름이죠. 누군가요?"

별생각 없이 테라가 묻자, 다이오드는 가볍게 한숨을 쉬었다.

"적어도 이름은 배우지 않고 있다는 건가."

"……배워야 하는 사람인가요?"

"음—." 다이오드는 팔짱을 끼고서 드물게도 진지하게 고민한 다음, "뭐 이곳 장로회가 저를 체포할 작정이었다면 이미 하고도 남았겠죠." 하고 중얼거렸다.

"겐도 마기리는 서크스의 초대 선단장이에요. 재임 기간은 CC 3년부터 18년."

"초대…… 초대는 C.B 엔데바 아닌가요?"

"시비 엔데바를 초대라고 기록한 자료는 없어요. 초기, 라는 표현을 쓰고 있을 거예요. 18년부터 선단장에 취임했으니까요. 봐요, 여기에도."

다이오드가 소자석 하나를 문질러 CC 10년 8월 1일의 항해 일지를 손바닥 위에 불러내 좌측하단의 비어 있는 부분을 보여줬다.

"지워져 있죠. 18년부터는 이곳에 시비 엔데바의 이름이 기록되어 있는데, 이전은 다 이런 식이에요. 말소된 거예요. ——말소되어 있는 로그를 공공연히 공개하고 있다는 사실을 보면 엔데바 씨족은 아직 개방적인 편인 걸까."

"겐도 씨족에선 자료 자체를 비공개?"

"그렇죠. 혹은 행방불명."

"헤에……." 테라는 깜짝 놀라면서도 아직 이게 무얼 의미하는

지 이해하지 못했다. "어째서일까요. 이 사람도 비합법적인 짓을 했나요?"

"비합법적인 방면에서는 사실이라고 믿고 있는 전설이 한 가지 있거든요."

"전설?"

"CC 3년에 마기리가 반란을 일으켜 당시의 지도부를 일소하고 정권을 빼앗았을 때, 곁에 파트너가 한 사람 있었어요. 닉네임은 폭재 에다, 풀네임은 불명이지만 천재적인 과학자였다고 해요. 그녀는 행성 FBB에 떠도는 베이크 성분과 성질을 분석해서 자원화하는 데 성공했고, 선단이 자급자족하며 살아갈 수 있는 길을 개척했습니다."

"그런 일을 해낸 사람이 존재했다는 사실은 우리 씨족에서도 배워요. 에다라는 이름은 처음 듣지만요."

"네, 업적이 너무나 위대했던 나머지 아예 말소할 수 없었기 때문이죠. 그걸 이룩한 사람은 에다예요. 이 사람은 CC 8년에 사망했습니다."

"병?"

"선박 사고예요. FBB에 떨어졌습니다. 남을 살리려다 그랬다거나, 반대로 자기 혼자 살려고 하다가 실패했다거나, 이런저런 낭설이 있지만, 전설은 여기서부터입니다. 이 폭재 에다가 베쉬를 낳았다."

"……베쉬를?"

"네."

"어떻게요? 말 그대로 낳았다는 건 아니겠죠."

"자기 배로 낳았던 건 아니겠지만 과학자로서 탄생시켰다는 의미겠죠."

"시험관에서 길러서 궤도 위에 풀어놓기라도 했단 건가요."

"글쎄요? 방법은 잘 모르겠습니다. 에다의 죽음이 CC 8년, 베쉬가 처음으로 출현했던 게 CC 16년이에요. 에다가 죽었을 때 미리 장치해 둔 무언가가 8년 동안 행성 전역으로 퍼져나갔고, 그게 물고기의 형태가 되어 우리가 잡아 올릴 수 있게 된 게 베쉬다. 그런 전설이에요."

"어디 보자, 베쉬는 분명 범은하 왕래권 내 어디에서도 찾아볼 수 없는 FBB 고유의 생물이죠. 그렇기 때문에 타신냐오를 통해 AMC 점토를 수출해도 수익이 나는 거고요. 그렇다면 그 전설은 앞뒤가 맞는 이야기잖아요." 테라는 조금씩 흥분하기 시작했다. "굉장하지 않나요. 우리의 선조가 베쉬를 만들어냈다니! 그 덕에 현대를 살아가는 우리까지 베쉬를 어획하며 살아갈 수 있다는 뜻이네요!"

"뭐, 그렇기는 한데, 학문적인 관점에선 미지의 생물이었던 게 전부 사람이 만들어 낸 것이었다는 결론은 마음에 들지 않는 가설인 모양이네요." 다이오드는 소자석 콘텐츠를 휙휙 대충 넘겼다. "이곳에서 지금까지 조사한 바로는 이 가설을 진지하게 다루고 있는 각 씨족의 학자는 보이지 않아요."

"그런가요……. 저, 베쉬의 형태가 지구산 생물과 비슷한 것처럼 느껴지는 데다, 한 마리 한 마리가 다 독특한 개성이 있다는 점을 좋아하는데…… 어라? 그런데 이상하지 않아요?"

"뭐가요."

"그 폭재 에다가 그런 업적을 이룩해냈다면 대단한 위인이잖아요. 어째서 이름이 전해져 내려오지 않는 건가요?" 거기서 끝나지 않고 말을 덧붙였다. "그리고 마기리도요. 지금 얘기랑 관계가 있는 건가요."

"에다와 마기리는 부부였거든요."

"부부?" 테라는 눈이 가늘어졌다. "에다를 그녀, 라고 말했었죠. 그럼 마기리가 남자인가."

"여자예요."

"어라?"

말하면서도 사실은 이미 이해하고 있었다.

다이오드가 덤덤하게 말했다.

"같은 여성 부부였어요. 동성 부부가 초대 리더가 되어 선단을 굳게 통솔했고, 삶의 기반이 된 베쉬까지 탄생시켰다. 그런 일이 있었다는 사실을 서크스가 인정할 수 없게 되어, 남녀 부부만 존재하게 된 때에 두 사람의 기록을 말소한 것이다. 그렇게 주장하는 게 이 전설입니다."

숨을 삼키는 테라 앞에서 다이오드는 손바닥 위에 띄워놓은 소자석 콘텐츠를 끄고 주변을 둘러보았다.

"저는 그 증거를 찾고 싶어서 로그를 찾아보려던 거였어요."

열흘이 지나고, 스무날이 지나고, 한 달이 지났다. 『아이다호』를 비롯한 열여섯 척의 씨족선은 계속해서 FBB 주위를 돌고 있고, 수광부들은 얼음 위성을 돌아다니며 채굴하고, 선외 인부들은 각자 자신들의 씨족선을 묵묵히 수선하고, 트위스터는 필러 보트를 몰고, 디컴퍼는 그물을 펼치고 있다. 다이오드는 여전히 어디론가 사라졌다가 식사 때만 테라의 주방에 나타나 함께 식사한 후, 잠깐 대화를 나누고 다락방으로 올라갔다.

땅에 심은 씨앗에 물을 주는 듯, 시한폭탄 타이머가 시시각각 줄어드는 듯한 날이 흘러갔다. 테라는 기다리면서도 동시에 기다리지 않았다. 필러 보트가 돌아오기를 기다리면서도, 다이오드와의 기묘하면서도 마음 편한 동거가 지금 이대로 계속되기를 바랐다.

다이오드도 기다렸고 동시에 기다리지 않았지만, 그건 테라의 기다림과는 전혀 다른 종류였다.

삐익— 삐익— 삐익— 창문이 산산조각 날 듯한 날카로운 알람

소리가 들렸다고 생각한 순간, 콰앙, 하고 침대가 흔들렸다. 밤새 켜놓은 전등이 깜빡거리다 이내 훅 꺼져버렸다.

"어? 어라?"

자기 방에서 이제 막 잠이 들었던 테라는 벌떡 일어났다. 어릴 때부터 단단히 교육받았던 서크스의 습관대로, 상황을 파악하기도 전에 먼저 침대 아래로 손을 집어넣어 패스트 마스크를 꺼냈다.

──알겠니? 테라. 공기 누출 경보가 울리거나, 콰앙 하는 폭발음이 들리거나, 돌풍을 느낀다면 일단은 마스크. 다른 사람을 구하거나 쿠션을 끌어안는 것보다 먼저 우선은 마스크를 써야 해. 그리고 정말로 기밀실이 파괴됐다면 서둘러 레스큐 볼이나 프린트 보드에 들어갈 것.

인생에서 거의 첫 번째로 아빠에게 배운 가르침을 떠올리면서 머리를 푹 덮는 산소마스크를 차고, 손바닥의 미니셀을 기동해 주변을 비출 빛을 밝혔다. 실내에는── 부드러운 녹색 커튼, 아빠 엄마의 입체 영상, 그리고 브라키오사우루스, 모르포 나비, 고양이, 그리규리 미니어처(행성 모크에 있는 세 발 달린 생물이 아닌, 행성 코빙거의 붉은 생물)가 진열된 작은 선반이 얌전히 놓여 있다.

애초에 『아이다호』 가장 깊숙한 곳 근처에 위치한 주민 거주 구역에 피해가 미칠 정도의 비상사태는 외우주에서 운석이 엄청난 속도로 날아와 격돌이라도 하지 않는 이상 있을 수 없는 일이다. 게다가 첫 경보음은 공기 누출 경고 알림이 아니었다. 다른 사태가 발생했다고 판단해야 한다.

마스크 착용을 마친 다음의 대처는 부모님에게 배운 적 없는 행동이었다.

"다이 씨! 지금 뭔가 큰 소리가 들렸는데 괜찮으세요?"

미니셸에 대고 외쳤다. 가슴이 불안으로 술렁거려서 어쩌면 대답이 돌아오지 않을지도 모른다고 생각했는데 의외로 대답은 금방 왔다.

돌아온 건, 터무니 없는 대답이었다.

『테라 씨, 도망치세요, 씨족 경비소로 도망쳐!』

"네? 무슨 일——."

『틀림없이 탈환대예요! 위쪽 해치에 설치해 둔 침입자 대비 장치가 울렸습니다! 겐도 탈환대가』 쾅! 하고 소름 끼치는 파열음이 울렸다, 크윽…… 하는 신음이 이어졌다.

차가운 무언가가 테라의 등을 타고 흘러내렸다.

그 순간 아드레날린이 홍수처럼 분비되었다. 다시 침대 밑으로 손을 쑤셔 넣어 인생에서 처음으로 어머니에게 건네받은 경화 AMC 점토제 도구를 꺼냈다. 문을 박차고 복도로 달려 나갔다. 다락방으로 올라가는 사다리에 손을 댄 타이밍에 조금만 냉정하게 마스크를 조절하고, 다시 기어올라 다락방 문을 열었다.

"다이 씨!"

거의 예상 그대로의 광경이 눈앞에 있었다.

벽 쪽 사이드 램프. 다이오드가 아래층에서 가지고 올라온 물건 중 하나. 램프가 비추는 좁은 통로형 다락방에는 몸에 착 달라붙는 회색 슈트를 입은 두 사람이 우뚝 서 있었다. 우주복이다. 그렇다는 말은 어딘가의 외벽을 통해 침투했다는 소리다. 두 사람 사이에서 소녀가 양팔을 붙잡혀 있었다. 정신없이 깜빡이고 있는 두 눈에선 눈물이 줄줄 흘러내렸다.

──다이 씨가 붙잡혔어!

테라의 목소리에 반응해, 한 명이 뒤를 돌아보며 작은 움직임으로 컵 비슷한 무언가를 바닥에 툭 던졌다.

쾅! 그리고 그것이 폭발하며 터져 나온 강렬한 섬광이 테라의 눈을 멀게 만든 틈을 타 도망칠 작정이었겠지. 하지만 테라는 올라오기 직전에 패스트 마스크를 대 항성용 조광 모드로 조절해 둔 상태였다.

용솟음치는 섬광 속에서도 사람의 형태가 뚜렷하게 보였다. 침입자들을 향해 테라는 매주 손질을 잊지 않았던 필살 무기를 겨누고 사정없이 방아쇠를 당겼다.

고막이 찢어질 듯한 폭음이 한 번, 두 번, 세 번, 연달아 이어지자, 다이오드 오른편에 서 있는 녀석은 뒤로 날아가 바닥을 굴렀다. 왼편에 있던 녀석은 선 채로 두 발까진 견뎠지만 세 발 연달아

안면에 갈겨주자 우주복 바이저에 금이 가고 말았고, 테라는 "미안해요!" 하고 사과하면서도 그대로 한 발을 더 쐈다. 침입자는 피투성이가 되어 그 자리에 주저앉았다.

"다이 씨!"

테라는 다락방 안으로 뛰어들었다. 무엇보다도 걱정이 앞섰기 때문에 "괜찮으세요? 지금 총탄에 맞진 않았죠?"라고 말하며 안아 올렸다.

다이오드는 한순간 반사적으로 몸부림치며 저항했지만 "으으, 테, 테라 씨인가요?" 하고 물었다. 시각이 마비됐고, 청각도 지금 폭발로 먹먹한 상태라는 걸 눈치챈 테라는 "맞아요……!" 하고서 힘껏 가슴으로 껴안았다.

"아…… 이건." 더듬더듬 테라의 커다란 가슴을 양손으로 만지작거린 다이오드가 힘을 뺐다. "테라 씨 맞네요. 이건 테라 씨예요……."

"그렇다니까요. 제 말 들리세요? 아픈 데는?"

"아…… 네, 조금씩 들리기 시작하네요." 테라가 이마에 손을 대고서 가만히 눈을 닦아주자 다크 블루색 눈동자가 열렸다. "테라 씨야말로 괜찮은 건가요? 대체 뭘."

"이 녀석으로 해치웠어요."

테라가 한 손으로 들어 올린 스마트하면서도 흉악한 형태의 긴 물건에 다이오드의 눈이 휘둥그레졌다.

"초, 총?! 총 맞죠, 그거?"

"네, 엄마의 샷건이에요."

"왜 총 같은 걸 갖고 있는 건가요?"

"왜냐니, 보통 다 있잖아요. 어느 가정집에나." 말한 다음 테라는 두 사람 사이에 또 한 가지 차이가 있음을 깨달았다. "겐도 씨 족은 혹시 총도 금지예요?!"

"그야 당연하잖아요……."

다이오드는 눈물로 범벅이 된 얼굴로 킥킥 웃음을 터트렸다.

소녀를 자기 품에 되찾아 온 테라는 꼭 안고서 아래층으로 내려와 씨족 경비대에 신고했다. 장로회와 신경전 중이라 혹시 도움을 주지 않는 건 아닐지 걱정했지만, 그건 괜한 걱정이었는지 겨우 2분 30초 만에 무장한 경비대가 달려와 주었다.

"위쪽입니다! 다락방에 이상한 사람들이! 다이 씨를 납치하려고!"

대원들은 경계하면서 위로 올라갔지만, 잠시 후 빈손으로 내려왔다.

"침입자는 확인할 수 없었다. 아무도 없어."

"그럴 수가! 있었다고요. 타이트 슈트를 입은 2인조가! 번쩍 빛이 나는 걸 던져대서 저는 고등 순항생 때 배웠던 대로 반격했어요!"

"진정해, 거짓말 아니냐고 말하려는 게 아니야. 전투의 흔적과 혈흔은 우리도 확인했다." 대원은 다른 출입구와 집 주변을 조사 중인 동료들을 가리켰다. "하지만 그 녀석들은 도망친 모양이군. 도구도 빈틈없이 회수해 갔어. 침입의 프로인걸."

"도망쳤어?" 테라는 깜짝 놀랐다. "그렇게나 쏴댔는데요? 한 사람은 얼굴에 정통으로 맞은 줄 알았는데……."

"그렇다곤 해도 수지탄이었겠지? 그걸로는 프로를 쓰러트릴 수 없어. 당신, 테라 인터콘티넨털 씨, 저번에 커다란 놈을 잡은 어부 맞지?" 남성 대원이 고글을 들어 올리며 웃었다. "여자인데도 아주 잘했어, 배짱이 두둑해. 하지만 무모한 짓은 하지 마. 목숨 건진 거라고."

"네에…… 감사합니다."

석연치 않은 느낌에 테라는 떨떠름하게 대답했다.

자신은 다이오드가 위험에 처해서 필사적으로 대항했을 뿐이다. 그런 위급한 상황이면 남자든 여자든 똑같은 행동을 하지 않았을까. 게다가…… 게다가, 뭔가가 걸렸다. 잘 표현은 못하겠지만.

이내 구급대도 도착해서 다이오드가 진찰을 받고 있었을 때, 의외의 인물이 나타났다.

"두 분, 괜찮으신가요. 습격이 있었다고 들었습니다만."

"디시크래시 씨……!"

"무사하신 모양이군요. 다행입니다."

양쪽 뺨에 부드러워 보이는 귀밑머리가 붙어 있는 장로회 소속원은 변함없이 마치 웃는 것처럼 보이는 가느다란 실눈으로 두 사람을 내려다보았다. 방금 느낀 답답함도 있고 해서, 테라는 저도 모르게 반박했다.

"하나도 무사하지 않거든요. 다이 씨는 실제로 다친 데다가 납치당할 뻔했다고요. 저도 집 안까지 무단침입을 당해서 오싹했어요. 진짜 정말이지……."

"정말 안됐군요." 위로의 말을 건네며 디시크래시가 말했다. "방금 막 작업항을 통해 공작정이 무단으로 출항해 아이다호 관제권 밖으로 나갔습니다. 거기에 탑승한 사람은 외부 구조 작업원 두 명이었는데 저번 바우 아우어 때 씨족선 『후요』에서 이주해 온 사람임이 판명됐습니다. 그 시점에선 정식 절차를 마치고 들어온 거겠지만 아마 다시는 돌아오지 않겠죠. 이럴 때를 위해 겐도 씨족이 잠입시켜 둔 비장의 패를 오늘 밤 사용한 걸로 보입니다."

그렇게 말하며 디시크래시는 테라를 가만히 바라보았다.

"——아시겠습니까. 이번 일은 당신이 멋대로 다이오드 씨를 집에 숨겨주었기 때문에 일어난 일입니다."

"그게 무슨 잘못한 일인 것처럼! 말하지…… 말아주세요."

테라는 소리를 지르려다가 뒷말을 흐리고 말았다. 사실은 정말로 이런 일이 일어날지도 모른다고 생각하면서도, 단둘이서 아무런 대비도 없이 지내고 있었으니까. 이런 일을 예상했다면 미리 몸을 숨기거나 경비대에 부탁하는 등, 할 수 있는 일들이 있었을 텐데.

"침입자의 신병을 확보했다면 이후의 교섭에 유리하게 쓰였겠지만, 그것마저 놓치고 말았습니다. 아쉬운 일이군요."

그 지적은 의외로 아프게 다가오지 않았다. 테라는 아까부터 답답했던 무언가의 정체를 깨달았다. 그저 위기를 넘겼다는 사실만으로 기뻐하고 싶지 않았던 거였다. 본심은 집에 쳐들어온 습격자들을 만천하에 공개해서 누가 보기에도 자신들이 옳다는 걸 보여주고 싶었다.

"혹시 붙잡을 수 있었다면…… 필러 보트도 돌려받았을까요?"

테라가 묻자 디시크래시는 모르겠다는 것처럼 아무 말 없이 고개를 저었다. 좋은 사람 아닐까, 그렇게 생각했던 만큼 테라는 슬퍼졌다.

"제가 한마디 하겠는데요, 디시크래시 씨."

그때 눈의 치료를 마친 다이오드가 말했다. 자리를 떠나는 구급대원에게 살짝 눈인사를 건넨 다음 이쪽으로 고개를 돌렸다.

"당신이야말로 이렇게 될 줄 예상했으면서 잠자코 있었죠. 그쪽 책임은 어떻습니까."

"왜 예상했다고 생각하십니까?"

"왜 일반 시민의 다급한 신고만으로 완전 무장한 경비병 1개 소대가 달려오는 거죠? 엔데바 씨족은 항상 그런가요?"

다이오드가 조용히 노려보자 디시크래시는 태연한 표정으로 흘려 넘겼다.

"그럴 때도 있습니다."

"그럴 때도 있다고 넘길 게 아니죠. 예상하고 있었다면 예방하는 게 당국의 책임이잖아요. 하지만 당신들은 우리에겐 언질도 없었을뿐더러, 그들도 마음껏 활개치게 놔두지 않았습니까. 왜냐하면 실제로 결행하길 바랐으니까. 사건이 터진 다음 납치된 우리까지 한 번에 탈환대를 붙잡아 겐도와의 협상 재료로 쓴다. 그게 노림수였던 거죠?"

"호오호오. 무슨 증거라도 있으십니까?"

"저는 이런 걸 이곳 집안 창문과 출입구에 설치해 뒀는데 말이죠."

그러면서 다이오드가 꺼낸 건 작은 다발로 묶은 가느다란 실이었다. 앗, 하고 테라는 눈치챘다. 프린터 로그에 남았던 물건이겠지.

"일부가 잘린 다음 다시 이어 붙인 흔적이 있습니다. 탈환대의 작업이 아니에요. 그들은 오늘 밤 이 장치에 걸려 알람을 울렸으니 미리 눈치챘던 건 아니겠죠. 그들 이전에 다른 누군가가 온 적이 있습니다. 그리고——."

다이오드는 돌아갈 준비를 시작한 경비대를 흘끗 보았다.

"저 사람들은 오늘 처음 왔을 텐데 한 명도 걸리지 않았네요. 이

장치에."

 테라는 숨을 삼켰다.

 "우리 집 주변을 계속 맴돌고 있었다는 거예요? 저 사람들이?"

 "테라 씨 잠깐 이쪽으로 얼굴 좀."

 "네?"

 의심 없이 다가갔더니 코를 꾹 꼬집히는 바람에 "하윽?!" 하고 펄쩍 뛰어올랐다.

 "죄송해요, 지금은 소란을 벌이고 싶지 않아서요. ──디시크래시 씨, 피차 세세한 부분까지 따지고 들어봤자 쓸데없는 일이죠. 중요한 부분에 관해 얘기해 보지 않겠습니까."

 "그 말씀은?"

 "당신들은 테라 씨가 소중할 게 분명하다는 점입니다. 그렇죠? 씨족의 뛰어난 디컴퍼니까요."

 "그 말은 맞습니다만, 원래부터 소중했습니다."

 "그리고 저도 테라 씨가 소중합니다. 평생 분의 메이데이를 걸고 맹세하겠는데 뛰쳐 나온 겐도 씨족보다 지금 곁에 있는 테라 씨가 더 소중해요. 그러니 서로의 이해는 일치하는 거겠죠."

 "흐음, 과연 그렇군요──."

 디시크래시는 눈을 감고서 턱을 쓰다듬었지만, 이내 짐짓 점잔 빼듯이 말했다.

 "세세한 부분을 따지고 들어봤자 쓸데없다고 말씀하시지만,

요 보름간, 시내에서 고대의 시가지 질주 경기 연습 흉내를 내는 괴인에 대해 추궁하지 않을 수 없습니다. 또한 그자가 25년 층 뒷골목에 출몰해 마약과 해킹 전문가를 열심히 찾아다니고 있다는 점에 대해서도 간과할 수 없지요——."

"다이 씨——."

소리를 지를 뻔했던 테라는 양손으로 입을 꾹 막았다. 소속원의 가느다란 눈과 소녀의 차가운 시선이 좌우 양쪽에서 날아왔다.

"……간과하긴 힘들지만." 디시크래시가 다이오드 쪽으로 시선을 돌렸다. "이것들은 다시 말해 다 이어져 있는 것들이군요. 이쪽을 적절하게 관리하면 저쪽도 적절하게 수정될 것이다, 그렇게 생각하고 계시는 겁니까? 다이 씨."

"제가 하는 말과 동일한 말이라면 좋겠지만, 아마도요."

"계승, 이라는 것에 대해서는."

"어찌 됐든 2년 후잖아요?"

"잠정적으로 결정해도 상관없다?"

"욕심은 부리지 않습니다."

"흐음, 그렇군요, 흐음."

디시크래시는 오른쪽 뺨의 푹신한 머리카락을 만지작거린다 싶더니, 갑자기 밝은 목소리로 말했다.

"그건 그렇고 아직 제 용건을 말씀드리지 않았습니다만."

"엥?" "아, 네."

"장로회의 요구를 전하러 왔습니다. 초대형 프시거두고래 포획법의 중요성을 인정하고, 인터콘티넨털 가문의 테라와 겐도 씨족의 자칭 다이오드에게 포획법의 확립을 명한다. 실제 예시 10건과 함께 보고하라고 합니다. 두 분 다 오른손을."

그 말에 따라 오른손을 살짝 내민 순간 손등을 톡톡 두드렸고, 미니셀이 무언가를 수신했다. 아마 방금 말한 것과 똑같은 내용의 문서겠지. 다이오드가 혀를 찼지만 이미 늦었다.

"대면 송신으로 전해드렸습니다. 지금 드린 코드로 필러 보트의 잠금이 해제됩니다. 그럼 건투를 빌지요. 조건을 잊지 마시길. 족장 각하는 다음 바우 아우어 때까지 즐겁게 기다리시겠죠."

무뚝뚝하게 인사하고서 디시크래시는 자리를 떠났다.

"엥…… 에엥?"

도대체 얘기가 어떻게 흘러가서 어떻게 마무리가 된 건지 잘 이해가 가지 않아 멍하니 입을 벌리고 있던 테라는 다이오드가 옆에 있던 의자를 퍽, 걷어차더니 "아얏 아파라, 빌어먹을." 하고 다리를 부여잡는 모습에 깜짝 놀랐다. 머뭇머뭇 조심스레 물었다.

"대, 대체 무슨 일인가요, 다이 씨……."

"당했습니다, 젠장. 저 녀석은 처음부터 그 말을 하러 와서는 이쪽이 필요 없는 부분까지 양보하기를 내심 싱글벙글 웃으며 기다렸어요."

"그 말이라뇨?"

"배를 돌려주는 거라고요!"

"정말로요?!"

다이오드가 분노를 담아 노성을 질렀지만, 테라가 기쁨을 담아 외친 환희의 목소리 쪽이 더 컸다. 눈을 반짝이며 벌떡 일어났다.

"그럼, 그럼 또 다이 씨랑 고기잡이를 할 수 있는 거네요?"

"할 수야 있지만 초대형 프시를 10마리 잡아 오라잖아요, 똑바로 들은 거 맞아요?!"

"그 말은 거의 마음대로 하라는 소리나 마찬가지잖아요! 어? 그래도 되나요?!"

최고로 반짝이기 시작한 테라에게 손을 붙잡힌 다이오드는 어처구니없어하는 기색이었지만, 이윽고 후우, 한숨을 내쉬며 "그러네요." 하고 퉁명스레 말했다.

"에이, 뭐예요 그 리액션. 이럴 땐 같이 기뻐해줘야 하는 타이밍 아닌가요?"

"역할 분담입니다. 기뻐하는 역할은 맡길게요. 저는 분함을 곱씹기에도 바빠서."

"분하다니 뭐가…… 아아, 뭔가 눈감아 줄 수 없다는 말을 들었죠." 방금 눈앞에서 오간 대화를 떠올리며 테라는 살짝 흥미가 생겼다. "그거 말이죠. 거리를 뛰어다녔다는 거랑, 뭔가의 전문가를 찾고 있었다는 거. ……뭘 했던 건지 물어봐도 될까요?"

"뛰어다녔던 건 단순한 트레이닝이에요. 집에서 빈둥거리기만

하면 몸이 둔해질 것 같으니까."

"그럼 마약과 해킹이라는 건요?"

"사람을 기분 좋게 만드는 것과 기계를 기분 좋게 만들어 주는 물건이에요."

"그걸 손에 넣으려고 했던 건가요? 뭐 때문에요?"

"필러 보트를 탈환하기 위해서."

"에엑, 탈환?!" 테라는 정말로 깜짝 놀랐다. "장로회의 허가 없이 배를 꺼내려고 했다는 뜻인가요? 불가능하겠죠!"

"시간을 들이면 불가능하진 않은데, 이번엔 그럴 시간이 없었거든요. 실행에 옮기기 전에 배를 되찾아 버려서 사람을 찾아다니던 게 헛수고가 됐네요."

"다이 씨가 범죄에 손을 대지 않도록 배를 돌려준 걸지도 모르는데요?"

다이오드는 코로 토스트를 먹는 사람을 본 듯한 표정을 지으며 "설마요."라고 말했다.

"상대도 찔리는 측면이 있으니까 그 대가로 내줬을 뿐이에요. 딱히 우리가 이득 본 게 아니고요. 무엇보다 이 상황에 이르러서도 아직 '어부로 인정한다'는 한마디가 없었거든요?"

"뭐 어때요, 충분하잖아요. 둘이 함께 탈 수 있으면."

다이오드는 턱을 괴고서 한숨을 쉬며 "그럼 그걸로 됐다고 쳐요."라고 말했다.

먼저 떠난 소속원에 이어 경비대와 구급대도 철수하기 시작했다. 다이오드는 끙끙대며 뭔가 고민하고 있었다. 테라는 시끄러운 분위기가 차츰 가라앉고 그 자리에 다시 평온함이 돌아오기를 기다렸지만, 그런 평온함은 오지 않았다.

이제 대기하던 시간은 끝났다. 배에 타기로 결심한 이상 다시 한번 어부로서의 일상이 시작된다.

집 앞을 채운 사람들의 마지막 목소리가 사라지기 전에 테라는 옆으로 살짝 몸을 기울이며 속삭였다.

"하나 물어봐도 될까요."

"네에."

"'평생 분의 메이데이에 걸고 맹세한다' 는 표현은 처음 들어봤는데, 어느 정도의 의미예요?"

"안녕히 주무세요."

다이오드는 갑자기 벌떡 일어나 자리를 떠났다.

9

　테라의 집에서 일어난 습격 사건은 시민과 엔데바 씨족 경비대가 적절한 대처를 통해 침입자를 격퇴한 무용담으로써 침입자의 정확한 정체는 불명인 채로 공표되었다. 실제로 침입자를 물리친 건 테라 혼자였고 경비대는 사실 별다른 활약이 없었지만, 침입자 쪽에서 그 사실을 걸고넘어질 리는 없었다. 또한 테라도 두 번 다시 누군가 침입해 오는 일이 없도록 경비를 강화하겠다는 약속을 받아내고서 입을 다무는 데에 동의했다.
　비밀 유지와 맞바꿔, 테라 곁으로 필러 보트가 돌아왔다.
　테라가 진절머리를 낸 점은, 로그를 참조해 봤을 때 다른 어부 여럿이 멋대로 이 배를 타고 나간 흔적이 있었다는 점이다. 아무래도 장로회는 테라와 다이오드 말고 다른 사람들도 같은 성과를 낼 수 있는지 시험해 본 모양이었다. 즉, 두 사람이 대단한 게 아니라 배의 성능 덕분일지도 모른다고 생각했던 모양이다.
　공교롭게도 그렇지 않았다. 배는 서크스의 다른 필러 보트와 아무엇도 다를 게 없었으니, 당연히 다른 사람들도 특별히 뛰어난 성과는 내지 못했다. 배를 되찾을 수 있었던 건 바로 그 점 때문이었던 것 같다. 평범한 배니까 테라와 다이오드에게 맡기는 게 제일 낫다고 판단한 것이다. 그 결론이 나올 때까지 이렇게나 시간이 걸렸다는 사실에 짜증이 났지만 뭐, 다시 돌아왔으니 잘된 일이라며 테라는 스스로를 억지로 납득시켰다.

이색적인 두 신인이 조종하는 필러 보트가 다시 FBB로 내려가게 됐다. 화려한 식전도, 공식적인 공지도 없는 고요한 출항이었다.

하지만 두 사람이 하는 일은 조용하다고 표현하기 힘들었다. 야간에 필러 보트로 강한 빛을 뿜어서 많은 베쉬를 유인한다거나, 선체를 큰 쪽과 작은 쪽, 두 개로 나눠서 큰 쪽에 탄 디컴퍼가 위에서 대기하고, 작은 쪽에 탄 트위스터가 고기동 비행으로 베쉬를 포획해 오는 등, 실험적인 어업 방식을 차례차례 고안해 냈다.

가로 폭 500미터의 활공비가 뛰어난 형태와 빼어난 조종 실력, 두 개의 기둥이 떠받쳐 주는 어업 방식은 불과 2개월 만에 152만 5000톤이라는 도저히 신인이라 보기 힘든 어획량으로 이어졌고, 테라와 다이오드는 304년도 1분기 우수 어부 중 공동 3위로서 열여섯 씨족 전체에 이름을 알렸다.

어업계는 비어업자인 두 사람의 마구잡이식 조업에 쓴소리를 남기는 동시에 신식 어법을 자세히 검토했고, 경제계는 재고 과

잉으로 인한 가격 붕괴를 염려하며 자제를 요청했고, 과학계는 여전히 수수께끼로 가득한 베쉬의 생태계를 해명할 기회라며 들끓었고, 장로회는 두 사람이 서둘러서 10마리의 거대 프시거두고래를 잡아 오지 않았다는 점에 유감을 표명하면서도(역시 그건 너무 어려운 일이었다), 두 사람의 화려한 성적을 무시할 수도 없어서 성과를 칭찬하며 배우자를 알선해 주었다.

"칭찬이랍시고 주는 게 이런 거라니 난처하네요."

자기 집 테이블 앞에서 장로회가 골라 뽑아준 구혼자 프로필을 펼쳐보며 테라는 한숨을 쉬었다.

"조금도 보답이 안 되는데요. 아니면 애초에 보답할 의도가 없는 걸까."

"테라 씨, 멋진 남성을 찾고 있는 거 아니었나요."

슬림한 핏 웨어를 입고서 천장에 부착해 둔 수평 사다리를 폴짝폴짝 뛰어넘으며 다이오드가 지적했다. 참고로 다이오드도 마찬가지로 남편감 후보 리스트를 받았지만 한마디 감상조차 없이 내다 버렸다.

테라는 고개를 저었다.

"멋지든 아니든 이젠 그럴 마음이 사라졌어요. 결혼은."

"죄송합니다, 테라 씨."

"뭐가요?"

"제가 쓸데없는 소리를 한 탓이잖아요."

"쓸데없는 소리가 아니었어요. 다이 씨는 제가 깨닫도록 도와줬을 뿐이죠."

테라는 수평 사다리를 올려다보았다. 다이오드가 양손으로 사다리에 매달린 채 이쪽을 보고 있었다. 입소문에 올랐던 정체불명의 인물은 시내를 뛰어다닐 수 없게 됐기 때문에 집안에 이런 걸 만들었다. 3차원 운동 감각 함양이라 부르면서 내킬 때마다 원숭이처럼 돌아다닌다.

사다리에 발을 걸고 이번엔 거꾸로 대롱대롱 매달려서 말했다.

"맞선, 이번에 거절하면 아마 다음부턴 오지 않게 되겠죠."

"그렇겠죠. 그래서 한 번의 결심으로 거절해도 괜찮을는지."

"……망설일 정도면 그냥 받아들여도 되는 거 아닌가요? 만나 본 다음에 거절하는 것도 가능하니까요."

은빛 머리카락을 테라의 코끝까지 길게 늘어뜨린 다이오드가 배려 넘치는 말을, 혜성만큼이나 차가운 말투로 내뱉었다.

절로 조마조마해지는 광경이다. 떨어지면 목이 부러질 것 같다. 정작 본인은 G가 절반이라 보이는 것만큼 위험하진 않아요, 라고 말한 적 있지만, 그래도 어떻게 떨어지느냐에 따라 다르지 않을까.

"정말로 받아들여도 되나요?"

몸을 일으켜 다이오드의 정수리를 양손으로 떠받쳤다. 눈을 끔뻑이던 다이오드는 순간 사다리에 걸고 있던 발에서 선뜻 힘을 풀었다. 그녀의 온 체중이, 의외로 단단한 목 근육과 두개골을 통해 테라의 손 위에 놓였다. ——하지만 무게는 대단치 않았다, 정말로 의자 두 개 정도의 무게밖에 안 느껴진다.

다이오드는 양손 양다리를 펼쳐 밸런스를 잡으면서 갑작스러운 물구나무 상태를 유지하려고 했다. 세공 스프링처럼 가늘고 늘씬하게 뻗은 팔다리가 이리저리 팔락였다. 그러나, 딱히 이런 자세를 취해 본 경험이 있는 건 아니었는지, 몇 초 지나지 않아 테라의 손목을 잡고 빙글 몸을 돌려 바닥에 착지했다. 그 모습에 히야— 하고 감탄 어린 한숨이 절로 나왔다.

"착지 당했어."

"뭔가요, 지금 그거."

테라는 쿡쿡 웃었다. 섬세한 세공품 같은 소녀의 얼굴에 땀이 번져 있었다.

마침 딱 좋은 높이에 정수리가 내려와 있길래 쓰다듬고 싶어졌을 뿐이다. 설마 바로 그 손바닥 위에 체중을 실을 줄은 몰랐다. 실수로 떨어트리기라도 했으면 어쩔 작정이었던 걸까.

절대 떨어트리지 않을 거라 믿었던 걸까.

"다이 씨, 마치 수목에 사는 생물 같네요."

"수목이 뭔가요? 아아, 나무 말인가요. 그러면 테라 씨가 나무라는 뜻이겠네요."

"나무 같다니 너무한 거 아니에요?"

운동으로 체온이 올라간 조그만 손에 손목이 붙잡혀 있다.

그 손을 마주 잡으려고 하자 슥 피했다. 샤워하고 올게요, 라고 말하며 다이오드는 자리를 떠났다. 익숙한 식물성 연기 냄새와 땀 냄새가 섞인 독특하면서도 투명한, 달콤한 꼬리가 잠시 그 자리를 떠돌았다.

이 향기는 다이오드가 어머니에게서 전수한 방향 물질을 태운 향기라고 한다. 배운 걸 실천하는 모습을 보면 아예 연을 끊은 건 아니겠지만, 테라는 가스 행성의 폭풍 가장자리를 회유하는 측후선에서 지낸다는 그 사람의 얼굴조차 아직 모른다. 거기서 뛰쳐나온 이유도, 여학교라는 곳에서 지냈던 이유도 모른다(잡혀서 억지로 그곳에 보내졌다고 짐작해 볼 수 있는 근거는 다이오드의 말 여기저기서 엿볼 수 있었지만).

그리고 서고에서 꾸준히 과거의 기록을 살피고 있는 이유도 모른다.

테라는 어쩌냐면, 이미 집안을 마음껏 내키는 대로 돌아다니도록 허용하고 있는 데다, 매달 프린터 카트리지 비용부터 부모님의 장송(葬送) 번호까지 낱낱이 드러내 둔 상태다. 원래 다이오드는 자세히 아는 걸 피하려고 했던 모양이지만, 배를 되찾은 뒤부터는 방침을 바꿨는지 적극적으로 물어보았다. 테라는 숨기지 않았다. 모든 걸 보여주고 있다. 이게 어쩌면 공들인 사기 행위고 모든 걸 손에 넣었을 때 다이오드가 훌쩍 사라질 가능성이 아예 없진 않겠지만, 그런 의심은 이제 깨끗이 잊기로 했다.

다만 다이오드는 아직 선을 긋고 있다. ──방금도 테라와 둘 사이에 짐짓 티 나지 않게 그어놓은 마치 분수령과도 같은 보이지 않는 선을.

테라도 이제는 알고 있다.

그 분수령 너머는 무척이나 넓다는걸.

그리고 다이오드는 아마 그 너머를 알고 있겠지.

그러면서 테라의 태도를 유심히 살피고 있는 거다. 그 너머로 이끌어도 괜찮은 사람인지 아닌지.

테라는 이미 그쪽으로 이끌어 주길 기다리고 있었다. 다이오드가 만져주는 건 마음이 편안하다. 그뿐만 아니라 직접 만지고 싶은 마음이 드는 상대다. 한 지붕 아래에 지낼 공간을 내어준 건, 단순한 허락이나 양보가 아니다. 즐기고 있고, 맛보고 있다. 인생 처음으로 손이 닿는 범위 안에 있어 줬으면 하는 사람이니까.

그건 다이오드도 같은 마음일 게 틀림없다.

──아닌가? 어쩌면 전부 혼자만의 착각일지도 모른다.

테라로선 알 수 없었다. 그걸 알지 못한다는 사실에 가슴이 북받쳐 올랐다.

탈의실로 밀고 들어가 외쳤다.

"다이 씨, 저 진짜로 맞선 받아들여도 되나요!"

"테라 씨한테 그럴 각오가 있다면 언제든지 하시죠. 그리고 문

앞에서 기다리고 있지 말아주실래요? 같이 씻는 것과 일방적으로 엿보는 건 아예 다르다고요. 정 보고 싶다면 자기도 들어오란 말이에요. 그럴 각오가 있다면야!"

"둘 다 없습니다―. 죄송해요!"

거실로 돌아온 테라는 테이블 위에 가득 놓은 맞선 파일을 손짓 한 번으로 전부 쓰레기통으로 이동시켰다.

바깥 상황은 집 안 만큼 좋진 않았다. 이모와 이모부도, 항구에서 마주치는 사람들도, 여자 둘이서 고기잡이를 하는 기행을 언제까지 계속할 거냐고 걱정했고, 테라는 그런 질문을 들을 때마다 괜찮아요, 라고 대답했다. 처음에는 자신의 커다란 몸 전체로 기도하듯 말이 씨가 되길 바라는 염원이 담긴 '괜찮아'였지만, 계속하다 보니 어느 날 문득 깨달았다.

다이오드와의 생활에는 안정감이 있다. 모든 게 갖춰졌다기보다는 없어도 딱히 곤란할 게 없다는 사실을 깨달았기 때문에 느끼는 안정감이었다. 구체적으로 뭐가 어떻다고 설명하긴 어렵지만, 그건 지금까지 느껴본 적 없었던 뚜렷한 감각이었다. 그날부터 테라의 '괜찮아'에는 흔들림 없는 확신이 담기게 되었다.

그렇게 반년, 1년씩 이어진다면 분명 '괜찮아'가 진짜가 될 것 같은 예감이 들기 시작했을 무렵, 폭풍이 찾아왔다. 두 사람이 만난 지 이제 93일째가 되는 날이었다.

10

 물처럼 어둡고 짙은 심연에서 묵직하게 밀고 올라온 무언가가 후웅! 하고 대기를 뚫고 나온 탓에 세찬 돌풍이 일었다. 돌풍에 얻어맞은 필러 보트는 모래알처럼 빙글빙글 날아가 버렸다. 7, 80킬로미터나 날아간 뒤에야 테라는 간신히 사람다운 말을 입 밖에 낼 수 있었다.
 "어으으, 눈이 핑핑 돌아……. 다이 씨, 괜찮으세요?"
 "이쪽은 그럭저럭." 최근 단련한 성과일까, 콕핏 내에서 아직도 이리저리 돌고 있는데도 다이오드는 태연하게 대답했다. "어설프게 바람에 맞서는 게 더 대미지가 크지 않을까 싶어서 잠자코 흐름에 맡겼습니다. 죄송해요, 테라 씨가 안 좋아 보이네요."
 "뭐였던 건가요, 지금 충격은."
 "이젝터라고 생각해요. 레이더에는 안 뜨나요?"
 "이젝터! 저게……?"
 VUI를 조절한 테라는 레이더 화면 절반을 가득 메운 노이즈가 단순히 구름 때문에 일어난 현상이 아니라 직경 200킬로미터에 달하는 거대한 암석 덩어리라는 걸 깨닫고 전율했다. 대기권 심부의 폭발이나 폭풍으로 인해 날아오는 내부 천체의 파편(아이언 볼), 이라고 짐작되는 암석이다.

"실물은 처음 봤어요. 크다……."

"저도예요. 이건 운이 좋지 않으면 못 보는 거니까요."

"운이 나쁘면을 잘못 말한 거 아닌가요?"

"운이 나빴다면 직격당해서 뭉개졌을 테니까요. 웃차."

다이오드의 가벼운 트림 슬라이더 조작 한 번으로 자세를 되찾은 필러 보트는 완만한 선회로 암석 덩어리를 돌아 들어갔다. 잘 보니 이젝터는 이미 상승력을 잃고 다시 떨어지는 중인 모양이었다. 심층에서 딸려 올라온 물과 메탄의 구름을 베일처럼 여러 겹으로 돌돌 말고서 천천히 가라앉아 간다.

테라는 살짝 교태를 부리며 말했다.

"샘플 같은 걸 채취한다면 과학계가 기뻐하지 않을까요."

"기뻐하긴 하겠지만 저거 천천히 떨어지는 것처럼 보여도 음속에 가까운 속도로 가라앉는 중 아닌가요? 다가가면 충격파가 장난 아니겠어요."

"아, 그런가요……."

좀처럼 보기 힘든 광경이라 그대로 넋을 놓고 바라보고 있었던 게 실수였다. VUI가 다시 경고음을 울리기 시작해서 테라는 시선을 뗐다.

"베이크 농도 경고…… 역전층?"

아래가 아니었다. 위다. 헉, 하고 머리 위를 올려다본 테라는 쉰 목소리로 비명을 질렀다.

"아아아, 큰일이야! 다이 씨, 이젝터 스톰!"

다이오드도 머리 위를 본 다음 혀를 차며 엔진을 분사하기 시작했다.

"확실히 E 스톰입니다. 깜빡했네요."

흐리멍덩한 진흙의 소용돌이처럼 생긴 무언가가 두 사람이 탄 필러 보트 위 상공을 뒤덮어 가고 있었다.

E 스톰은 이젝터 출현에 따라 종종 발생하는 국지성 폭풍이다. 이젝터는 중층 아래의 무거운 공기를 표층까지 대량으로 끌어온다. 이젝터가 다시 떨어질 때 무거운 공기도 같이 빨리 떨어져 주면 좋겠지만, 행성 깊은 곳에서 유래된 열기가 담긴 탓에 팽창 돔이 형성되어 대류권 권계면에서 광범위하게 퍼져나간다. 이것도 그냥 퍼진 채로 있어 주면 좋겠지만, 시간이 지나면 냉각되어 떨어져 내린다. 그리고 그때는 수많은 성분이 액화되어 한꺼번에 떨어진다.

두 사람이 목격한 상공의 소용돌이는 바로 그 팽창 돔이었다. 그것이 어떤 것이고, 왜 발생하고, 무슨 일이 벌어지는지 순항생 시절에 지식으로 배우긴 했지만, 도망칠 타이밍을 놓친 두 사람은 그걸 직접 몸으로 실컷 맛보게 되었다.

"으아— 다이 씨, 이건 안 돼요, 무리무리무리! 두들기지 말아 줘!"

어서 대피하려고 상승한 필러 보트를 맞이한 건 농밀한 베이크를 머금은 구름이었다. 평소에 쉽게 가로지르던 표층의 구름과는 비교도 되지 않는 묵직함에, 돌입한 순간 기관총의 탄막이 두들기는 것처럼 굉음이 일었다. 금속 조각의 소용돌이 속에 스스로 머리를 들이민 것이나 마찬가지다. VUI에는 큼지막하게 선체 손상도가 표시되고, 초 단위로 위험을 알리는 붉은색이 퍼져나간다.

"칫…… 돌파는 무리인가."

"그보다는 빨리 하강해 주세요, 빨리!"

이것도 늦었다. 고도 50킬로미터의 차가운 권계면에 닿은 무거운 공기가 엄청난 기세로 검고 탁한 으스스한 비를 퍼붓기 시작했다. 시야는 거의 차단되었고, 그 상황에서 이젝터에서 떨어져 나온 작은 파편들로 짐작되는 집채만 한 암석이 드문드문 떨어졌다. 위험해서 제대로 가속할 수가 없다.

테라가 울상이 되어 외쳤다.

"죄—송—해—요—! 이젝터의 '이'를 듣자마자 도망쳤어야 했어요. 제가 감탄했을 때 바로!"

"그렇게 치면 저도 마찬가지예요. 바로 비상투기를 할 걸 그랬네요."

 다이오드가 마지못해 반성했다. 필러 보트에 쓸데없는 짐을 안고 있던 참이었다. 이날 아침부터 어획한 대형 베쉬, 8000톤 정도 되는 먹줄오징어다. 지난번처럼 구조재 대용으로 쓸 물고기 주머니를 만들려고 디컴프해서 꽉꽉 묶어놨기 때문에 배를 녹이지 않는 한 버릴 수 없다.

 "뭐, 8000톤 정도면 갖고 있어도 크게 달라지지 않는다고 생각합니다만……."

 "맞아요, 무게는 그다지 큰 문제가 아니에요. 그것보단 이 폭풍, 언제까지 이어질 것 같아요?"

 "테라 씨가 정규 과정에서 배웠던 그대로일 거예요."

 "다이 씨의 경험으론?"

 "이 정도면 금방 끝납니다. 고작 수백 킬로미터짜리 돌덩어리가 물보라를 일으켰을 뿐이니까요." 4초 정도 침묵한 다음, 꺼림칙하다는 듯이 "기껏해야 하루 종일."

 "역시 그렇겠죠―!"

 가스 행성의 기상 교과서에 적힌 '금방'이라는 표현은 '1년 이내'를 나타내는 경우도 흔하다. '길게 이어지는 폭풍'이 한 세기쯤 가까운 기간을 말하는 세상이니 어쩔 수 없다.

 하지만 행성 입장에선 눈 깜짝할 사이라도, 하루 종일 이어지는 폭풍은 어부에겐 길다. 이익을 내기 위한 추진제 대부분을 바람을 견디는 데에 쓸데없이 소비해야 한다. 그다지 달갑지 않은 사태다.

"다이 씨, 어떻게 하고 싶으세요? 선택지를 열거해 보자면, 뱃머리를 딱딱하게 만들어서 팽창 돔을 뚫고 돌파해서 도망치는 방법부터 시작해서, 이 자리에서 풍선이 되어 아침까지 기다린다거나, 팔랑팔랑한 형태로 변해서 폭풍 바깥까지 튕겨 나간다거나, 여러 가지가 가능할 텐데요."

"항상 그렇지만 어디서 그렇게 나오는 건가요, 그 엉망진창인 여러 가지 아이디어."

"에헤헤헤, 머릿속에서요."

"하지만 그 방법들 전부 점토를 과도하게 소비할 것 같으니 물고기는 포기하게 되겠죠?"

"어쩔 수 없죠. 목숨을 소중히 해야 하니까요."

"그 말도 옳지만." 다이오드가 내키지 않는다는 듯이 생각에 잠겼다. "측후선의 딸이 E 스톰에게 일방적으로 당하는 건 꼴사나운 일이에요. 뭔가 좋은 방법이 없으려나요……."

"그, 그거다!"

다이오드가 별생각 없이 한 말을 테라가 캐치했다. 후방 콕핏에서 몸을 내밀며 소리쳤다.

"측후선! 그곳으로 피난하죠! 점토를 절약할 수 있겠죠?"

"진심인가요."

"완전 진심. 선내 기기, 가장 가까운 측후선은!"

VUI 검색 리스트가 힘차게 올라가면서 행성 여기저기에 떠있는 측후선의 분포도를 불러왔다. 줄무늬 모양인 팻 비치 볼의 윗부분에 아주 오랜 옛날부터 자리 잡고 있는, 인간의 눈을 데포르메 한 것처럼 생긴 두 개의 거대한 원이 크게 확대되어 표시됐다.

FBB 북열대 벨트 북단의 초거대 고기압, 『왼쪽 눈알』──이른바 '길게 이어지는 폭풍'의 대표격──그 눈가에 생긴 작은 여드름처럼 보이는 짙은 색의 점이 두 사람을 가두고 있는 E 스톰이다.

E 스톰 바로 옆에 또 다른 광점이 빛나는 걸 보고 테라는 환호성을 질렀다.

"있다──! 있어요! 측후선, TE508Q!"

"TE508Q…… 들어본 적 없는 배네요."

"아무튼 좋아요, 엎어지면 코 닿을 거리예요! 이 넓은 FBB에서 대피소까지 갈 수 있다는 건 거의 기적이나 마찬가지니까 어서 거기로 가죠!"

"『왼쪽 눈알』에 있는 측후선이라…… 으─."

"왜 그러세요? 다이 씨. 이대로 산사태 같은 이 폭풍 속에서 길 잃은 들고양이처럼 아침까지 이리저리 도망 다닐 작정이세요?"

"저번에 보여줬던 그 연체동물 말인가요. 아무리 그래도 이 필러 보트가 그렇게까지 유연하진 않을 것 같은데요…… 아무튼 알겠습니다. 가보죠."

마음이 내키지 않는 기색으로 다이오드는 뱃머리를 돌려 엔진을 분사했다. 바람의 방향이 어지럽게 바뀌고, 맞바람이 잦은 통에 제대로 속도를 내지 못하는 와중에도 직접 검색을 해보며 투덜투덜 말했다.

"뭐, 측후선이야 행성 안에 수십 척이나 있는 데다, 그중에서도 우수한 배들만 장기 항행이 가능하니까, 아마도……."

그런 기대가 산산조각이 나기까진 2시간도 걸리지 않았다.

"아마 아니겠지, 제발 아니었으면 좋겠다고 바랐는데 왜 딱 걸리는 건데요!"

오른쪽으로 흘러가는 구름 벽과 그 너머 왼쪽으로 흘러가는 구름 벽이 걷히며, 그 너머에 한층 더 두꺼운 구름 벽이 나타났고 무언가가 반짝 빛났다. 그 구름 벽이 마치 꿈처럼 서서히 희미해지더니 탑이 나타났다.

거칠게 부는 검은 바람을 거스르며 당당하게 우뚝 솟아 있는 탑은 마치 오랜 세월을 거친 자연 상태의 바위처럼 보였다. 주변에는 부력을 만들어 주는 진공 플로트를 커다란 꽃잎처럼 방사형으로 펼치고 있다.

원시종교의 법탑처럼 복잡하게 생긴 부분은 관측 돛대 겸 등대인지 망원경과 레이더 안테나와 통신 안테나를 달고 있었고, 그 사이에서 고광도 섬광등이 천천히 회전하고 있었다. 비스듬히 솟아 있는 장대에서 펄럭이는 천으로 된 깃발은 어쩌면 풍향계 대용으로 달아 놓았을지도 모르겠지만, 그 깃발이 아무리 봐도 베쉬를 본떠 만든 것처럼 보인다는 점이 몹시도 기묘해 보였다. 장대 아래에는 캐터펄트가 갖춰져 있고, 그곳엔 작은 단엽 항공기가 오도카니 놓여 있었다.

 밑을 보면 구름 바닥을 뚫고 들어가 있을 만한 깊이에 흑요석 같은 불투명한 광택을 띤 토대 부분이 얼핏 보였다. 아마도 탑을 수직으로 띄우기 위한 신터링 베이크 밸러스트겠지.

 탑 중앙, 위층과 아래층의 경계에 해당하는 부분에 부드러운 붓으로 쓴 듯한 오래된 글씨 석 자가 세로로 적혀 있었다.

　——*孀 婦 岩

『안녕, 거기 지나가는 오징어를 질질 끌고서 아스팔트에서 수영이라도 한 듯한 필러 보트, 집으로 돌아가기 전에 가끔은 바다의 집 「소후이와」에서 1박 2식 하고 가지 않을래? 가격은 점토 1만 톤이면 충분해. ——근데, 어라? 이 식별표, 칸나?』

 무선으로 들어온 목소리를 듣고 테라는 자신의 트위스터를 멀뚱멀뚱 바라보았다. 소녀는 지금껏 본 적 없을 정도로 새빨개진 얼굴을 손으로 눌렀다.

"엄마예요."

---
* 孀婦岩 : 일본 이즈 제도 최남단의 화산섬 '소후 암'의 지명. 소후이와로 읽는다.

FBB 대기 상층부에서의 중력은 약 2.1G 정도라, 평소에 몸무게 50킬로그램을 유지하고 있는 미녀라도 이곳에선 100킬로그램이 넘는 꼴이 된다. 그래서 필러 보트의 어부는 콕핏 안에 젤을 채워 액체의 부력으로 몸을 지탱하고, 이는 지상의 시설에서도 마찬가지다. 측후선에 머물기 위해서는 설령 짧은 기간이라고 하더라도 생활용 콕핏 사용이 필수적이다.

테라와 다이오드는 측후선에서 빌린 자율 주행하는 커다랗고 투명한 거품으로 들어갔다. 그 시점에서 이미 다이오드한테서 항상 풍기던 달콤하면서도 쌉싸름한 향기가 코안으로 흘러들어 왔다는 점에서, 지금 자기가 어디에 온 건지 실감하고 말았다. 거품째로 미끄러져 필러 보트에서 측후선으로 옮겨 탔다.

상대 쪽에서 요구한 점토 1만 톤은 순순히 내기로 했고, 이미 자동으로 도포를 시작했다. 하지만 손님 이전에 가족이다. 오랜만에 재회하는 모녀 상봉이 얼마나 감동적인 드라마로 이루어질지 테라는 은근히 기대하고 있었다. 『소후이와』 거주구 라운지에서 전쟁이 발발하기 전까지는.

『DIE—OD』

측후선 임시 대피 요청에 적힌 다이오드의 서명을 보고 설명을 듣자마자 록은 웃음을 터트렸다.

"아하하, 오버도즈? 약물 과다복용 때문에 죽을 뻔했으니까? 하하하, 최고잖아, 칸나. 그런 게 멋있다고 느낄 수 있는 건 젊을 때뿐이니까 마음껏 해봐. 귀여워."

"시끄러 은둔형 외톨이 변태 할망구 닥쳐 웃지 마 조용히 해."

"그나저나 뛰쳐나가자마자 『후요』에 붙잡혔다고 들었는데 용케도 탈출했는걸. 게다가 여자친구까지 데리고 돌아오다니 역시 내 딸이야."

"그런 소리 좀 하지 마 제발!"

얼굴을 새빨갛게 물들이고서 차마 듣기 힘든 욕설을 퍼붓고 있는, 다이아몬드와 흑연을 박아 넣은 섀도 스타일 덱 드레스 차림의 다이오드. 그리고 그 앞에서 그녀를 똑 빼닮은 작은 체구의 흑발 여성이 인형처럼 단정한 이목구비로 깔깔 웃고 있었다. 둘 다 생활용 콕핏에 들어가 있어서 직접 손으로 터치할 수는 없지만, 만약 그게 가능했다면 모녀의 포옹은커녕, 드잡이질을 동반한 큰 싸움으로 번졌을 게 틀림없다. 테라는 아쉬운 마음에 넋 나간 공허한 표정을 짓고서 그저 바라볼 수밖에 없었다.

"어머니…… 저런…… 별난 분이시구나…… 다이 씨도…… 저럴 수가……."

"저런 칸나 씨는 처음 봤어요?"

옆에 나란히 서서 묻는 사람은 모노톤 스커트 형태의 집사 의복을 걸친 스무 살쯤 되어 보이는 미모의 여성이었다. 리니어 신친이라고 이름을 밝힌 여성은 자신이 소후이와에 상주 중이며, 록의 부하 직원이라고 소개했다.

테라는 끄덕였다.

"네에. 가—끔씩 어쩌다 욕을 할 때는 있는데요. 기본적으로는 언제나 테라 씨, 다이 씨, 당신, 저, 같은 식이라……."

"꽤 데면데면한 사이로군요."

아무렇지 않게 던진 한마디가 테라의 가슴에 푹 박혔다.

"안녕, 당신이 디컴퍼 테라 씨구나. 환영할게." 록이 이쪽을 돌아보며 인사했다. "혹시 일부러 칸나를 데리고 와 준 거야?"

"아뇨, 완전히 우연이에요. 그보다 혹시 그쪽에서 우리를 발견하셨던 건 아닌지……?"

"그것도 아니야, 측후선은 완전히 바람 따라 이동하는걸. 이건 아주 귀중한 만남이었다는 뜻이야. 우리 칸나를 데리고 있는 디컴퍼가 여기로 흘러 들어오다니."

"굳이 말하자면 제가 업혀 다니는 모양새지만요, 뭐. 다이 씨한테는 언제나 신세를 지고 있어요."

"아, 그래? 걔가 보살필 줄도 알아? 저런 성격 파탄 딸이 당신처럼 성실해 보이는 아가씨를?"

"비이이이이일어먹을 할망구, 그런 소리 하지 마! 이와나岩魚! 네 녀석도 물고기인 주제에 뭐가 록이야!"

자연스럽게 사교적인 멘트를 이어가려고 하는 록의 말을 다이오드가 거칠게 끊었다. 테라는 여태껏 본 적 없는 과격함에 겁을 먹고 움츠러들면서도 록에게 물었다.

"이와나?"

그러자 록은 소녀처럼 뺨을 발갛게 물들이며 웃었다.

"본명은 이와나 이시도로 겐도라고 해. 길지? 이와나는 바위 물고기라는 뜻이라서 록이라고 줄여 부르는 것뿐이야." 그러면서 딸을 향해 장난기 가득 담은 눈길을 보냈다. "나는 중2병이 아니거든—. 굳이 말하자면 서른 병이라고 해야 하나, 아하핫."

"아아아악—. 닭살 돋아!"

"저기, 그게."

테라는 최대한 조심스럽게, 그러면서도 단호하게 두 사람 사이로 끼어들었다.

"너무 다이 씨를 놀리지 말아 주세요. 저는 다이 씨의 그런 점이 멋있다고 생각해요. 이름도 포함해서요."

"어머."

록이 눈을 깜빡였다. 테라는 고개를 꾸벅 숙였다.

"무선으로도 말씀드렸지만 다시 한번 자기소개를. 테라 인터콘티넨털 엔데바입니다. 피난을 허가해 주셔서 정말 감사합니다. 하룻밤 신세를 질게요…… 저기, 이시도로라는 이름도 그다지 길지 않고, 멋진 어감이라고 생각하는데요?"

싸움을 중재할 생각으로 꺼낸 말이었는데 록은 고개를 갸웃거리며 대답했다.

"음, 인터콘티넨털(Intercontinental)이라면 『대륙간』이네?"

"네?"

"그 이름은 분명 대륙과 대륙 사이라는 뜻일 거야. 엔데바 씨족의 옛말로." 록이 재미있다는 듯이 설명했다. "대륙이라는 건 고체 행성에서 물에 잠기지 않는 부분 중 커다란 녀석. 그 땅과 땅 사이를 오가던 나그네라는 의미 아니려나. 테라 씨네 가문."

"그런가요? 뜻은 잘 몰랐어요. 헤에—." 테라는 숨김없이 감탄하며 다이오드에게 미소를 지었다. "그렇다는 모양이에요. 다이 씨네 어머님, 박식하시네요."

"그게…… 그 녀석은…… 테라 씨……."

그러자 다이오드는 어머니를 향한 반항심과 테라를 향한 어떠한 마음이 충돌을 일으켰는지, 주먹을 쥔 두 손을 연거푸 올렸다 내렸다 하다가 갑자기 라운지를 뛰쳐나가고 말았다.

"앗, 다이 씨……!"

실패했다. 여기선 두 번이든 세 번이든 다이오드의 편을 들어줘야 하는 상황이었다. 테라는 쫓아가려고 했지만 록이 만류했다.

"엇차, 기다려, 테라 씨. 흔치 않은 기회니까 잠깐 얘기 좀 나누자. 저 애는 방으로 간 모양이니까 걱정 안 해도 괜찮아. 자기가 좋아하는 베개에 얼굴을 파묻고서 하룻밤 발버둥 치면 진정될 거야."

"콕핏 안에 있는데 어떻게 베개에 얼굴을 묻을 수 있나요?"

"그냥 말이 그렇다는 거야. 쟤는 귀엽다 보니 무심코 괴롭혀 버렸어. 귀엽지?"

"그 점은 격하게 동의해요."

"당신 재미있는걸. 그나저나…… 소문은 이런 변두리에서도 들었어."

록은 테라의 모습을 찬찬히 올려다보았다. 오늘 테라의 덱 드레스는 풀빛과 황금빛이 섞인 푸근한 빅토리안 스타일. 드레스 허리 부근의 전통적인 버슬(Bustle)은 콕핏이 좁아 생략했지만, 허리는 있는 힘껏 꽉 조인 상태라 가슴과 골반 라인이 선명하게 드러났다.

"자자, 앉아."

록은 리니어에게 손짓한 다음 테라에게 테이블에 앉으라고 권했다. 줄지어 놓여 있는 음료 튜브 중에서 적당히 알코올이 든 음료를 테라에게 고르게 한 다음, 리니어가 가져온 바구니에 가득 담긴 밀봉식 패키지를 권하며, 이곳 가슴 앞쪽 지퍼를 통해 안으로 가져오면 된다면서 시범을 보여줬다.

"보다시피 불편한 장소거든. 지금은 리니어가 있지만 옛날엔 나랑 저 아이 단둘이서 지냈지. 오락이라고 해 봤자 카약뿐이고, 손님이나 체류자는 기껏해야 1년에 몇 명, 게다가 2G의 중력 탓에 자고 일어나기도 힘든 불편한 환경에서 키우고 말았어."

젤 속에서 넓게 퍼져 찰랑거리는 록의 머리카락은 검은 부채 같았고, 눈빛은 5000년대 전설에 나오는 생물 보석, 진주처럼 요염했다. 나이가 30을 넘었을 텐데도 체구가 작은 것도 있어서

'연령 미상'이라고 표현할 수밖에 없는 나이처럼 보였다. 단정하고 청아한 외모에서 직설적이고 야성적인 말투가 툭툭 튀어나오는 모습은 안 어울린다는 수준을 넘어 오히려 시원스럽게 느껴지는 경지에 이르렀다.

"뭐, 당신도 공감할 거야. 초경이 왔을 때쯤부터 말썽이 생기더니, 결국 크게 싸운 다음 도망쳐 버렸어. 그런 상황에서 평범한 사람이라면 이렇게 생각하겠지, '어쩌다 이렇게 된 걸까'라고. 그래서 미리 말해두고 싶은데——."

"어머님은 겐도 씨족의 오래된 가문이시죠? 어쩌면 초대 마기리 때부터 이어져 온."

록의 눈이 처음으로 휘둥그레졌다. 조용한 어조로 말했다.

"……그건 누구 생각이야? 하이헤르츠?"

"네? 아아, 우리 쪽 족장님은 아무 관계 없어요. 관계가 있다면 엔데바 씨족 서고겠네요. 오래된 자료가 잔뜩 있어서 다이 씨가 그곳을 몇 번이고 드나들며 여러 가지를 알아냈고, 그걸 제게도 가르쳐 줬어요."

"헤에? 어떤 건데?"

테라는 얘기했다. 서크스 초기에 여러 사실이 말소되었다는 사실. 마기리와 에다라는 특이한 두 사람이 활약했던 것 같다는 사실. 베쉬의 탄생과도 관련이 있을지도 모른다는 사실.

"그래서 과거 마기리는 겐도 씨족이었고, 현재 다이 씨도 겐도 씨족이고, 지금 겐도 씨족이 탈환대까지 보낼 정도니까 잘은 모르겠지만 다이 씨네 가문에 지금까지 이어져 오는 뭔가가 있는 게 아닐까 해서요. 아니, 어머님?!"

 얘기 도중에 콕핏 안에 있던 록이 사레가 들려 푸흡, 하고 칵테일을 뿜었다. 당황해서 도와주려다가, 콕핏 탓에 손을 내밀 수가 없어서 테라는 우왕좌왕했다. 리니어가 재빨리 록의 콕핏 측면 지퍼에 손을 댔지만 급한 상황은 아니라고 봤는지 바로 손을 내렸다.

"콜록콜록, 뭐, 탈환대?! 왔었어? 너희한테."
"왔었어요. 그래도 바로 쫓아내 버렸지만요."
"어떻게!!"
"탕탕— 하고요. 이렇게."

 테라가 웃으며 펌프 액션 동작을 취하자, 록과 리니어는 각자 넋 나간 얼굴과 감탄한 기색으로 서로 얼굴을 마주 보았다.

"다른 씨족은 다들 저런가?" "아뇨, 다른 씨족이라도 보통은 무서워합니다. 이분이 특이한 거 아닐지."

"엔데바에서는 보통이라고요." 말한 다음 살짝 걱정이 들었다. "저기, 탈환대가 그렇게나 엄청난 사람들인가요."

"엄청나다기보다는 끈질겨. 그 녀석들이랑 으르렁대며 다투다 보니 나도 이렇게 떠돌이 신세가 됐어."

"록 씨 같은 경우엔 반쯤 타고난 성격이잖아요."

리니어가 한마디 끼어들자, 록이 대답했다.

"안 그렇거든—. 8할은 걔들 때문이라고."

"그렇지 않고서야 칸나 씨한테 저렇게 그대로 물려주지 않았을 거라고요."

"그건 그거지, 내가 녀석들이랑 치고받는 모습을 옆에서 듣고 자랐으니까."

"저도 옆에서 들었지만, 그다지 영향은 없었어요."

리니어는 새침한 얼굴로 조목조목 반박했다. 그녀는 테라만큼은 아니라도 키가 큰 미인이고, 다소 다가가기 힘든 분위기를 풍기고 있지만 록과는 아주 친한 사이인 모양이다. 그런데 부하 직원이라고는 했지만, 평범한 사람이 이런 곳까지 일하러 올 리가 없다.

저기, 하고 조심스레 물었다.

"실례지만 리니어 씨는 어떤 분인지……?"

"아아, 얘는 칸나랑 반대. 신친 씨족에서 나와 『후요』에 들어갔는데 거기서 환멸을 느끼고 이쪽으로 왔어. 여기가 마음에 들었대. 너무 겁먹지 말고 대해도 괜찮아, 조금 붙임성이 없을 뿐이야."

록의 설명에 리니어는 별달리 덧붙이는 말 없이 목례했다. 그녀에겐 그녀대로 또 여러 가지 복잡한 사정이 있겠지.

"그래서 뭐, 하던 얘기로 돌아오자면." 록은 머리카락을 길게 손으로 빗더니 갑자기 진지한 표정을 지었다. "테라 씨. 감사할게." 콕핏 너머 테이블에 손을 댔다.

"네? 뭘 말인가요?"

"저 청개구리를 좋아해 주는 모양이라는 점과, 또 한 가지, 이쪽이 더 중요하겠지. 칸나한테 계속 카약을 타도록 연습시켰던 건 쟤가 언젠가는 이곳을 나갈 거라는 걸 알았기 때문이야."

"카약이라면 그거인가요. 위쪽 탑에 놓여 있던 작은 비행기?"

테라가 머리 위를 손가락으로 가리키자, 록이 끄덕였다.

"맞아 맞아."

"앗, 다이 씨가 그 나이에 비행시간 9500시간이라는 베테랑급 기록을 보유하고 있는 이유가 혹시……?"

"맞아, 아기였을 때부터 저걸로 하루에 몇 시간 넘게 날아다녔어. 가끔은 여길 떠나 꼬박 사흘 넘게도."

"위험하잖아요!"

"무슨 소리야." 흐흥, 하고 오똑하고 하얀 코를 내민다. "위험하니까 하지 말자, 라고 그러면 쟤가 들을까? 테라 씨."

"……안 듣겠죠." 떨떠름한 얼굴로 테라는 끄덕였다. "'뭐?'라는 한마디로 끝내겠죠. 저한테도 그랬어요."

"뭐, 위험성을 아예 손 놓고 방치했던 건 아니야. 저 카약은 구조재에 마이크로 진공구를 가득 채워 둔 절대 부상기거든. 1센티 단위로 갈가리 분해돼도 안 떨어져. 오히려 위쪽 권계면에 너무 달라붙은 탓에 못 내려오는 게 일상이었어. 그럴 땐 어쩔 수 없이 교통기(交通機)로 구하러 가는데 저 녀석 절대 안 운단 말이지. 페미컨을 조금씩 아껴 먹으며 며칠이나 혼자 있었는데도 아예 태연해. 내 얼굴을 보고는 따라잡히고 말았다는 듯이 불만스러운 표정을 짓는 거야."

테라는 어렵지 않게 상상할 수 있었다. 어두운 자주색 하늘에 별이 가득 펼쳐져 있고, 어느 씨족선이 멀리 머리 위를 천천히 가로질러 가는 고도 5천 미터의 밤. 어린 다이오드는 좁은 카약 좌석에 몸을 쏙 집어넣고서(지금 인쇄해서 입고 다니는 아름다운 덱 드레스는 아직 만들기 전이었겠지), 무한히 이어지는 광활한 하늘 속에 있었겠지. 어떻게 이 하늘 위로 올라갈까를 고민하며 풀 엘리먼트 궤도 계산을 하는 중이었을 거다.

어쩌면 아예 반대일지도 모른다. 높고 높은 하늘부터 운평선까지 반경 3000킬로미터에 이르는 FBB의 시야권 안을 둘러보며 저쪽에 있는 특이한 구름, 이쪽에 있는 베쉬 떼를 빠짐없이 눈에 담고 있었을지도.

그런 짓을 하고 싶어 하는 다이오드라는 소녀는—— 그렇게 생각하던 테라는 문득, 다이오드의 생각을 완전히 잘못짚고 있었을지도 모른다는 데까지 생각이 미쳤다.

"어머님! 다이 씨가 나가겠다고 한 건 혹시, 이 측후선에서 나가겠다는 뜻이 아니라——."

몸을 내밀며 다급하게 묻자, 몇 잔쯤 술이 들어간 록은 단정한 얼굴에 요염한 옅은 웃음을 지으며 속삭였다.
 "당신, 좋은걸. 칸나의 신부가 되기에는 아까워. 나랑 여기서 살지 않을래?"

 다이오드의 방으로 갔더니, 그녀는 방으로 들여보내 주면서 매우 어색한 표정으로 사과했다.
 "정————말로 죄송해요. 테라 씨 앞에서 그렇게 바락바락 소리를 지르고. 엄마 앞에 서면 저도 모르게 울컥하고 말아서요. 아무튼 뭔가 참기가 힘들어서."
 "저도 엄마랑 다툰 적이 있으니까 이해해요. 도저히 견딜 수 없을 때가 있죠. 어디론가 가버려, 하고 소리친 적도 있고요."
 "그쵸, 정말 부모가 알아서 어디론가 사라져 줬으면 좋겠는데."
 까지 말한 다이오드는 벽에 붙은 벌레라도 내리치는 듯한 속도로 자기 입을 철썩, 하고 황급히 막았다.
 "저기."
 "네."
 "죄송합니다……."
 "네. 저는 조금 부럽다고 생각하면서 보고 있었어요. 물론 다이 씨는 다이 씨대로 어머니를 용서할 수 없는 부분이 있을 테니까 억지로 좋아하라고 강요하진 않아요."

"그래도 죄송합니다아아아아!"

다이오드가 콕핏에 딱 달라붙어서 투명한 벽에 손을 얹었다. 진지한 얼굴로 가만히 그녀를 바라보던 테라는 이내 풋, 하고 웃음을 터트렸다.

"괜찮다니까요. 그렇게 사과하지 않아도 괜찮아요. 전에도 말했지만 벌써 6년이나 지난 일이고, 이모도 있으니까요."

"네……."

"그래도 조금 의외였어요. 다이 씨는 어머니의 향기를 애용했잖아요."

"그렇게 설명하긴 했지만, 설마 본인 곁으로 되돌아오는 신세가 될 줄은 생각도 못 했어요." 다이오드가 다시 시선을 피하며 말했다. "얘기하자면 엄청 길어지는데, 여학교 시절에 향료나 향수 같은 게 말도 못 하게 유행하던 시기가 있어서 그때 이것저것 과도하게 써댔던 반동으로 옛날 우리 집 냄새를 맡으면 마음이 편해진다는 그런 얘기예요."

"다이 씨의 이력은 들으면 들을수록 재밌네요."

다이오드는 얼굴을 손으로 누르며 비틀비틀 방구석으로 가서 쪼그려 앉았다.

"여기는 진짜로 불편해요……. 하여간 좋은 일이라곤 없어."

"왠지 미안하네요, 놀릴 생각은 없었는데요."

다이오드는 자존심이 강한 데에 비해 놀림감이 되는 상황에 매우 약하고, 자기 영역을 고집하는 면이 있다. 눈치 있게 굴 요량으로 테라가 말했다.

"그럼 저는 잠깐 나갔다 올게요. 어머님께서 위로 오지 않겠냐고 부르셨거든요."

"네? 위에?"

"네, E 스톰은 특이 현상이라면서."

측후선은 자동 장치로 기상 정보를 수집한 뒤 그 정보를 서크스 사회로 계속 보내고 있지만, 특이한 현상에 주목할 권리는 언제나 인간이 갖고 있다. 라운지에서 대화를 나눈 다음, 그럼 우리는 기상대에서 밖을 보고 올 테니까, 라면서 두 사람이 자리에서 일어났기 때문에 테라가 이 방에 온 거였다.

"여기서는 폭풍이 어떤 바람으로 보이는지 보고 올게요. 방도 있다고 들었으니까——." "안 돼요."

여태까지의 대화 흐름을 싹둑 자르며 다이오드가 단칼에 금지령을 내렸다.

"네? 저쪽." "안 돼요, 가면 안 돼요. 어음, 기상대의 계층 장치 조작과 동작은 복잡기괴하고 굉장히 위험해서 초보자인 테라 씨의 안전이 걱정이니 두 사람한테 맡기세요. 여기 있어 주세요."

거듭 엄중히 금지령을 내렸다. 굉장히 부자연스럽기는 했지만 다이오드가 그렇게까지 말한다면 뭔가 이유가 있겠지, 싶어서 테라는 수긍하기로 했다.

"알겠어요. 그럼 그 제안에 따를게요……. 그런데 이거, 콕핏에서 나가도 괜찮은 건가요? 뭔가 가구들이 있는데……."

새삼 방안을 둘러보았다. 창문은 없지만 왠지 젖어 있는 듯한 책상과 선반 여럿과 무중력 배에서 쓸 법한 벽걸이형 침대가 놓여 있다. 다이오드가 옛날에 쓰던 방이라고 해야 하나, 방의 유적이라고 불러야 할 것 같지만, 콕핏 없이 지냈던 것처럼 보였다.

"아뇨, 콕핏에 들어간 상태로 지내요. 가구 배치가 이런 건 평소엔 배 전체에 젤을 가득 채우고 생활하기 때문이에요. 지금은 손님이니까 생활용 콕핏을 사용하는 거고요. 처음 만나는 사람과 같은 액체 속에서 숨쉬기는 싫잖아요."

"아아, 그런 거구나……."

아기였을 때부터 가출하기 전까지 십수 년 동안 어떻게 콕핏 안에서 생활했을까 하는 궁금증이 풀렸다.

밤이 왔다.

불을 끄자, 웅웅거리는 바람 소리가 들렸다. 커다란 피리와 작은 피리. 파도처럼 강약을 동반한 채 서로를 부르고 있다. 암석탑 주변에서 행성풍이 소용돌이치는 소리겠지. 무중력으로 계속 부유하고 있을 뿐인 측후선에서만 들을 수 있는 독특한 환경음이 분명했다. 필러 보트에 타고 있을 땐 엔진음이 더 시끄러워서 들어본 적이 없었다.

더욱 주의를 기울이자 6초 정도의 주기로 방이 천천히 흔들리고 있다는 걸 알 수 있었다. 콕핏의 젤이 출렁, 출렁, 물결치고 있다. 커다란 탑 형태인 측후선 자체가 흔들리는 중이겠지.

필러 보트에선 느껴본 적 없었던 그 흔들림은 의외로 편안하게 느껴졌다.

"졸음이 오기 시작하네요……."

테라가 속삭이자, "그런가요?" 하고 당연하다는 듯이 바로 대답이 돌아왔다.

"무섭지 않나요?" 다이오드가 말을 이었다.

"……어떤 게요?"

"떨어지는 게."

"밑으로, 말인가요?"

"네." 어둠 속에서 목소리가 흘러들어온다. "저는 무서워요. 떨어지는 게."

"그러네요. 무섭지 않냐고 물으면 저도 무서워요. 오늘도 무서웠죠. 혹시 이젝터가 정면으로 쾅 날아왔다고 생각하면…… 저도, 다이 씨도 지금 이곳에 없겠네요."

"어렸을 때 더스트 숲의 쓰레기를 본 적 있어요." 다이오드가 조그맣게 말했다. "여기 중심공(中心孔)은 바닥이 뚫려 있어서 버려지는 걸 유리 바닥을 통해 항상 볼 수 있어요. 버려진 것들은 빙글빙글 회전하면서 깊이, 깊이, 아주 기이이이잎은 곳까지 점점 작아지며, 탁한 파란색과 검은색 속으로 삼켜져 가는 거예요. 저는 몇 번이나 쓰레기를 떨어트리며 그 모습을 지켜봤어요. ——그것들이 최후에 어떻게 되는지 알고 계세요?"

"기압으로 찌부러지죠."

"그렇게 배우죠. 제가 3살 무렵에도 사람이 떨어져서 죽었다고 들었어요. 하지만 그건…… 어떤 느낌일까요. 혹시 사람이 떨어진다면? 손과 발이 꽉 죄어드는 걸까? 숨이 막히고? 눈알이 찌부러져? 폐와 심장과 배가——."

"다, 다이 씨, 그만. 구체적인 묘사는 좀."

테라가 바로 약한 소리를 하자 다이오드가 희미하게 웃었다.

"거북한가요. 죄송해요."

"상상해 버려서……."

"그렇죠. 저도 조금은 이해해요. 이곳에서 지내는 내내 떨어지는 게 무서웠어요. ——그래서 도망친 거예요."

테라는 어둠 속에서 시선을 보냈다. 록과 나눴던 대화에서 끝까지 하지 못했던 말에 확신이 깃들었다.

목소리가 들려오는 방향, 콕핏의 내벽에 손을 댔다.

"다이 씨는 별 밖으로 나가고 싶은 거군요?"

숨이 멎는 소리가 들렸다.

"——어째서요?"

"여러 가지로요. 풀 엘리먼트를 요구하는 건 FBB 말고 다른 별에서도 배를 몰기 위한 연습 아닐까, 등등."

"……."

"다이 씨는 이곳을 나왔다가 붙잡혀 『후요』의 여학교에 들어갔고, 거기서도 나와 우리 집으로 와 줬지만 그래도 여전히 만족하지 못하는 거군요? 언젠가 더욱 멀리 떠날 생각이군요?"

말하고 나서 테라는 깜짝 놀랐다. 콕핏의 수지성 벽에 댄 손이 부드럽게 밀려 나왔다. 살짝 따뜻한 온기가 전해져 온다. 저쪽에서도 손을 대고 있었다.

"이건 방금과 정반대의 말이지만 테라 씨는 겁이 없다고 생각해요, 그 누구보다도." 다이오드가 알 수 없는 말을 꺼내기 시작했다. "왜냐하면 테라 씨는 엄청난 실력의 디컴퍼니까요. 날 수 있는 모습을 백 개든, 천 개든 떠올릴 수 있으니까요. 언제나 언제나 당신이 쉴 새 없이 만들어 내는 모양을 보고 있으면 저는 울고 싶어져요. 어떻게 이렇게 끊임없이 만들어 낼 수 있는 걸까, 하고."

"다이 씨는 조종 실력이 아주 뛰어나잖아요——."

"그건 겨우 거기서 끝일 뿐이에요. 제가 하고 싶은 말은 단순히 테라 씨에게 재능이 있다는 말이 아니에요. 테라 씨가 그 정도로 수많은 형태를 떠올릴 수 있다면, 우주 전체엔 날 수 있는 모습이 얼마나 많을까, 라는 얘기예요."

테라는 숨을 삼켰다. 다이오드는 조용히 말했다.

"억이나 조나, 그 이상이겠죠. ——그런데 저는 그렇게 광활한 우주에서 떨어져 나온 서크스 안에서, 또 그 안에서 떨어져 나온 측후선에서 자랐어요……."

"어머님께서 한 고생은 이미 알고 계시죠."

그렇게 테라가 말하자,

"알고 있어요."

체념 어린 대답이 돌아왔다.

"이곳이 아니었다면 저는 『후요』 안에서 바깥으로 나가려는 생각조차 떠올리지 못하고서 착하고 귀여운 작은 새로 키워졌겠죠. 그래서 저 사람을, 아니지, 엄마를 원망하는 건 관두자고…… 노력은 하고 있어요."

"참고삼아 물어봐도 될까요?"

"얼마든지요."

"『후요』에서 별 바깥으로 나가고 싶다는 말을 한 적은 없나요? 여학교 시절이나……."

침묵. 고개를 도리도리 젓고 있는 것 같았다.

"말할 필요도 없었어요. 팻 비치 볼은 서크스가 우주의 끄트머리에서 찾아낸 낙원. 긍지를 가지고 개척해 미래로 잇는다는 게 겐도의 슬로건이었으니까요."

"아아. 다른 곳으로 가고 싶다고 말하면 패배자, 꼬리 만 개 취급인가요."

"'꼬리 만 개'가 누구인지는 모르겠지만 대충 그런 식이에요.

……엔데바 씨족에선 그런 부분은 어떤가요? 탈출은."

"그다지 화제에 오르지 않아요." 테라는 쓴웃음이 섞인 어조로 대답했다. "나름 지내기 좋은 곳이라 떠날 생각이 들지 않는 거겠죠."

"……테라 씨 스스로는?"

묻기 직전 살짝 망설임이 있었다. 그리고 테라는 또 다른 사실에도 느낌이 왔다.

다이오드가 어째서 바우 아우어 시기에 맞춰 모선에서 탈출했는가, 그 사실에.

"다이 씨, 혹시—— 말인데요."

말하고 싶지 않다는 걸 자각하면서도, 이제 와서 멈출 수는 없었다.

"타신냐오에 탈 수 있었다면 그쪽을 선택했을 건가요?"

다이오드는 조용해졌다.

기다려도 대답은 돌아오지 않았다. 분명 그 침묵이 대답이었을 것이다. 테라는 더 이상 물을 게 없어져 버려서 젤 속에서 몸을 웅크리고 잠에 들려 애썼다.

휘몰아치는 바람 소리와 편안한 흔들림이 90분 동안 이어진 뒤, 탈환대가 쳐들어왔다.

11

 창문이 산산조각 날 듯한 알람 소리도, 콰앙, 하고 침대가 흔들리는 진동도 없었다. 애초에 창문도 침대도 없는 장소니만큼 습격 형태도 『아이다호』 때와는 사뭇 달랐다.
 "테라 씨! 칸나! 당장 일어나!"
 외침 소리를 들은 테라와 다이오드는 동시에 눈을 뜨고 조명을 켰다. 콕핏과 콕핏은 육성으로 목소리를 전달할 수 없기 때문에 대화는 처음부터 통신을 경유하고 있었다. 그 통신에 록이 끼어든 것이다.
 "탈환대가 쳐들어왔어. 도망쳐! 어서 배를 꺼내!"
 "저, 정말로요?!"
 테라는 먼저 패스트 마스크를 찾으려고 손을 더듬었고, 마스크가 없어서 샷건을 찾으려고 손을 더듬었고, 그것도 없어서 우왕좌왕하다가 다이오드한테 콕핏째로 걷어차였다.
 "테라 씨, 정신 차려요. 록! 적은 어느 쪽? 위야 아래야!"

"위야, 기상대로 로프 강하했어. 옛날처럼 파워드 슈트를 입은 녀석들이 우글우글해. 우리는 지금 자재 창고에서 농성하고 있으니까 이 배 위쪽을 전부 날려버리지 않는 한 안전해. 그런 것보다 녀석들이 노리는 건 너희야. 어서 도망가!"

"내버려두고 가도 괜찮다는 소리?"

"언제부터 그렇게 신경 썼다고 그래?" 웃음소리에 이어서 들려오는 살짝 따뜻한 목소리. "뭐, 마음은 기뻐. 다음에 또 놀러 와."

"──바람이 좋게 불어주면."

퉁명스레 말한 다음 다이오드는 테라를 보며 호통쳤다.

"뭘 히죽히죽 웃고 있는 건가요. 대피하자고요, 탈출!"

테라의 미니셀에 리니어가 보낸 메시지가 와서 열어보니 선내 유선 통신 패스코드였다. 탈출을 도우려는 것 같다. '칸나 씨를 소중히 아껴주세요'라는 메모가 붙어 있었다. 그녀와 다이오드 사이에도 과거에 뭔가 일이 있었겠지.

"리니어 씨 고마워. 엄마, 건강히 지내!"

방을 뛰쳐나와 계단을 통해 내려가려고 했지만 먼저 앞서가던 다이오드가 층계참에서 급정지했다. "녀석들의 수법은 잘 알아."라고 중얼거리며 발걸음을 돌렸다.

"이번엔 일반인이라고 방심하지 않겠죠. 위에서 쳐들어왔다면 밑에서 다른 루트로 함정을 파뒀을 게 분명해요. 위로 갑시다."

"그래서야 단순히 적에게 달려드는 꼴 아닌가요?"

"그러니까 다른 루트로."

다른 루트는 더스트 슛이었다. 어린 시절의 다이오드가 공포에 매료되어 쓰레기를 획획 떨어트렸던 세로 구멍의 중간 부분에 콕핏째로 몸을 꾹꾹 밀어 넣었다.

"다, 다이 씨 이거 진짜로 무서워요……!"

"계속 위만 보세요, 제 엉덩이만!"

배수구에 낀 슬라임이 꾸물꾸물 위로 올라가는 것처럼 기어올랐다.

더스트 슛은 선체를 관통하여 돛대 최상층에 있는 망원경실까지 이어져 있었다. 빠져나와 보니 다행히도 적은 보이지 않았다. 관측실에서 살짝 아래를 내려다 본 테라는 이런 상황인데도 킥킥 웃음이 나왔다.

"여기 왔을 때부터 생각했는데 저 베쉬 모양 깃발 조금 귀엽네요."

"그거 겐도의 국기예요."

"국기가 뭔가요?"

"글쎄요? 정체불명의 전통이에요. 그걸 내걸고 있으면 충성심이 있다고 멋대로 착각해 준다나요."

"하지만 탈환대가 찾아왔잖아요. 효력이 끝나버린 걸까요……."

깃발 아래를 보니 한 층 아래 등대실에 소형 무장 셔틀이 바싹 붙어 있었다. 저기서부터 밑으로 내려간 거겠지.

"으엑…… 무기를 달고 있네요. 저건 저를 해치워 버릴 작정인 거겠죠. 가치가 있는 건 다이 씨 쪽일 테니까요."

"그렇게 두진 않아요. 테라 씨, 필러 보트를 호출해 주세요."

"무선이 닿으려나? 방해나 감청은 없나요?"

"유선으로. 아래쪽 부두에도 설치되어 있죠. 아마 제어선도 연결되어 있을 테니 찾아봐 주세요."

그렇구나, 이럴 때를 위한 유선인 건가, 하고 감탄하면서 테라는 미니셀이 장착된 왼손을 콕핏 밖으로 꺼내 망원경실 벽에 가져다 댔다. 어느 건물이나 벽 내부에 통신 회로가 설치되어 있는 건 일반적이고, 게다가 이곳 벽은 AMC 점토 재질이었다. 그러니 패스코드만 있다면 어디서든 유선 통신이 연결된다.

10초도 지나지 않아 미니셀이 멀리 아래쪽에 있는 배를 찾아냈다.

"좋—아, 낚았다. 이쪽으로 와!"

선내 기기는 간단한 명령이라면 이해한다. 정박을 위해 옆바람의 영향이 가장 적은 형태인 구형으로 대기 중이던 필러 보트가 조용히 제트를 분사하며 위로 올라왔다. 그런데 그 밑으로 또 한 대, 셔틀이 다가왔다. 역시 매복하고 있었나 보다.

"느긋하게 승선할 여유는 없어 보이네요. 테라 씨, 점프!"

"네에에에에? 떨어지는 게 무서웠던 거 아니었어요?!"

"붙잡히는 것보단 나아요."

측후선의 측면을 따라 올라오는 두 사람의 배를 목표로 관측 창문을 깨부수고 뛰어내렸다. 거품처럼 생긴 콕핏 안에 들어가 있는 상태라 수소와 메탄의 대기 속에서도 질식할 염려는 없었다.

하지만, 만약 미끄러져 떨어지면 여기서 1권 끝이다. 2G의 가속도로 힘차게 하늘을 가르며 떨어지는 동안 테라는 이미 살아 있는 기분이 아니었다.

"으히이이이이이익……!"

쑤욱, 하는 물컹한 느낌과 함께 익숙한 필러 보트 선내로 수용되자 가슴을 쓸어내렸다.

생활용 콕핏에서 나와 조종 콕핏으로. 갈아타기 위해 매끈매끈한 터널을 통과하는 듯한 프로세스를 거치며 아직도 테라가 끙끙대고 있는 동안, 전방 콕핏에선 VUI 한 개에 불이 들어오자마자 날카로운 호령 소리가 울려 퍼졌다.

"전방 콕핏, 리프트 업! 런어웨이!"

쿠웅, 하고 엄청난 가속도가 걸리는 바람에 테라는 콕핏째로 배 뒤까지 굴러갔다. 맹렬하게 뿜어져 나오는 분사가 록과 리니어가 농성 중인 바위탑을 그을리며, 필러 보트는 상승하기 시작했다.

"다—이—씨—!"

"어서 후방도 리프트업 해주세요."

미세 조정도, 추력 배분도 고려하지 않은 전개 분사였다. 당연히 배는 현재 꺼내놓은 모든 노즐로부터 쓸데없는 분사를 온 방향에 마구잡이로 흩뿌리면서, 합성 추력의 화살표가 가리키는 엉뚱한 방향으로 날아간다. 가상 스로틀 패널을 좌우에 쭉 펼쳐 놓은 다이오드가 각 노즐의 조절에 들어간다──싶더니 갑자기 오른손이 닿는 범위에 있는 스로틀을 남김없이 확 내리는 바람에 테라는 기겁했다.

"대체 뭘──."

당연히 긴급 회피였다.

그런 상황에서 비명을 지르거나 반사적으로 몸을 보호하려 들기 전에 먼저 디컴프레션을 실행했다는 점이 테라 테르테의 진면목을 보여주는 부분이라고 해야 할까. 순간적으로 배를 편형으로 만들어, 분사를 통해 오른쪽으로 미끄러지는 걸 도왔다.

피하자마자 방금 있던 공간을 반짝이는 빛 구름이 뚫고 지나갔다.

"진짜로 쐈어."

다이오드가 얼굴을 찌푸렸다. 테라는 이어서 배 전체를 상념으로 붙잡아 고속 고기동에 용이한 쐐기형으로 잡아 늘이려고 했지만, 뱃속에 굴러다니는 묵직한 무언가에 방해받았다. 어제 어획한 베쉬였다. 놀랍게도 아직 살아 있었는지 배를 변형하게 두질 않았다. 세로로 있어주면 좋겠는데 가로로 드러누워 잡아당기고 있다.

어쩔 수 없이 천해(淺海)행성 세인트 미카의 가오리처럼 생긴, 어중간하게 납작한 형태로 타협했다.

다주파 어군 탐지기 VUI를 펼쳐 후방 상황을 확인한다. 야간용 증광 영상에선 소후이와는 이미 저 멀리 점이 되어 있었다. 그리고 그 앞에 마름모 형태의 비행기가 한 대. 이쪽을 향해 새까만 포구를 겨누고 있는 무장 셔틀이다. 포구가 빛났다는 생각이 든 순간, 이쪽도 회피했다. 다이오드가 후방 영상을 빈틈없이 눈에 담고 있다. 이어서 두 번째 공격까지 피한 다음 이번엔 고기동으로 떨쳐내려고 했지만, 이 시도는 실패로 끝나 여전히 뒤를 잡힌 채였다.

지금까지 모인 사실들을 분석했다. 발포부터 착탄까진 몇 초의 시간이 걸리고 있으니 상대방의 무장은 레이저나 입자포가 아니다. 아마도 실체가 있는 산탄이겠지. 정확한 위력까진 잘 모르겠지만 구경을 고려해 봤을 때 일격에 이 배를 침몰시킬 수 있을 정도의 위력은 아니었다. 기껏해야 노즐을 망가뜨리거나 점토를 깎아내는 정도겠지. 최종적으로 이쪽이 속도를 잃고 낙하하기 시작하면 접촉해서 붙잡을 심산이었다.

기동 성능으론 이쪽이 불리하다. 아무리 자유로운 형태로 디컴프레션이 가능하다곤 해도, 결국은 변변한 장갑도 없고 덩치는 큰 어선이니까 어쩔 수 없다. 반대로 최대 출력 상태에서 일직선 최고 속도를 비교한다면 우세하겠지만, 지금은 대기가 탁해서 마음껏 날 수가 없다. 포격을 피하며 버틸 수밖에 없었다.

"메이데이를 보낼게요. 겐도 씨족은 힘들더라도, 다른 씨족의 절반 정도는 도와줄 거예요."

"E 스톰 직후인데 전파가 통하나요?"

"엥? 아아아아, 마이크로파 지역의 날씨가 최악이에요! 하필 이럴 때……!"

"이럴 때니까 습격해 온 거겠죠."

대기 중의 먼지 탓에 비행 환경뿐만 아니라 통신 상태도 매우 좋지 않았다. 탈환대가 쳐들어온 것도 이 통신 불량 덕분에 아무도 모르게 유괴할 수 있다는 걸 깨달았기 때문이겠지.

"여러모로 고려해 봤을 때 많이 불리하네요." 테라는 각오를 다졌다. "뒤쪽에 튼튼한 방패를 만들게요."

"잠깐만요, 그래선 속도가 느려요. 그것보단 저쪽으로."

테라의 제안을 기각하며 다이오드가 손안에 있던 VUI 한 장을 뒤로 던졌다. 그걸 본 테라는 끄덕였다. 어제 테라가 만들어서 건네줬던 파일—— 먹줄오징어 어획 전술 계획이었다.

"장애물이 우글거리는 곳으로 섞여 들어가죠."

"좋은 생각이네요! 베쉬한테는 미안하지만……."

필러 보트는 긴급 선회해서 『왼쪽 눈알』의 장대하고 두터운 구름 벽으로 들어갔다.

먹줄오징어는 대형 베쉬다. 아무리 작아도 15미터, 성장한 개체는 60미터에 달하는 방추형 생물로, 툭 튀어나온 눈알을 데굴데굴 굴리며 여러 가닥의 근육질 촉수를 늘어뜨리고서 비행한다.

마찬가지로 대형 베쉬인 프시거두고래와는 두 가지 차이가 있다. 첫 번째는 입이 전방이 아닌 후방에 달려있다는 점인데 이것 때문에 아노 도미니 시절에 존재했던 생물과 매우 닮아서 오징어라고 불리게 됐다.

또 한 가지의 차이점은 수평 방향으로는 그다지 움직이지 않고 수직 방향으로 크게 이동한다는 점이다. 고도 60킬로미터의 양떼구름 위부터 마이너스 100킬로미터 이하의 중층까지, 그 사이를 잠수부처럼 오르락내리락한다. 그래서 수평 이동형 베쉬를 잡을 때와는 아예 다른 방법이 필요하다. 또한 지금까지 알려진 바로는 지능이 없다고 한다.

그 먹줄오징어의 서식 범위를 향해 필러 보트는 다시 한번, 그리고 적선은 처음으로 구름을 뚫고서 뛰어들었다.

일대엔 검푸른 비가 내리고 있어서 거의 새까만 공간이었지만, 한순간 뇌광이 번쩍이며 주변 일대를 하얗게 비췄다. 끝없이 쏟아지는 장대비 속에서 멀리, 그리고 가까이, 크고 작은 우주선에 버금가는 크기의 직립 방추형이 주변 공간에 핀으로 고정이라도 된 것처럼 몇십 마리가 멈춰 서 있는 광경은 그야말로 장관이었다.

테라는 환호성을 질렀다.

"우와! ——늘어나고 있네요."

"어째서일까요, 이 주변은 먹줄오징어의 피난처일까. 웃!"

다이오드가 어둠에 눈을 집중하고서 재빠르게 배를 회전시켰다.

바로 옆을 크고 묵직한 무언가가 스쳐 지나갔다. 또 뇌광이 번쩍인 순간, 방금과는 다른 높이에 베쉬들이 멈춰 있었다. 두 사람은 눈에 보이는 잔상은 정지해 있어도, 실제로는 베쉬들이 끊임없이 움직이는 중이라는 사실을 깨달았다.

"뒤에는?"

"왔어요——."

고속, 시야 불량, 장애물. 다이오드가 전방에 모든 신경을 쏟고 있는 걸 본 테라는 후방을 감시했다. 있다. 불규칙한 뇌광이 주변을 비출 때마다 먹줄오징어 떼 속에 딱 하나, 오징어와는 모양이 다른 마름모가 언뜻언뜻 보였다. 이쪽을 놓치지 않았고, 오징어와 충돌하지도 않는다. 짜증 나는 일이지만 상대 파일럿도 상당히 실력이 좋은 모양이다.

"따라오고 있어요, 떨쳐낼 수 없어! 이건 레이더랑 가시광선 이외의 방법으로도 우리를 보고 있는 거네요."

"끈질기군요. 음— 뭐, 엔진을 분사하고 있는 한 어쩔 수 없이 열을 퍼뜨려야 하지만……."

"그렇지."

테라는 짝, 손뼉을 치고선 호흡을 가다듬고 다시 디컴프레션을 시행했다. 모든 핵융합 엔진에 조그만 구멍을 뚫고서——.

"뭔가 출력이 떨어졌어요, 스로틀에서 바람 빠지는 느낌이, 테라 씨 뭘 하는 건가요?!"

오싹한 느낌에 비명처럼 외치는 다이오드를 "괜찮아요!" 하고 테라가 달랬다.

"인테이크를 만들어서 배기에 차가운 바깥 공기를 섞었어요. 뒤에서 봤을 때 열 반응이 상당히 줄었을 거예요!"

"그런 일이 가능한가요?"

"아직 끝이 아니에요! 한 가지 더 떠올랐어요!"

이어서 선체의 좌우 측면을 크게 변형. 그물을 짜는 것과 비슷한 요령으로 얇은 주머니를 여러 개 펼쳤다. 공기를 가득 담아 빵빵하게 부풀어 오른 주머니에 테라의 특기인 가느다란 실과 날개골을 엮어서 안은 텅 빈 채 외관만 형태를 잡았다. 충분히 형태가 잡힌 녀석들부터 차례로 툭툭 분리했다.

그걸 지켜보고 있던 다이오드가 허억…… 하고 숨을 삼켰다.

"대단해……."

필러 보트 주변에 마치 분열되듯이 똑같이 생긴 필러 보트가 네 척이나 생성되었다. 게다가 그냥 주변에 생성된 걸로 끝이 아니다. 한 척은 위아래로 돌핀 운동을 시작했고, 한 척은 빙글빙글 회전하고, 한 척은 요란하게 좌우로 뛰어다니고, 마지막 한 척은── 신중하게 직진하며 오징어가 다가오면 교묘하게 회피했다. 두 사람이 탄 본체보다 더 진짜 배처럼.

본선에서 내보낸 보이지 않는 조종 와이어를 통해 그 모든 더미를 테라가 조종하고 있었다.

"클론 작전이에요!"

적선의 움직임이 눈에 띄게 흐트러졌다. 가짜 1호를 쫓고, 3호로 목표를 바꿨다가, 2호를 노린다 싶더니, 4호로 돌진했다. 그리고 그 진로에 50미터급 먹줄오징어가 불쑥 끼어들었다. 결국 견디지 못한 적은 급선회했다.

"아하하, 테라 씨, 테라 씨!" 다이오드가 자포자기한 기색으로 웃음을 터트렸다. "최고예요, 당신 정말로 최고예요. 아하하……!"

"흐헤헤헤, 그래요? 그래요? 꺅!"

우쭐해진 테라의 눈앞에서 3호가 터졌다.

번개와는 다른 광탄이 뒤에서 날아와 관통한 거였다. 이어서 넓은 폭으로 빛의 탄환이 구름처럼 마구잡이로 날아와 선체를 스친다. 적이 포구를 넓혀서 탄을 여기저기 흩뿌리기 시작했다.

"아아— 잔꾀는 헛수고였던 걸까요……."

"아뇨, 잘 됐어요. 녀석들이 총알을 낭비하게 만들고 있으니 계속 이대로 부탁합니다!"

"네!"

사투를 펼쳤다.

비와 먼지, 번개와 이성(異星) 생물. 흑과 백, 물보라와 증기가 용솟음치는 공간을 다이오드는 가진 모든 조종 기술을 펼쳐서 도망쳐 다녔다. 선전, 반전, 횡이동, 후진. 16만 톤이 옆으로 미끄러지며 먹줄오징어 사이를 누비고, 선체 안에 뚫린 OMS 노즐로부터 일루미네이션처럼 화려한 불꽃을 명멸시키며 다이브와 홉을 반복했다.

테라는 더미를 계속해서 교묘히 조작했다. 맞아도 피해는 없고, 오히려 더미를 쏘게 만들려고 시작한 작전이지만, 속이 텅 빈 더미라고 해도 점토 소모가 아예 없는 건 아니다. 게다가 요행으로 본체를 맞출 가능성도 있으니 신중하게 조작하는 게 무엇보다 중요했다. 남은 더미 세 개를 양옆으로 끌면서 때로는 미끼로, 때로는 위협으로, 즉흥적이면서도 최대한 복잡하게 움직여댔다.

술래잡기의 끝은 갑작스레, 그리고 예상 못한 형태로 찾아왔다.

계속해서 도망치던 필러 보트 주변에 있던 먹줄오징어 몇 마리가 갑자기 구멍투성이가 됐다. 천천히 새까만 가스를 내뿜으며 밑으로 가라앉는다. 적선이 화가 난 나머지 베쉬까지 싸잡아 공격하기 시작한 것이다. 테라는 살짝 표정을 찌푸리며 중얼거렸다.

"오징어 씨, 말려들게 해서 미안해요."

"뭐, 우리가 할 말은 아니에요."

애초에 그걸 노리고서 여기로 뛰어들었다. 두 사람의 중얼거림은 그저 안타까움의 발로에 지나지 않았지만, 그다음에 입에서 튀어나온 건 진심 어린 경악이었다.

"테라 씨, 저거!"

"어, 어째서?"

근처에 있던 오징어 한 마리가 뾰족한 머리끝을 적선을 향해 겨누고서 돌진했다.

 적선도 깜짝 놀랐겠지만, 역시나 바로 당하지는 않았다. 재빠르게 피하고서 돌진해 온 녀석에게 산탄을 먹였다. 하지만 그건 잘못된 선택이었던 모양이다.

 이어서 주변에 있던 모든 오징어가 앞다투어 적선을 향해 쇄도하기 시작했다. 뒤에서, 앞에서, 옆에서, 마구 몸을 부딪쳤다.

 "먹줄오징어가 저런 짓을 하던가요?! 아니, 저런 식으로 움직일 수도 있었어요?!"

 "몰라요, 저도 처음 봤어요. 총을 쏘면 화를 내는 걸지도."

 "어째서? 우리가 고기잡이 할 때는 아예 반응이 없었죠?"

 이유는 모르겠지만 오징어들은 무장 셔틀에 정말로 화가 난 모양이었다. 격렬한 몸통 박치기가 이어지자 안테나가 부러지고, 레이더가 파괴됐다.

 "떨쳐내지 못하는 것 같네요. 아, 촉수가 얽혀서 그런 건가. 아아…… 포신도 부러졌어……."

 완만하게 선회하는 필러 보트 안에서 오징어 떼에 포위된 적선을 보며 테라가 안절부절못하자 다이오드가 툭 말했다.

 "구해주고 싶나요."

 "……네?"

 "테라 씨는 마음이 착하니까 저걸 그냥 못 본 척하고 싶지 않은 거 아닌가요."

바보 취급하는 건가 싶었는데 다이오드의 눈은 따뜻했고, 기분 탓인지 동정하는 기색마저 느껴졌다. 하지만 테라는 억지로 기력을 끌어올려 고개를 가로저었다.

"아뇨. 다이 씨를 데려가려고 하는 녀석들은 용서할 수 없어요. 내버려두죠. 아직 숨겨 둔 비장의 수가 있을지도 모르고요."

"……무리하기는."

"네? 으왓."

필러 보트가 빙글 급선회했다. 오징어가 잔뜩 달라붙어 공처럼 변한 적선의 약간 위를 노리고 진로를 잡았다.

"당신에게 그런 강경한 척하는 모습은 안 어울린다고요. 불쌍하다고 생각했다면 솔직하게 그렇게 말해 주세요."

"다이 씨."

"남아있는 더미로 먹줄오징어 떼를 휘저어 주세요. 저 사람들한테 운이 따른다면 그 틈에 도망칠 수 있겠죠. ……뭐, 주포가 부러져 버렸으니까, 저쪽도 물러날 거예요, 아마."

"……죄송합니다!"

더미는 한 척 더 격추당한 탓에 남은 건 두 척이었다. 테라는 그 두 척을 본선 좌우 아래로 끌어내렸다. 그대로 적선의 바로 머리 위를 통과하자 더미 한쪽이 오징어 덩어리의 가장자리에 걸려서 달라붙은 오징어들을 휙 떼냈다. 드러난 틈 사이로 화륵, 하고 분사하는 불꽃이 보였다.

"어떤가요?"

"효과가 있어요. 하지만 아직이에요!"

"한 번 더 해야 하나."

다이오드가 다시 필러 보트를 선회시켰다. 테라는 남은 한 척의 더미를 바로 밑으로 가져왔다. 이어서 한 번 더 디컴프레션해서 필러 보트의 아래 면을 더욱 두텁고 단단하게 보강했다. 억지임을 알면서도 다이오드가 적을 구하는 데 동의해 준 만큼, 그런 그녀가 적의 갑작스러운 공격 같은 위험에 노출되지 않도록 공을 들인 것이다.

"갑니다!"

필러 보트가 빈틈없이 진로를 따라 날아갔다. 적선, 아니 이제 조난선에 가까운 꼴이 된 셔틀을 향해 질주했고, 눈앞에서 오징어 떼 몇 마리가 나무 열매처럼 둥글게 말아 올린 촉수를 치켜들고.

☆   ☆

(이름은? 당신 이름을 말할 수 있나요?)

(……테라 인터콘티넨털 엔데바.)

(여기가 어디인지 아시겠나요.)

(팻 비치 볼…… 구름, 속. 오징어가 잔뜩 있어…… 소후이와…… 젤, 냄새.)

파직!

 민감한 왼손 손가락 끝에 전기 충격을 느껴서, 테라는 헉, 하고 정신을 차렸다. 눈앞의 여자 의사가 질문을 건넸다.

 "제가 누군지 아시겠나요."

 "으, 응급 처치 아바타! 선내 기기, 긴급 정위(定位) 모드 해제, 승무원 조작으로 복구해!"

 소리치자 의사가 고개를 한 번 끄덕이고서 사라졌다. 사고나 발작으로 승무원이 기절했을 때 나타나는 대화용 환각이었다. 사라지고 난 뒤엔 새까만 어둠만이 남았다.

 테라는 망연자실했다. 기절해 있었다는 사실도 그렇지만, 기절한 순간의 기억이 없다는 사실이 놀라웠다. 어지간히도 커다란 충격을 받았던 게 틀림없다. 뇌를 천 주머니에 넣고 마구 쥐어짜는 듯한 두통과, 눈과 귀 안쪽을 손가락으로 후벼파는 듯한 고통이 느껴졌다. 이건 조종 콕핏이 압축되거나 격돌했을 때 발생하는 수압통이다.

 바깥의 경치가 위로 휙휙 흘러가는 느낌이 들었다. 체감 중력도 약하다. 낙하 중이라는 걸 깨달았다. 배 째로 떨어지고 있었다.

 "다이 씨! 다이 씨—!"

 불러도 대답이 없었다. 테라는 오싹해졌다.

 ——어떻게 됐지? 다이오드는? 배는? 적선은?

 필러 보트로 비행 중에 파트너가 소실되는 이유는 두 가지밖에 생각할 수 없다.

첫째, 어떠한 이유로 인해 파트너가 순간적으로 사망했다.

둘째, 어떠한 이유로 인해 필러 보트가 물리적으로 양분되었다.

첫 번째를 떠올리기 시작한 순간 테라는 비명과 메스꺼움에 짓눌릴 뻔했다. 장애물투성이인 오징어 군락을 고속으로 날아다니고 있었으니 가능성은 충분하다. 어쩌면 적선이 마지막 순간에 뭔가 했던 걸지도 모른다.

다이오드가 이미 1세제곱센티미터 크기의 조각조차 남아있지 않을지도 모른다, 혹은 다이오드가 38리터의 주스가 되어 AMC 점토에 섞였을지도 모른다는 등, 불길하고 끔찍한 상상이 머릿속을 채워서 테라는 필사적으로 생각을 억눌렀다.

──잠깐 잠깐, 그 전에……!

아직 상대를 불러 볼 방법이 몇 가지 남아있다.

선체 주변에 각 파장의 안테나를 만들어서 무선으로 식별파를 쐈다. 일반적인 상황이라면 절대 쓸 일 없는 신호 서식, 자기 배가 자기 배를 호출하는 신호다.

──인터콘티넨털에서 인터콘티넨털에게. 응답하라.

그러자 2초도 걸리지 않아 VUI에 작은 별 마크가 회전했다.

『테라 씨, 테라 씨!!』

테라는 진심으로 안도했다.

절박한, 하지만 귀에 익은 목소리였다. 이때 대답이 있었다는 뜻은 두 번째 가능성에 해당하는 사고가 발생했다는 뜻이다. 필러 보트는 테라와 다이오드 사이 부분이 양단되었다. 이건 중대한 사고지만 최악의 사태는 아니었다. 필러 보트는 두 동강이 나도 복구할 수 있으니까.

어째서, 어느 부분이 양단됐는지는 아직 불명이다.

『테라 씨, 살아있나요?!』

"네, 살아있어요!" 또렷한 목소리로 대답한 다음, 다음 말이 나올 때까지 두 사람 다 약간 시간이 걸렸다. "울음을 터트리기 직전이었지만요! 다친 곳은 없음, 가벼운 두통뿐. 배는 낙하 중. 무슨 일이 일어난 건지 알고 계세요?"

『울지 않으셨다니 참 장하네요. 다친 곳이 없다는 것도 다행이에요. 우리가 당한 건—— 한마디로 오징어 펀치예요.』

"네?"

『잠깐, 설명은 나중에 하죠. 이쪽은 배로서 기능을 유지하고 있으니까 구조를 시작할게요. 그쪽은 지금 당장 낙하산을 펴주세요. 적선은 도망쳤으니 생각할 필요 없어요.』

긴장감이 배어있는, 그러나 냉정한 어조로 다이오드가 말했다. 앗, 네, 하고서 테라도 침착하게 대답했다. 그렇게 아마도 지금은 알아서는 안 되는 사실들에 대해서 아는 걸 자연스럽게 피했다.

가스 행성의 대기권은 끝없는 무저갱이지만 1분이나 2분 만에 사람을 죽일 정도로 성급하진 않다. 두 사람이 있었던 곳은 분명 대류권 고도 30킬로미터 부근이었다. 대기 저항을 최대한 이용하면 1기압선까지 1시간에서 2시간 정도 시간이 걸린다. 게다가 그 밑에는 두툼한 중층이 이어진다. 적절한 행동을 취하면 살아날 가능성은 충분하다.

테라는 필러 보트에게 활공 형태로 바꾸라고 명령했다. 이 형태는 프리셋이 있어서 승무원이 살짝 의사전달만 해도 즉시 실행하게 되어 있다.

날개를 활짝 펼치고, 체중이 묵직하게 불어났지만 사고를 당하기 전 만큼은 아니었다. 상황을 파악한 테라는 표정을 찌푸렸다. 양력이 부족하다. 낙하가 계속되고 있었다.

"좀처럼 멈추질 않아요."

『네, 레이더에 나타났습니다── 그런데 작아! 무슨 욕실도 아니고!』

"그렇죠. 이건 거의 콕핏만 남아있는 거네요, 저."

이제야 생각났다는 것처럼 선내 기기가 광학 보정된 주변 영상을 띄웠다.

오징어는 보이지 않았다. 그저 시야에 펼쳐진 건 새까만 베이크가 녹아든 비가 끊임없이 쏟아지는 어두컴컴한 구름의 골짜기였다. 그곳을 시속 80킬로미터로 천천히 떨어져 내리는, 고작 욕실 크기만 한 조종석이 바로 테라가 있는 장소였다.

『좀 더 커다란 덩어리면 좋겠다고 생각했는데요. ——사실은 그 돌격한 순간에 먹줄오징어의 촉수가 하필 테라 씨의 콕핏을 때린 탓에 튕겨 나가버렸는데 기억 안 나나요? 하긴 눈 깜짝할 새였으니.』

"네?" 테라는 얼빠진 목소리로 외쳤다. "정확히 콕핏만? 그럴 수가 있어요?"

『붙잡은 오징어가 촉수 펀치를 날려서 필러 보트가 손상을 입는 경우는 종종 있잖아요.』

"엔진이나 오터 보드에 맞았다는 얘기는 들었어요. 그런데 콕핏을 정확히 노린다는 얘기는 들어 본 적이 없어요."

『그렇게 치면 아까 적선에 달려든 것도 수수께끼였죠. 거기에 비하면 콕핏을 때렸던 건 그저 우연에 불과할 가능성도 있어요. 뭐, 그런 것들은 아무래도 좋아요. 중요한 건 당신한테 점토가 있는지 아닌지입니다.』

"하긴, 그렇죠."

AMC 점토는 필러 보트의 연료이자, 엔진이자, 전지이자, 전선일 뿐만 아니라, 날개와 내압 장갑도 될 수 있는 훌륭한 소재지만, 그걸 만들어 낼 수 있는 프린터는 궤도상의 씨족선에만 존재한다. 이 자리에서 아무리 베쉬를 잡더라도 그걸 점토로 바꿀 순 없다.

점토의 잔량을 선내 기기가 경고를 섞어 보고했다. 테라는 공허

한 웃음소리를 냈다.

"……하하, 남은 건 양동이 3개 분량이라네요."

콕핏 주변에 달라붙어 있는 점토뿐이라는 뜻이다.

『──구조를 서두르겠습니다.』

다이오드의 말이 조금 빨라졌다.

상황은 좋지 않았다.

이 시점에서 상호 간의 거리는 5킬로미터 정도였지만, 베이크를 머금은 새까만 비가 시야를 가로막아서 이미 육안과 레이더로는 서로를 포착할 수 없게 되었다. 뿐만 아니라 밀리미터파나 적외선 등, 장파장 탐사 수단도 잘 통하지 않아 위치 확인이 점점 어려워졌다.

지난 하루 동안 4만여 톤의 점토를 소비했으니, 남은 13만 톤 남짓의 필러 보트 본체가 추격 강하 중이었다. 하지만 문제는 배의 형태였다. 필러 보트는 오늘 추격전이 시작된 직후 테라의 디컴프레션으로 가로 폭이 넓은 가오리 형태로 변했다. 그 형태는 곡면으로는 잘 움직이고, 무장 셔틀의 추적을 따돌릴 수 있을 정도의 기동성을 필러 보트에 부여해 줬지만, 누구나 상상할 수 있다시피 급강하에는 적합한 모양이 아니었다.

그게 걸림돌이 되었다.

다이오드는 선체를 좌우 교대로 기울이면서 오랜 옛날 공중전 기술에서 나뭇잎 떨구기라고 불리던 비행술을 활용해 고도를 점점 낮춰갔지만, 그에 비해 테라의 콕핏은 거의 수직으로 낙하하고 있어서 좀처럼 따라잡을 수 없었다. 가장 바람직한 방법은 배가 다시 디컴프레션해서 공기 저항이 적은 형태를 취하는 것이지만 그게 가능한 디컴퍼는 배 아래 구름 속에 있는 상황이다.

테라는 테라대로 속도를 줄일 온갖 수단을 시험해 보고 있었다. 콕핏에 글라이더 형상으로 변형하라고 명령을 내려 보고, 해파리 형태도 해보고, 이중 반전 날개를 만들어 회전시켜 보기도 하고. 노즐을 만들어 분사하는 방법도 떠올렸다. 아니, 정확히 말하면 그걸 제일 먼저 시도해 보려고 했다. 하지만 선내 기기의 경고로 그만뒀다. 로켓 분사는 기압이 올라갈수록 효율이 떨어지기 때문이다. 무엇보다 노즐로 남은 질량마저 뿜어내 버리면 뒷감당이 불가능해서 로켓 추진은 이 상황에서 적절한 수단이 아니었다.

최종적으론 점토를 천과 끈으로 변형시켜 가장 가벼운 활공 수단, 파라포일(Parafoil)을 만들었지만, 이걸로도 시속 50킬로미터까지 떨어뜨리는 게 고작이었다. 게다가 바람은 아래로 내려갈수록 점점 강해졌다. 파라포일은 걸핏하면 형태가 망가졌고, 어떻게든 다시 복구해도 금방 뭉개지기 일쑤였다. 콕핏은 어느 쪽인지조차 알 수 없는 방향으로 점점 떠내려갔다.

"흐으—음, 이건 좀 그러네요. 일이 어렵게 되었네요."

테라는 입술을 핥았다. 2세제곱미터의 콕핏 바깥에는 물감 상자에서 어두운 색만 10개를 골라 뒤죽박죽으로 흩뿌려 놓은 듯한 탁류가 소용돌이치면서 끊임없이 콕핏을 흔들어 대고, 1분마다 기압이 높아지는 중이었다.

『테라 씨, 암을 내밀 수 있어요? 10밀리 실 정도 크기로도 충분하니까.』

다이오드의 중저음이 귓가에 닿았다. 거기 있는 소금 좀 집어 주세요, 하고 부탁하던 평소의 차분한 말투에서 달라진 게 없는 것처럼 들렸다.

"뭘 할 건가요?"

『그물을 쏠 거예요. 예측으로 그물을 펼칠 테니, 뭐든 좋으니까 마구 휘둘러서 그물에 걸려 주세요.』

"한 마리 물고기처럼 낚이면 되는 거네요, 오케이."

발사 큐가 떨어졌다. 극세사 케이블을 늘어뜨린 200발의 고밀도 싱커가 바로 위에서 떨어진다. 그게 콕핏 100미터 위까지 오면 파열해서 그물을 펼칠 예정이라고 테라의 VUI에 표시되었지만, 예상 도달 시각이 되어도 그물은 오지 않았다. 테라보다 훨씬 위쪽 상공에서 폭풍에 휩쓸려 날아가 버린 모양이었다.

아니면 다이오드가 방향을 잘못 잡아 아예 엉뚱한 곳으로 쏘는 중이거나.

『페일. 한 번 더 갑니다.』

"네에—. 부탁해요."

발사 큐, 몇 분간의 기다림, 그리고 뜨지 않는 HIT 사인.

불협화음의 차임이 울리면서 외부 기압을 알렸다. 이제 3만 미터까지 낙하했다. 이 지점을 넘어가면 배와 대기의 관계가 역전된다. 공기와 젤은 바깥으로 탈출하려고 드는 게 아니라 안으로 밀려든다. 그렇지만 아직은 전혀 문제없다. 콕핏은 50기압까지 견딜 수 있고, 필러 보트는 300기압까지 견딘다. 압사당할 위험은 아직까진 없다. 시간은 충분하다.

그렇게, 테라는 계속해서 스스로 되뇌고 있었다.

다이오드가 말했다.

『테라 씨, 뭔가 다음 방법은 떠오르는 게 없나요.』

"저기, 이런 말은 죄송하지만, 소후이와에 연락해서 어머님께 도움을 구한다는 선택은……."

『손톱만큼도 죄송할 건 없지만, 통신이 닿지 않네요. 직통으로 위성을 경유해도 어디와도 교신에 성공하지 못했습니다.』

"그런가요. 게다가 저쪽에 남은 적 셔틀도 있죠. 무사했으면 좋겠는데."

『테라 씨가 남 걱정을 할 필요는 없어요!』

"아하하." 다이오드의 격정적인 외침에 테라는 웃었다. "그럼, 최소한 전파를 날릴 수 있는 곳까지는 우리 자력으로 돌아가야겠네요."

『그렇죠. 뭐, 콕핏만 궤도에 다시 돌아오면 배는 복원 가능하니까 엉뚱한 방법도 생각해 보죠.』

"음, 그럼…… 일단 말해 보는 건데, 다이 씨는 디컴프레션 가능한가요?"

『잘하진 못해요. 작년 받았던 일반 망상 구현 시험에서 8점이었습니다.』

테라는 100점 만점을 받은 적이 있다.

『당연히 디컴프레션도 선택지에 넣어뒀어요. 하지만 배가 제대로 변형되지 못하고 쪼개질 가능성이 커요.』

"쪼개지면 큰일이죠―. 그럼, 편평형인 상태에서 억지로 동력 강하."

『사실 이미 하고 있습니다.』

VUI로 전송된 추진 출력은 4기가 뉴턴이었다.

테라는 이 순간 처음으로 식은땀을 흘렸다. 대기권 내 강하에서 내도 될 숫자가 아니다. 강도 비율로 따져서 비유를 들자면 다이오드가 지금 하기 시작한 짓은 약하디약한 발포 폴리스티렌으로 만든 얇은 판자를 발로 걷어차서 억지로 물속으로 잠수하는 것과 비슷한 행위였다.

『이 녀석을 제어하는 게 상당히 좀 그래서. 집중해야 해서. 지금 디컴프레션과는 정반대의 작업을 하고 있거든요.』

"다이 씨, 그거 안 돼요, 그거 스톱! 추력을 낮춰요!"

『왜 그런 소릴 하세요?』

"제가 선주니까요!" 테라는 단호하게 말했다. "1기가까지 낮춰 주세요! 그러지 않으면 트위스터의 계정을 정지할 거예요!"

『다른 생각이 떠오를 때까진 싫어요』 다이오드도 즉답했다. 『이렇게 하지 않으면 쫓아갈 수 없어요.』

두 사람이 지금까지 한 번도 입 밖으로 꺼내지 않은 사실이 있었다.

바로 두 사람의 거리다. 그건 통신 렉을 통한 계측으로 이미 명백했다. 이미 20킬로미터 이상 멀어져 있었다. 거리가 좁혀지는 게 아니라 점점 멀어지고 있는 것이다.

숨이 막힐 듯한 침묵이 이어지고, 마침내 두 사람은 딱 잘라 선언했다.

『미리 말해 두겠는데 혼자서는 절대로 안 돌아갈 거예요.』

"그건 안 돼요. 둘 다 죽으면 최악의 사태니까 당신 혼자서라도 돌아가 주세요."

그리고 지옥의 가장자리에서 서로를 매도하는 대회가 개최되었다.

『왜 최악인가요, 동반 자살 좋잖아요, 동반 자살. 저 진짜 할 거예요. 테라 씨만 두고 돌아갈 바에야 억지로라도 아래까지 쫓아갈 거예요. 계정을 정지한다고요? 바라던 바예요, 어디 해 볼 테면 해 보세요, 하면 이 배는 무조건 폭발할 테니까요.』

"멍청한 소리하지 마세요. 다이 씨는 살아서 돌아가는 거예요.

『아이다호』에 돌아가서 모라 이모나 보너스 씨나 디시크래시 씨한테 보고하는 거라고요! 그리고 당연히 어머님이나 리니어 씨랑도 다시 한번 만나서 아옹다옹 다투지 말고 서로 차분히 대화를 나누세요. 그리고 그곳을 거점으로 삼아 이 배로 베쉬를 팍팍 잡아서 한몫 크게 버는 거예요!"

『하— 무슨 소릴 하는 건가요, 벌써 하는 말이 오락가락하는 게 동요하는 심정이 다 드러나고 있잖아요. 계정을 정지할 건지 제게 넘길 건지 어느 쪽인가요, 확실히 해주세요, 그건 그렇고 이미 속마음은 흔들리고 있네요. 그럴싸한 소리 늘어놓으면서 그저 저를 살려서 돌려보내야 한다는 단순한 의무감으로만 말하고 있죠. 진짜 본심은 어떤데요, 본심은!』

"본심 같은 소리 하지 마세요, 지금 그런 걸 털어놓으면 공황상태에 빠져서 구조도 뭣도 없겠죠?! 본심, 본심 따위 알까 보냐, 이 상황에서 그런 걸 말할 수 있겠냐 멍청아—! 빨리 돌아가!"

『역시 본심은 따로 있잖아요! 지금 말하지 않으면 언제 말할 건데요, 빨리빨리 말하면 그만이에요, 그보다 말하지 않아도 전부 알고 있거든요? 테라 씨 처음부터 저를 뚫어져라 보고 있었죠? 붙잡아다 부비부비 쓰담쓰담할 작정이었잖아요, 소동물처럼! 소동물처럼! 그런 짓은 여학교에서 이미 잔뜩 당해서 빠삭하게 알고 있다고요, 덩치 큰 애들은 항상 조그만 걸 품에 안고 만끽하고 싶어 하더라! 좋아요, 내키는 만큼 얼마든지 안도록 해줄게요.

냄새도 맡게 해줄 테니까 이쪽으로 와도 된다고 말해!』

"큭…… 다, 다이 씨도 뚫어져라 봤잖아요, 그냥 신기한 동물 보듯이 보는 시선이 아니라 좀 더 구체적인 부분을 다른 느낌으로 쳐다봤었죠. 저는 똑똑히 알고 있거든요!"

『——엑.』

"이거 봐, 할 말 없지, 자, 다우트! 다이 씨는 음흉한 마음을 품고서 우리 집에 왔어요! 저기요, 그야 저는 그런 쪽은 잘 모르긴 하지만, 그렇다고 아무것도 눈치채지 못할 정도로 둔감하지도 않다고요! 다이 씨가 다락방을 고집했던 건 사실 참고 있었던 거죠? 실제론 밑으로 내려와서 어리광을 부리고 싶었죠? 그 증거로 이렇게 말하려고 했잖아요? 뭐라고 그랬더라, 오히려 크고 부드러워 보여서 제 취향——."『자, 잠깐』"이거잖아요! 가슴이잖아요! 이걸 엄청 좋아하는 거잖아요!"

『지금 무슨 소릴 하는 거예요?!』 지금까지 한 번도 들어본 적 없었던 비명과도 같은 외침이 날아왔다. 『테라 씨가 그런 소릴 하면 안 된다고요, 하지 말아 주세요! 제, 제가요? 테라 씨의 가슴을? 어, 어떻게 하고 싶다니, 그그, 그런, 그런 걸, 어떻게 할 수 있을 리가.』

"엄청나게 동요하고 계시는데요."

『안—했—거—든—요—!』

"했잖아요, 그러고는 틈만 나면 만져댔잖아요! 게다가 셀 수 없이 물었잖아요, 혹시 시집갈 거냐고! 그거 틀림없는 어필이었죠? 제가 아무것도 모를 거라는 생각에 은근슬쩍 치근댔던 거죠? 다 안다고요, 지식이 없어도! 다이 씨 분명 경험자 맞죠? 저를 시험했던 거죠? 전부 알거든요? 뭔가 제가 모르는 짓을 하려고 했다는 걸!"

『그만, 그만해 주세요, 테라 씨, 죄송, 사과할 테니까.』

"그리고 콘돔! 그거 나중에 찾아봤더니 남성용이 아닌 핑거……."

『와아아아아아아악! 네 끝입니다, 저 유죄! 정말 죄송했습니다!』

이젠 그냥 비명이었다. 얼굴을 부여잡고 몸을 젖히고 있다는 걸 절로 알 수 있을 법한 수치심의 절규가 끝난 후에, 『그냥 혹시나 해서였어요…….』라는 조그만 목소리가 이어졌다.

테라는 길고 긴 한숨을 쉬고서 다정하게 말했다.

"그런 다이 씨는 용서 못 해요. 빨리 돌아가 줘요."

조금 시간이 걸렸지만 이어서 돌아온 대답은 훨씬 차분하고 고집스러운 목소리였다.

『싫어요, 구하러 갈 거야. 이젠 이유나 핑계는 아무래도 좋아.』

"제가 싫다 해도?"

『진심으로 싫은가요?』

테라는 입을 열었지만 목소리를 내지 못했다. 낼 수 있을 리 없었다.

받아 든 침묵의 무게와 돌려보낸 침묵의 무게가 기분 좋게 어우

러졌다.

　잠시 후, 아까보다 사무적인 말투로 다이오드가 말을 꺼냈다.

『음— 대안이 떠올랐습니다. 괜찮을까요.』

"……네." 테라는 한 번 숨을 삼키고서 또박또박 대답했다. "좋아요. 뭔가요?"

『먹줄오징어를 놓아줍니다.』

"네?"

『먹줄오징어, 처음에 어획했던 녀석, 아직 배에 실려있는데 풀어 줘 볼게요.』

"왜요?"

『아무래도 움직이는 듯한 느낌이 들어요. 위에서 테라 씨를 때렸던 녀석도 그렇고, 뭔가 오징어가 테라 씨를 노리는 이유가 있는 걸까? 싶어서요. 오징어들이 테라 씨를 쫓아가 준다면 위치를 특정할 수 있으니까요.』

"음— 뭐, 만약 그게 사실이라고 쳐도, 먼저 오징어를 배에서 끄집어내야 하는 데다가, 끄집어내더라도 낙하 속도가 너무 빠르잖아요. 오징어를 쫓아올 수 있겠어요?"

『제가 디컴프레션 하겠습니다. 낙하 형태로.』

　테라는 꿀꺽 침을 삼켰다. 다이오드는 모 아니면 도인 도박을 입에 담았다.

『정교한 형태는 무리더라도, 그저 떨어지기만 하는 형태라면 가능할 거예요. 쫓아가는 데에 성공하면 테라 씨가 제대로 된 형태로 돌려놔 주겠죠.』

"실패하면 다이 씨가 곤두박질칠 뿐이에요. 배가 우지끈하고 와르르 쪼개져서 저보다 먼저 심층에 떨어져 버릴 텐데요? 4000기압에 찌부러져서…… 으으으."

『겁주지 마세요, 릴랙스하지 않으면 디컴프레션 못 하잖아요!』

"잘 알고 있어요. 무섭죠?"

『——무섭지, 않아요.』

스읍, 하고 젤을 깊게 들이마시는 소리가 들렸다.

『테라 씨를 구할 수 있을지도 모르는데, 무섭다는 생각 따위 1밀리도 안 해요.』

무심코 웃고 말았다. 웃었다기보다는 표정이 절로 느슨해졌다.

"다이 씨."

『네.』

"와주세요, 상을 드릴게요."

『——알겠습니다! 전부 받아낼 거예요. 정신 탈압, 디컴프레션 개시, 일단 안테나는 녹일게요.』

통신이 끊어졌다.

테라는 후— 하고 뱃속 깊은 곳에서 숨을 토해내며 몸을 폈다. 그 순간 촤악! 하고 강렬한 호우가 콕핏을 후려쳤고, 견디지 못한 파라포일이 소리도 없이 찢어져 버렸다.

부유감. 자유낙하에 가까운 종단속도로 낙하를 시작했다. 빙글빙글 돌며 낙하하는 조그만 콕핏 속에서 테라는 옆으로 흘러가고, 밑으로 흘러가고, 때로는 소용돌이치는 격렬한 폭풍을 과거 누구보다도 차분하게 바라보았다.

이 폭풍 끝에 또 하나의 별이 있다.

서크스가 이 행성에 도착했던 300년 전의 관측에 의하면 두터운 기체로 이루어진 FBB의 심층에는 대략 35만 년 전에 충돌한 또 다른 고체 행성이 계속 돌고 있다. 아이언 볼이라 이름 붙여진 그 행성이 여러 종류의 원소를 공급하고 심층을 계속 휘젓고 있어서, FBB에는 다양한 구조와 생명이 탄생했고 상층까지 솟아오를 수 있게 됐다는 것이다.

덕분에 베쉬를 잔뜩 잡을 수 있다. 그래서 우리는 이 별에서 살아갈 수 있다. 멋진 일이죠, 감사한 일이죠, 초등 순항생 시절부터 줄곧 교육받아 왔던 말이다.

테라는 그런 걸까, 싶었다. 아니, 그렇지 않잖아.

이곳은 좁은 세계다. 광역 문명과 동떨어졌고, 인구도 고작 30만밖에 안 되는 작은 세계. 인습에 얽매인, 오래된 씨족 사회. 맞선을 보고, 결혼을 하고, 아이를 낳는 인생. ——인생의 길을 남이 정해주고, 그걸 거부하면 또 다른 걸 강요당하고, 자유는 언제나 다른 누군가가 쥐여주거나 허락을 받아야 하고, 도망치면 총에 맞는다.

그리고 자신도, 그녀도, 이런 위험천만한 장소에 오게 될 때까지 진짜 속마음을 말하지 못했다. 여기 와서 처음 깨달았다. 자신들은 망설일 필요도 없는 걸 망설이고 있었다는 걸.

좋아하는 사람에게, 곁으로 와 달라고 말하는 것을.

입으로 내고 말았고, 듣고 말았다. 잊어버린 척할 수는 있어도 없던 일로 만들 수는 없다. 이제 집으로 돌아가면 동거의 의미가 달라진다. 엔데바 씨족에선, 그리고 물론 겐도 씨족에서도 없던 일로 말소해 버렸던 그런 관계가 된다. 그건 어떤 느낌일까? 역시 해서는 안 되는 일을 하는 듯한 느낌에 조마조마하며 숨겨야만 하는 걸까?

아니—— 그럴 필요는 없어.

그녀는 처음부터 먼 곳을 바라보고 있었다. 별 바깥까지 가고 싶다고. 테라가 물었을 때 대답해 주지 않았던 이유도 지금이라면 알 수 있다.

——나한테 가고 싶지 않다는 말을 듣게 되는 게 두려웠던 거다.

그러니 따라가면 된다. X자형 날개를 펼친 커다란 새를 타고, 범은하 왕래권의 끝까지라도.

망설일 이유는 하나도 없다.

그렇게 마음을 먹자, 과거 그 어떤 때보다도 마음이 활짝 열렸다.

디컴프레션. 테라의 콕핏의 겉껍데기가 꿈틀거렸다. 불과 1리터 정도 남았을 뿐인 AMC 점토가 가늘고 길게 뻗어나갔다. 미크론 단위의 굵기로, 킬로미터 단위의 긴 섬유로 변해서.

폭풍 속에서 떠내려가고, 펄럭이고, 나부꼈다. 겨우 지름 500미터밖에 안 되는 그 그물이 두 사람의 운명을 좌우할 가능성은 있었다. 어디까지나 가능성은.

톡, 하고 그물 끝에 무언가가 접촉했다. 그 생각이 든 순간 쿠웅, 하고 콕핏이 위로 당겨 올려졌다. 벽 바깥에 2인용 테이블만 한 광물질 안구가 달라붙었다. 뒤룩뒤룩 눈을 굴리며 안쪽을 들여다보고, 촉수로 단단히 붙들었다.

먹줄오징어!

테라가 펼쳤던 섬유에 닿은 것이다. 그걸 거슬러 와서 여기까지 도달했다.

이 오징어가 왔다는 뜻은——.

다음 순간엔 폭풍 위쪽에서 굴러떨어진 거대하고 볼품없는 점토 덩어리가 오징어를 날려버리며 콕핏을 집어삼키려 들었고.

휙, 스쳐 지나갔다.

"——다이 씨!"

눈으로 보였던 건 아니다. 검은 핑크색의 희끄무레하고 거대한 무언가가 바로 옆을 스쳐 지나갔을 뿐이다. 하지만 그게 필러 보트임을 알 수 있었다. 손상이 있었다는 것도 알았다. 아니, 손상이라고 해야 할까, 우지끈하고 와르르 쪼개져서 13만 톤의 점토 중 극히 일부분, 마지막으로 남은 작은 파편뿐이었다는 걸 디컴퍼인 테라는 똑똑히 알 수 있었다.

그 안에는 디컴프레션에 실패해서 대답하지 못하는 상태가 된 소녀가 들어 있다.

"다이 씨이이이이이이이이이이이이이이이."

후웅! 하고 충격파를 몰아치며 오징어와 필러 보트가 떨어진다. 쿠릉쿠릉 바람이 세차게 불고, 빙글빙글 콕핏이 회전했다. 테라는 외쳤다. 계속해서 외칠 수밖에 없었다.

"다이 씨…… 다이 씨……!"

눈물은 젤에 빨려들어갔고, 멀어져가는 점은 시야에서 떠날 줄 몰랐다. 모든 의식을 밑으로 쏟는다. 그녀를 따라가기 위해서, 그녀에게 닿기 위해서. 쫓아오지 말라고 내쫓을 걸 그랬다는 생각은 털끝만큼도 들지 않았다. 만약 그랬다면 그녀가 이런 기분에 시달리고 있었을 테니까.

도박은 실패했다. 하지만 자신들은 해냈다. 지금은 그저 쫓아가는 것만으로도 충분하다.

최후의 디컴프레션. 부드럽게 퍼져있던 섬유를 하나로 짜내서, 떨어져 내리는 콕핏 밑면은 둥글게, 위로는 꼬리를 길게 뻗은 모양으로 만들었다. 누적형, 티어드롭 타입.

"잠깐만 기다려 주세요── 서두를게요."

콕핏은 속도를 붙여 물과 황화암모늄과 황화수소암모늄의 무거운 구름 속으로 떨어졌다. 심도계는 막힘없이 쭉쭉 위로 올라갔고, 기압계는 당연하다는 듯이 그 뒤를 따르고, 겉껍질이 삐걱삐걱 소리를 내고, 또다시 수압통이 찾아오고, 어디선가 무언가가 깨졌고, 무언가가 뿜어져 나오고, 젤에서 맡아본 적 없는 냄새가 섞여 들기 시작하는 와중에 테라는 이를 악물고서 바로 밑에 있는 암흑에 희미하게 일렁이는 얼룩을 욱신거리는 눈으로 계속 바라보았다.

이윽고 어렴풋이 밝아졌다.

눈을 감아도 그 빛은 보였다. 점점 빛이 강해지며 테라의 몸도 마음도 삼켜버리고——.

"지금은 몇 년이지?"

그런 질문을 해왔다.

나뭇잎 사이로 햇빛이 비쳐 드는 무성한 나무숲 안쪽에서 30대 초반쯤으로 보이는 백의의 여성이 부엽토가 깔린 땅을 밟으며 다가왔다. 저절로 반짝이는 것처럼 늠름하고 산뜻하게 쳐올린 숏컷 헤어스타일. 작은 체구에 안경을 쓰고 샌들을 신고서 우주에서 가장 자신감이 넘치는 사람인 것처럼 당당하게 가슴을 펴고 있었다.

테라는 눈을 껌뻑이며 그녀를 보았고, 상처 하나 없는 자기 손바닥을 유심히 바라보다가, 풀빛과 황금빛이 섞인 덱 드레스에 더러워진 곳도 찢어진 곳도 없다는 걸 확인했고, 담쟁이덩굴이 얽힌 돌을 쌓아 만든 성벽과 바퀴가 망가진 채 짐칸이 기울어져 있는 짐마차에 눈길을 돌렸다가, 허둥지둥 도망가는 말과 주변 일대를 가득 덮은 들꽃을 보았다.

아무리 봐도 『아이다호』의 서고다. 머릿속이 새하얘져서 "엥……?" 하고 우두커니 서 있었다.

곁으로 다가온 여성이 흥미로운 듯 테라 주위를 한 바퀴 돌며 "사고? 자살? 아니면 그 외 다른 이유인가?"라고 물었다. 테라는 "네에……?" 하고 곤혹스러워서 뒷걸음질 칠 뿐이었다. 결국 콕핏이 부서져서 세상을 하직한 줄로만 알았는데.

문득 사람은 죽음의 순간에 초고속으로 생전의 꿈을 꾼다는 얘기가 떠올랐다. 이게 그것일까.

그런 것치고는 모르는 여성이었다. 소중한 사람을 생각하고 싶은데 이런 사람이 끼어드는 건 달갑지 않았다.

"뭐예요? 누구세요?"

"나? 나는 에다. 드라이에다 데 라 루시드, 성간 생물학 일등 박사, 서크스의 초대 선단장이야. 그리고 베쉬의 아버지."

"어? 네?"

돌아온 대답은 도저히 이해할 수 없는 정보들로 가득해서 테라는 한층 더 당황하고 말았다. 불안해져서 "다이 씨……." 하고 주변을 둘러보았지만, 이 상황 자체가 현실도피가 만들어 낸 환각일지도 모르니, 그게 의미가 있는 행동인지조차도 알 수 없어졌다.

그런데 상당히 유의미한 행동이었나 보다.

에다라고 스스로를 소개한 여자가 "엇차, 기다려 봐. 지금 한 명 더 붙잡았어. 네가 만나고 싶어 하는 사람이 이 애야?" 하고 돌벽 너머로 걸어가더니, 다시 돌아올 때는 다이아몬드와 흑연을 박아 넣은 드레스 차림의 소녀를 안고 있었다.

"——다이 씨!"

테라는 마치 빼앗듯이 그녀를 받아선 창백하고 매끈한 얼굴을 어루만졌다. 긴 속눈썹 밑의 눈은 닫혀 있었지만 조그맣게 숨을 쉬고 있었고, 몸은 따뜻하고 부드러웠다.

"다이 씨! ……다행이다……!"

팽팽하게 당겨져 있던 긴장이 탁 풀려서 테라는 그 자리에 주저

앉아 울음을 터트렸다.

"그렇다는 건 이 아이를 구하러 온 거구나."

에다는 옆에 있는 낮은 석벽에 걸터앉아서 다리를 꼬았다.

이윽고 어느 정도 감정을 추스른 테라는 얼굴을 닦고서 에다를 올려다보았다.

"당신이 우릴 구해준 건가요?——아니, 이거 구해준 거 맞아요?"

"나는 디컴퍼랑만 대화할 수 있어. 그래서 그 아이는 지금 덤 취급이 되겠지만 그 질문에 대답하자면—— 맞아, 구한 거야. 뇌를 언어로 속박하지 않고서 사용할 수 있는 사람들만이 도달할 수 있는 상념의 정원. 탈압(디컴프레션) 정신 속이야. 안심해."

하지만 테라는 그 말을 듣고서 오히려 미묘한 기분이 들었다. 무사한 다이오드를 품에 안고서 지금 이게 현실이라면 좋겠다고 생각하던 참인데 눈앞의 여자는 그렇지 않다고 말하는 것처럼 들렸으니까.

"디컴프레션 안? 꿈……이라는 뜻?"

"꿈이 아니야. 디컴프레션으로 모양을 바꾸는 필러 보트가 꿈이 아닌 것처럼. 전 질량 가변 점토가 변형해서 하나의 무대를 만들고, 배우를 움직이기 시작했다고 치면 그건 꿈이라고 생각해?"

"꿈……은 아닐지도 모르지만" 테라는 뭔가를 깨닫고 입을 열었다. "점토? 그럼, 저는요? 육체는?"

"너는 지금 자신과 그 아이가 진짜 몸이 아닌 것처럼 느껴져?"

"그런 느낌은…… 없어요……."

"그럼 된 거 아니야?"

싱긋 미소 지으며 하는 말에 테라는 어떻게 생각해야 좋을지 알 수 없어졌다.

"뭐, 얘기를 바꿀까."

여성은 석벽에서 폴짝 뛰어내려 테라 앞에 쭈그려 앉았다.

"네 이름을 물어봐도 돼?"

"테라. 테라 인터콘티넨털 엔데바……."

"오— 엔데바 씨족은 아직 이어지고 있구나, 축하해."

"당신은 에다라고 했죠?『폭재 에다』랑 관계있어요?"

"그게 나야. 이야— 하하하, 오랜만에 들으니까 기쁘면서도 부끄럽네. 지금은 몇 년?"

"지금은 CC 304년이잖아요."

"그렇구나, 300주년은 자다가 놓쳐버렸나. 뭐, 15년 넘게 사람이 떨어져 내리지 않은 건 좋은 일이야."

"15년?" 그러고 보니 그때쯤에 사람이 떨어진 사고가 있었다. "그때부터 지금까지 잤다고요……? 사람이 떨어져 내려오면 깨어나는 거예요?"

"맞아, 평소엔 자고 있어. 그리고 무슨 일이 생겼을 땐 나를 깨우지."

"누가요?"

"아이언 볼이."

테라는 가만히 그녀를 응시했다. 아까부터 이것저것 놀라운 정보가 툭툭 튀어나와서 테라에게 연타를 먹이고 있었지만, 이번 펀치는 특히나 컸다.

에다도 테라를 마주 보며 생긋 웃었다.

"뭐, 밥이라도 먹으면서 얘기하지 않을래?"

밥이나 먹고 있을 상황이 아닐 텐데도, 정말로 그런지 알 수 없어져서 손짓하는 대로 순순히 돌담에 앉았다. 에다는 망가진 마차에서 바구니를 꺼내왔다. 지금 이 뭐가 뭔지 아직 이해가 잘 안 가는 세계에 불안한 느낌을 받으면서도 권하는 대로 오이 라이크와 치즈 라이크가 들어간 샌드위치를 먹고는 그 신선한 맛에 감탄했다. 303년 전의 프린터가 이렇게나 고성능이라는 점을 순수하게 칭찬했더니, 프린트가 아니라며 에다가 웃었다.

" '라이크'가 아니고 음식이야. 초창기 시절엔 아직 살아 있었던 진짜 오이와 소에서 나온 산물이지."

"……지금 식재료는 전부 리사이클 유기물이고, 요리는 전부 프린터 인쇄예요."

"뭐, 원소를 얻기 힘든 궤도 위에서 열심히 하고 있다고 생각해. 이곳에서 이런 걸 먹을 수 있는 건 디컴프레션 덕분이야."

냠, 하고 샌드위치를 베어 무는 에다에게 "디컴프레션은……."

하고 테라가 중얼거렸다.

"디컴프레션이란 대체 뭔가요?"

"음, 그 점을 짚고 넘어간다는 건 참 훌륭해. 인간으로서의 사고, 즉 언어 영역의 구동을 일시적으로 최저 수준까지 떨어뜨리는 대가로 조형 능력을 극한까지 끌어올려 점토에 형태를 부여한다. '배의 형태를 상상하는 대로', 그게 바로 디컴프레션이라고 서크스는 믿고 있지. ……하지만 정말로 그게 인간한테 가능하다고 생각해?"

"생각하냐고 물어도, 실제로 우리는 그렇게 하고 있으니……."

"하고 있다고 생각하는 거지. 점토가 상상한 대로 변형하니까."

인간이 하는 게 아니라고 한다면, 또 한 가지의 가능성을 깨닫고 테라는 경악했다.

"……점토가 살아 있어서 인간한테 맞춰주고 있어?"

"바로 그거지."

에다가 손가락을 펴면서 윙크했다.

"심층 회유 행성 아이언 볼. 이건 원래 수천만 년 전에 FBB에 찾아온 한 마리의 거대한 생물이었어. 다만 이 생물은 본의 아니게 추락하고 만 모양이야. 중력이 강한 이 별에서 그는 계속 탈출하려고 애써왔어. 최근 들어서 인류라는 살아있는 생물이 찾아왔기 때문에 그는 이 조그마한 녀석들을 이용해서 조금씩 별 바깥으로 나가기로 했어. 그게 '인간에게 일부러 어획당해 수출된다'는 방법이었던 거야."

"그런 짓을 해왔던 건가요?" 그렇게 말한 테라는 말을 고쳤다. "우리는 그런 짓을 하고 있었던 건가요?" 말하고 나서 다시 한번 고쳐 말했다. "점토로 잘게 나눠지고, 대부분은 연료가 되거나 건축 자재가 되고, 그런 다음 타신냐오로 운반되는데 그래도 괜찮은 건가요?"

"해양계 행성에 이식된 개복치류는 3억 개의 알을 낳지—— 그중 99퍼센트 이상이 천적의 식사가 되고 말지만, 개복치가 그걸 신경 쓴다는 보고는 아직까진 없네."

"……아이언 볼은 개복치처럼 생긴 물고기인가요?"

"오, 개복치를 알아들었어. 너, 잘 아는구나?" 에다는 기쁜 듯이 손을 비볐다. "생존 전략 면에선 다산다사(多産多死)의 경향이 있으니 비슷하다고 생각해. 하지만 생물학적으로는 지구산 어류와는 관련 없어. 그게 이렇게 된 건…… 뭐."

"아까 당신은 베쉬의 아버지라고 했죠."

테라가 지적하자 에다는 왠지 히죽히죽 웃으면서 으스댔다.

"그래…… 내가 했지. 정보를 뿌렸거든. 유체 속을 회유, 표류, 부유, 부침하기에 적절한 생명 플랜으로 이런 게 있다는 정보를. 지금까지 베이크라는 재료를 살포하고 있었을 뿐이었던 이 녀석은 거기서 아이디어를 얻어서 베쉬를 팍팍 낳기 시작한 거지. ——그래서 내가 아빠. 아이언 볼이 엄마야."

"그러면 그녀라고 불러줘야죠."

"맞는 말이야."

쿡쿡쿡, 에다는 즐거운 듯이 웃었다.

그 활달한 모습을 보면서 테라는 품 안에 있는 소녀에게서 예전에 들었던 얘기를 떠올렸다.

"당신에겐 다른 반려가 있지 않았어요?"

에다가 웃음을 멈추고서 흥미롭다는 듯이 테라를 보았다.

"알아?"

"초대 선단장은 또 한 명, 마기리라는 여자가 있었고, 당신과 결혼했다고 들었어요."

"잘 알고 있잖아. 그 얘기를 듣는 건 200년 만이려나. 어디서 알았어?"

"『아이다호』 10년 층, 골동선 구역 서고에서."

"와오, 여기잖아. 무슨 우연이래~."

"와오가 아니라고요. 그 마기리 씨는 어디 계시나요? 아이언 볼에 머무르고 있는 건…… 바람 피는 거 아닌가요?"

에다는 푸웃, 하고 뿜으며 배를 잡고 웃었다.

"바람, 바람이래! 하하하하하, 그런 소리 처음 들었어! 하긴 뭐, 맞는 말이긴 한데, 다른 여자랑 애를 만드는 바람에 쭉 안 돌아갔거든."

"웃을 일이……."

"뭐, 돌아갈 수 없었던 거지만. 죽었으니까. 마기리도 부르지 않았어, 죽을 테니까."

테라는 말을 잇지 못했다.

"CC 8년에 실수하는 바람에 떨어져 버려서 아까 전 너처럼 기압에 눌려 죽을 뻔했던 찰나에 볼짱이 주워줬어. 이런저런 일이 있어서 최종적으로는 그 녀석의 디컴프레션 능력으로 사고 소통에 성공했고, 베쉬를 내보내거나 사람을 줍거나 할 수 있게 됐어. 다만 이건 역시 내 인격이 남아 있기 때문에 가능한 일이거든. ——내가 로그오프하고 위로 돌아가 버리면 아마 베쉬도 사라져 버리겠네."

"그런…… 그럴 수가."

예전의 테라라면 망설이거나 고민했겠지.

하지만 지금 테라의 반응은 오직 하나였다.

"전부 내동댕이치고 돌아가면 됐었잖아요!"

"오호."

에다는 몸을 뒤로 젖히며 재미있다는 듯이 말했다.

"그러면 어업은 괴멸하고, 기껏 궤도에 오른 서크스의 생활도 망가져 버릴 텐데?"

"그런 건 알 바 아니잖아요!"

"행성에서 탈출할 수 없게 되면 아이언 볼도 협력해 주지 않아."

"그래서 뭐가 어쨌다는 건가요?"

테라는 다이오드를 꽉 안으며 전설의 선단장을 노려보았다.

"마기리 씨 곁으로! 돌아갔어야 해요! 그밖에 뭐가 어떻게 되든!"
"단호하네―. 너 딱 잘라 말하는구나."

응응, 하고 고개를 주억거리고 나서 에다는 작은 꽃잎 같은 미소를 지었다.

"그 말은 마기리 녀석한테도 들려주고 싶었는데."
"――."

테라는 그 말이 천천히 스며들어 오는 걸 느꼈고, 그리고 얼굴이 새빨개져서 고개를 숙였다.

자기가 한 말은 마기리에게도 완전히 동일하게 해당하는 말이었다. 어류를 닮은 베쉬가 갑자기 나타나기 시작한 걸 보고서 그녀는 분명 깨달았을 것이다. 누구보다 사랑하는 반려가 깊은 대기 바닥에 아직 존재하고 있다는 사실을. 죽음과 미지의 베일 속에서 어떤 시스템이 작동하고 있는지는 몰라도, 그곳으로 가면 똑같은 존재가 될 수 있다는 걸 눈치챘을 터였다.

하지만 그녀는 오지 않았다.

에다가 돌아가지 않았던 것과 마찬가지로. 궤도에 오르기 시작한 주민들의 생활을 유지하기 위해서. 그리고 타신냐오를 불러와 교역을 시작하기 위해서.

그런 두 사람에게―― 자신은 지금, 다 안다는 얼굴로 무슨 소릴 지껄인 걸까.

"에다 씨, 저기."

"그래그래."

"죄송해요오오오오."

"됐어됐어."

울음을 터트리는 테라에게 에다는 활짝 웃는 얼굴을 반짝였다.

"지금 말은 진짜로 속이 시원했어. 300년어치 품삯을 받은 기분이야."

"하아……."

"그 녀석을 봐서 너희는 위로 잘 돌려보내 줄게."

"돌려…… 아니, 돌아갈 수 있는 거예요? 살아있는 상태로?!"

"응. 이젝터를 성층권까지 쏘아 올리는 아이언 볼 입장에선 너희 보트 정도야 식은 죽 먹기니까." 그렇게 말한 다음 어째선지 에다는 다른 쪽을 돌아보며 중얼중얼 말했다. "오징어가 너한테 펀치를 날렸던 건 이 폭재에겐 통한의 실수였거든, 뭐 물고기를 죽여대는 녀석들을 어부인 디컴퍼가 구조한다는 사태는 상상하지 못하긴 했지만."

"저기, 에다 씨?"

"아냐— 아무것도." 다시 고개를 돌리며 에다가 생글생글 웃었다. "너희는 신경 안 써도 돼."

"그렇게 말씀하셔도 당신을 여기 두고 우리만 돌아가는 건 죄송해요……."

"아, 그걸 신경 쓰는구나? 아니 됐어, 베쉬를 못 만들잖아? 게

다가 너희를 남기고 내가 돌아가 봤자 그 녀석은 이미 세상에 없으니까. 오히려 다른 사람들이 너희를 생각하며 슬퍼하고 있을 테니."

"슬퍼할지 어떨지는 잘 모르겠지만……."

"그래? 뭐, 그렇다고 쳐도 배려할 필요 없어. 최종적으로 아이언 볼이 전부 바깥으로 나오고 나면 나도 같이 나가게 될 테니까."

"그렇게…… 되는 건가요?"

"응응, 그렇다니깐. 뭐, 아직은 먼일일지도 모르지만 말이지. 나는 밖으로 나갈 생각이야. ——마기리도 그런 생각으로 어업을 발전시켜 주지 않았을까 생각해."

"그렇구나. 에다 씨, 자면서 살 수 있는 거였죠."

"맞아맞아. 어쩌면 체감 시간으로 따지면 너희가 죽는 것보다도 먼저 내가 밖으로 나가게 될지도 몰라."

그녀의 말이 전부 사실인지 아닌지 확인할 방법은 없지만, 테라는 그저 웃음으로 대답을 대신하기로 했다.

"그러네요. 에다 씨가 분명 더 먼저 밖으로 나갈 수 있겠죠."

에다의 재촉에 테라는 몸을 일으켜 서고 출구로 걸어갔다. 나무 숲 안에서 아름다운 갈기를 가진 말이 따라왔다. 사후 세계 같은 불길함은 더 이상 느껴지지 않았다. 이곳은 바람이 잘 통하는 멋진 장소였다.

에다가 곁눈질로 다이오드의 얼굴을 힐끗 보고서 말했다.

"그나저나 테라 쨩, 있잖아."

"쨩?"

"나는 삼백스물세 살이라고. 테라 쨩, 아까 자기가 죽어도 사람들은 슬퍼하지 않는다는 것처럼 말했지. 혹시…… 고생하고 있어? 이 아이 일로?"

테라는 세 살쯤 연상으로밖에 안 보이는 여성 앞에서 "아뇨? 전혀요."라고 즐겁게 고개를 가로저었다.

"좋은걸." 쿡쿡 마주 웃었다. "좋아. 내가 줍는 애는 애초에 디컴퍼밖에 없으니까 마음에 드는 경우가 많지만 너는 특히 마음에 들어. 이걸 가져가."

그 말을 하며 에다는 곁에 선 말의 꼬리를 잡고 힘껏 잡아당겼다. 으왓, 하고 테라는 도망칠 뻔했다가 간신히 참았다. 말은 화내지 않고 가만히 서 있었고, 에다의 손에는 금빛 털 한 뭉치가 있었다. 멍하니 있는 테라에게 그걸 건네면서 히죽히죽 웃는 얼굴로 의미심장하게 속삭였다.

"타신냐오는 2년에 한 번 찾아오지. 하지만 성계에서 나갈 방법이 그것밖에 없다는 건 이상하지 않아?"

"듣고 보니 그러네요. 그것 말고도 방법이 있나요?"

"이게 그거야. 알아? 말의 꼬리를 쥔 여자는 굉장히 빨리 날 수 있어." 에다가 살짝 부슬부슬한 긴 털을 손가락으로 빗었다. "만약 고생이 너무 심해져서 손 쓸 도리가 없게 되면 이 녀석을 잡아

당겨 봐. 선단장 코드로 『아이다호』 초기 층이 분리돼. 광관환을 기동시키면 가장 가까운 추크슈피체 성계까지 단 2주야."

테라는 깜짝 놀라 숨을 삼켰다. "그게…… 정말, 인가요……." 하고 말을 더듬었다.

"우리가 나가 버리면 베쉬 수출이 줄어들잖아요!"

"그딴 건 알 바 아니야."

"……."

"그렇잖아?"

테라는 다이오드를 어깨에 메고서 비어 있는 다른 쪽 손을 에다에게 내밀었다. 에다도 기꺼이 품 안으로 들어와 주었다.

"정말 고맙습니다……!"

"좋아좋아."

테라의 팔을 토닥토닥 두드려 주고 에다는 서고의 출구에 섰다. 궤도 위에 있는 『아이다호』의 서고와는 달리 이곳의 출구는 빛나는 문이었다.

"자, 어서 가. 잊어버린 거 없지?"

"또 찾아와도 될까요?"

에다는 백의 주머니에 양손을 찔러넣은 채로 테라의 등 뒤로 돌아가, 샌들을 신은 다리로 엉덩이를 퍽, 걷어찼다.

"될 리가 없잖아, 바보야!"

와당탕! 같은 효과음이 들려야 할 것 같은 느낌으로, 엄청나게 큰 잔해가 테라의 머리 위에 떨어졌다. 충격 탓에 조그만 콕핏이 폭풍 안쪽으로 날아가 버릴 뻔했지만, 아슬아슬하게 남아있던 점토의 소성(塑性) 덕에 안으로 꿀꺽 삼켜졌다.

"으핫! 아차차……."

출렁출렁 흔들리는 체액성 젤 안에서 어지러울 정도로 흔들리며 테라는 정신을 차렸다. 새빨개졌던 VUI 점토 미터기가 오렌지 색깔 수준까지 회복되어 있었다. 아니, 그런 것보다.

"다이 씨!"

정보 동기가 부활해서 몇십 장이 한꺼번에 열린 VUI 패널 너머에 또 하나의 콕핏이 보였다. 테라는 반사적으로 경계벽에 달라붙었다.

"선내 기기, 콕핏 수압을 동기화해서 물리 결합!"

곧바로 두 개의 콕핏이 연결됐다. 왈칵 흘러들어오는 젤의 탁류와 이상한 냄새에 얼굴을 찌푸리면서 테라는 연결된 콕핏으로 넘어가 축 늘어져 있는 조그만 몸을 안아 올렸다.

"괜찮은가요! 숨은 쉴 수 있어요?!"

물어볼 필요도 없이 다이오드는 자신의 토사물로 인해 호흡곤란을 일으키고 있었다. 테라는 한 번도 직접 경험해 본 적 없지만 순항생 시절에 똑같은 트러블을 겪는 모습을 여러 번 보았다. 디컴프레션 실패다. '배의 형태를 상상하는 대로' 만들려고 했으나 새로운 입체상을 구축하지 못한 것이다. AMC 점토가 상상을 흡수하지 못하고 무질서하게 변형. 배는 두 조각을 넘어 무수하게 분열. 자기가 그려낸 상상을 잃어버리는 과정이 그대로 백 러시해서 디컴퍼의 체성감각을 교란한다. 자기 몸이, 팔이, 다리가, 머리가, 어디 있는지 어떤 방향에 있는지 알 수 없어진다.

 그다음은 우주에서든 공중에서든 수중에서든 정해진 코스를 겪게 된다. 공간정위상실,^{버티고 (Vertigo)} 극심한 멀미, 격렬한 구토감으로 인한 행동 능력 상실.

 "테라 씨…… 됐어요." 접촉을 느낀 다이오드가 몸부림치며 밀어내려고 했다. "더러워요, 젤이."

 "그런 건 괜찮으니까!"

 테라는 공중으로 크게 손가락을 휘저었다. 전량 교환 제스처. 펌프가 돌아가며 벽 쪽 순환구가 몸을 때리는 듯한 기세로 젤을 뱉어내기 시작하자, 다이오드의 몸을 통째로 안고 배를 꾹꾹 누르며 "자 뱉어요! 마셔!" 완력으로 항의를 묵살하듯 억지로 다이오드의 호흡기를 씻어냈다.

 "어때요, 괜찮아요?!"

 "테라 씨……." 숨이 끊어질 것처럼 헐떡이면서 얼굴이 끈적끈적해진 다이오드가 불만스럽게 노려봤다. "무슨 그런 무드 없는 인공호흡이 다 있어요?"

 테라는 말도 없이 키스했다.

부피로 따지면 자신의 절반 정도밖에 안 되는 소녀의 몸을 단단히 끌어안고서 길고 긴 입맞춤을 한 뒤, 서서히 얼굴을 떼고서 바라보았다. 다이오드는 놀라서 눈이 휘둥그레져 있었다.

"무, 슨…….."

"저, 지금 게 태어나서 처음 해본 거니까요."

안 그래도 허둥대고 있던 다이오드를 그 한마디로 완전히 입 다물게 만들고는 시트에 앉힌 후, 자신은 그 앞에 섰다. 디컴퍼 UI를 이쪽 콕핏으로 끌어오고서 VUI를 4단이나 전개. 산산이 부서진 필러 보트의 현황을 파악하고, 엉망진창이 된 구조와 성분을 성실하고 충실하게 뇌리에 저장했다.

"익숙하지 않은 디컴프레션을 하느라 수고하셨어요. 여기까지 배를 가져와 주셔서 정말로 감사합니다."

"네, 네에……?"

"그에 비하면 보잘것없긴 하지만, 저도 노력할게요."

디컴프레션. 2000톤을 부드럽게 녹여 내렸다.

흘러내리는 점토를 매끄럽게 재구성한다. 전질량을 세로 한 줄로 잇고, 바닥에는 거대한 노즐을 열었다. 노즈콘을 뾰족하게 돌출시킨 뒤, 꼭대기에 보이는 희미한 푸른빛을 노렸다.

80미터의 고체 로켓 부스터가 모습을 드러냈다. 온전한 필러 보트의 어마어마한 파워에는 미치지 못하지만 2인승 우주선이라고 치면 충분한 정도다. 서크스 궤도까지 상승하는 건 불가능해도,

행성을 반 바퀴 도는 수준의 탄도 궤도까진 올라갈 수 있다.

올라간 다음 떨어질 때까지, 그 사이에 열여섯 씨족 중 누군가에게 구조를 요청하는 건 충분히 걸어볼 만한 도박이 분명했다.

"이런 건 어떤가요?"

가볍게 뒤를 돌아보자, 다이오드는 눈을 훔치며 울고 있었다.

"무슨 일이에요?"

"테라 씨, 테라 씨."

처음으로 고기잡이를 나갔던 날부터, 절대로 울지 않겠다는 고집을 무너뜨리지 않은 채로 울던 기 센 소녀가 지금은 기쁨으로 얼굴을 마구 일그러뜨리고서 눈물을 흩뿌리고 있었다.

"실패, 하지 않았어. 다, 다행이야."

"네?"

"떨어졌었잖아요. 저도, 테라 씨도." 흐끅흐끅 흐느끼던 다이오드가 마침내 참지 못하고 힘껏 끌어안았다. "둘이서 뿔뿔이, 손도 잡지 못하고, 새, 새까만 바닥으로, 으아아아아앙!"

가슴에 얼굴을 꾹꾹 비벼대는 다이오드를 테라는 놀라서 가만히 받아주었다. 확실히 그랬던 기억이 있다. 있지만 단호하게 무시하고 있었다. 그런 게 사실이었을 리가 없으니까.

그러나——.

"선내 기기. 최근 한 시간의 외부 기압 로그 표시."

명령에 따라 표시된 VUI는 32분 전에 4038기압을 기록하고 있었다.

테라는 조용히 눈을 감고서 왼손 손가락을 문질렀다. 왼손엔 아무것도 없었지만 부슬부슬한 털의 감촉이 아직도 선명했다.

"——다이 씨."

"테라 씨! 테라 씨이이이!"

"네네, 진정해요." 테라는 가느다란 어깨를 안아 주었다. 이 촉감, 살아 있는 몸뚱이가 주는 존재감은 그 사람이 결국 손에 넣지 못했던 것. 그렇기 때문에 쥐여준 선물. "아직도 배는 낙하하고 있어요. 또 똑같은 경험을 되풀이할 생각이에요?"

뚝 울음을 그친 다이오드가 도리도리 고개를 저었다.

"그럼, 날게 해줘야죠."

"……네, 네에."

다이오드는 연주를 시작하기 직전의 피아니스트처럼 양손을 크게 펼치더니 천천히 내렸다. 트위스터 VUI를 전개, 로켓의 날개깃을 바람에 대보며 비행 특성을 파악했다. 처음 보는 짐승을 훈육하는 일이나 마찬가지일 텐데, 2000톤의 기수를 가볍게 쓰다듬어 준 것만으로도 아주 깔끔하게 올바른 위치로 방향을 잡았다.

언제나처럼 커다란 재능의 편린을 보여준 트위스터, 하지만 아직까진 평소의 그녀가 아니었다. 어깨너머로 돌아보는 다크 블루의 눈동자는 뚜렷한 불안으로 흔들리고 있었다.

"괜찮, 은가요?"

"뭐가요?"

"저랑 돌아가면 분명 또 그 녀석들이 올 테고, 사람들도 역시나, 일 테고."

테라의 얼굴을 보더니 이내 고개를 수그렸고, 다시 보더니 고개를 푹 숙인다. 지금까지 몇 번이나 봐 왔던 가장 약한 그녀의 얼굴.

"……그런, 거예요. 저와 함께 가준다는 의미는."

"다이 씨."

"넷?"

전기가 통한 것처럼 움찔, 몸을 떨며 뒤돌아보는 그녀에게 응응, 하고 입술을 내밀었다.

"전부 받아내겠다고 하지 않았어요?"

"……에잇!"

기대했던 대로 다이오드의 첫 강탈이 찾아왔다.

조그만 화룡 같은 강한 포옹이었다. 지금까지 건방지거나, 허세를 부리거나, 우는 소리만 들려주던 사랑스러운 입술로부터 처음 겪어보는 뜨거운 숨결이 테라의 안으로 들어왔다. 믿을 수 없을 정도의 행복감이 정수리 끝부터 팔다리 끝까지 쭉 퍼져나가 몸속의 심지를 모조리 녹여버렸다.

하아, 하고 얼굴을 떼고서 올려다본 다이오드의 눈동자엔 샛별이 깃들어 있었다.

"불만 말하기 없기예요, 지금 건 테라 씨가 꼬신 거니까요."

"네…… 네헤……."

대답하는 테라는 이미 서 있지도 못했다. 물에 푹 담근 꽃다발처럼 커다란 몸을 축 늘어뜨리며 젤 위를 떠다녔다.

"그러면 가볼까요." 소녀가 빙글 몸을 나부끼며 결심이 서린 눈을 하늘로 향했다. "어부도 될 수 없는 빌어먹을 세상이지만, 당신이 와준다면 견뎌내 보이겠어요."

"아니요." 테라는 희미하게 속삭였다. "말이 있어요."

"네?"

다이오드가 살짝 돌아보았다. 테라는 쿡쿡 웃음소리를 흘렸.

"나중에 가르쳐 드릴게요."

그 말을 하고서 가르쳐 주지 않은 적이 없었다. 나중에 들려줄 말을 기대하지 않았던 적이 없었다.

두 사람은 마주 보고 크게 고개를 끄덕이고서 각자의 패널에 양손을 펼쳤다.

구두 끝으로 바닥을 톡톡 두드리며, 유성의 궤적을 그리듯 한 손을 휘둘렀다.

폭발하는 빛이 심연을 박차올랐다.

트윈스타 사이클론 런어웨이 1

2025년 05월 15일 제1판 인쇄
2025년 05월 20일 제1판 발행

지음 오가와 잇스이 | **일러스트** 모치즈키 케이

옮김 정백송

제작 · 편집 코믹 레인 편집부

발행 데이즈엔터(주)
등록번호 제 2023-000035호
주소 07551 서울특별시 강서구 양천로 570 NH서울타워 19층
대표전화 02-2013-5665

ISBN 979-11-380-5908-4
ISBN 979-11-380-5907-7 (세트)

TWINSTAR CYCLONE RUNAWAY ⓒ 2020 Issui Ogawa
This book is published by arrangement with Hayakawa Publishing Corporation
through Imprima Korea Agency.

Illustration ⓒ 2020 Kei Mochizuki

이 책의 한국어판 저작권은 데이즈엔터(주)에 있습니다.
저작권법으로 한국 내에서 보호를 받는 저작물이므로 무단 전재와 무단 복제를 금합니다.

구매 시 파손된 도서는 구매처에서 교환하실 수 있습니다.
기타 불편사항, 문의사항이 있으신 독자님께서는 노블엔진 홈페이지
[http://novelengine.com] 에서 Q&A 게시판을 이용해 주시기 바랍니다.